Alexander Ellmer

IM ZEICHEN DES SCHICKSALS

Dunkle Poesie

Der Moment bietet alles, was du brauchst.
Genieße jeden.
In Liebe,
Alex

Über den Autor:

Alexander Ellmer ist zum einen seit über 10 Jahren in der Vertriebsbranche tätig und parallel als Autor und Schriftsteller unterwegs.
Seine Passion ist die deutsche Sprache, ob nun in geschriebener oder gesprochener Form. Bereits seit seinem 14. Lebensjahr schreibt Alexander Ellmer erfolgreich auf unterschiedlichen Plattformen und als freier Autor; zu Hause ist er im Bereich der Fantasyliteratur und des professionellen Textens von Websitentexten und SEO Texten, mit dem Bestreben, hochwertigen, einzigartigen Content zu bieten.

Alexander ist verheiratet und hat eine Tochter. Er lebt glücklich in Berlin mit seiner Familie. Neben der Arbeit lebt und brennt Alexander für den Kraft- und Kampfsport, doch die höchste Priorität und Leidenschaft liegt bei seiner Frau und seiner Tochter.

Alexander Ellmer

IM ZEICHEN DES SCHICKSALS

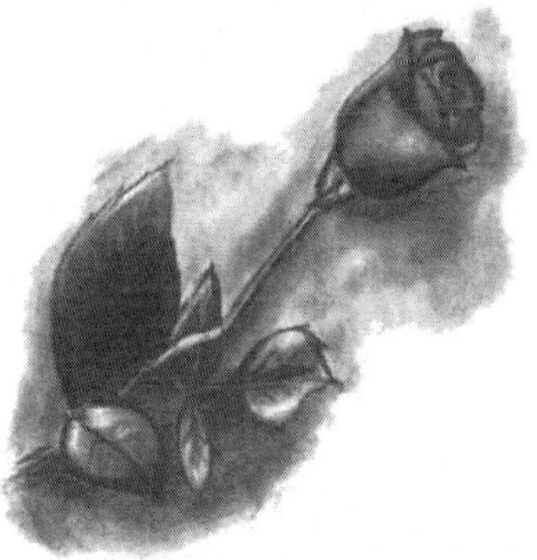

Im Zeichen des Schicksals
Alexander Ellmer

Bielatalstraße 14, 01824 Königstein
Umschlaggestaltung: © at Axiomy Verlag
Satz: at Axiomy Verlag

Printed in Germany

ISBN Print: 978-3-945618-09-7
ISBN eBook (pdf): 978-3-945618-10-3
ISBN eBook (epub): 978-3-945618-11-0

2001

TIEFSTE NACHT

Die tiefste Nacht
Am Tage erwacht
Dein Anblick genießend
Die Liebe Dir gewiesen
Des Glückes Weg gegangen
So will Ich nichts versäumen

So schön, so nah, doch in der Ferne
Gleicht Dein Anblick jenem Sterne
Den Ich einst sah, in voller Pracht
In der tiefen, dunklen Nacht
Diese Zeilen schreib Ich dir
In Gedanken bist Du bei mir
Die samte Erde sich vergessen
Auf die Liebe so besessen

Worte verlassen den Mund
Die Lippen tragen ein Lächeln
Gebührend alles nur einem Grund
Die Nähe, das Glänzen Deiner Augen
Binnen der Nacht
Spüre meinen Hass
Spüre meine Liebe

TIEFSTE NACHT

In der tiefen, dunklen Nacht
Erlegen bist Du meiner Macht
Die Stunden vergehen
Will nur Dich noch sehen
Kannst Du mich verstehen
Will Dich lieben, Dich ehren
Dich fühlen, Dich begehren

In der tiefen, dunklen Nacht
Spürte Ich einst Deine Macht
Den Tag des Wiedersehens Ich erwarte
In die Hoffnung mich kniend verharren

So ließ Ich Dich ziehen
Wolltest auch nur fliehen
Doch nun wieder bei mir
In ewiger Liebe
In der tiefsten, dunklen Nacht

LEBENS IRRWEGE

Widersprüche sind des Lebens Bestandteil
Wir können es nicht verstehen
Wir alle Leben in derselben Existenz,
Sie ist durch das Irrtum geschützt

Ich bin ein Nichts
Eine Existenz die sich am Leben erfreut
Obgleich sie nur Leid mit sich trägt
Ich bin auf der Suche des Lebens
Doch habe Ich es bereits gefunden
Ich wandle umher, ziellos dem Ende sich widmend
Habe das Ziel bereits passiert, doch laufe Ich immer weiter

Ich bin ein Mensch
Ein Leben wie jedes andere
Die Liebe sollte das Ziel darstellen, erreichbar, so schien es
Vorbeigelaufen, unerreichbar, das Ziel verfehlt
Die Liebe doch einmal gespürt, oder ist es ein Traum gewesen?
Den Traum geliebt, den Traum gespürt, und doch vergessen

LEBENS IRRWEGE

So lebe Ich in Einsamkeit, und zugleich Zweisamkeit
In Gedanken verweile ich, Stund für Stund
Doch habe Ich sie abgelegt
Tränen sind verloren, doch warum?
Tränen sind gefangen, in der Ewigkeit der verdammten Seele
Ich bin verloren, und doch gefunden
Ich lebe im Himmel, und zugleich in der Hölle

Zu viele Stunden der Einsamkeit
Zu viele Stunden im Jenseits
Zu viele Stunden auf der Suche, und doch auf der Flucht
Die Zeit verrinnt, meine jedoch erst beginnt
Die Stunden gehen, die Stunden beginnen
Das ist der Ablauf des Lebens, Ich kann ihn nicht verstehen
Doch begreife Ich ihn, oder denke Ich es nur zu wissen

LEBENS IRRWEGE

Das Leben ist eine Lüge, und doch bringt es so viel Wahres
Das Leben ist die Wahrheit, und doch lügt die Menschheit
Das Leben bringt die Wahrheit,
Und verbirgt oftmals nur Lügen
Das Leben offenbart die Liebe, zugleich den Hass
Das Leben lässt töten, lässt auch Leben entstehen
Das Leben ist die Qual, und doch das Glück
Das Leben ist das Leid, und doch die Freude

Das Leben besteht aus Widersprüchen,
Und doch aus der Wahrheit
Es gleicht alles einer Lüge,
Und doch scheint alles so wahr zu sein
Die Liebe ist für unser einst das Glück auf Erden
Doch folgt der Liebe der Hass
Das Leben verliert an Logik, und gewinnt an Klarheit
Ordnung und Chaos regieren,
Gehalten im kosmischen Gleichgewicht
Was ist, wenn eine Seite schwankt,
Das Leben geriet in Vergessenheit
Der Mensch träumt so vieles, und doch lebt Er in der Realität
Gegensätze beschreiben das Leben,
Ebenso die Gemeinsamkeiten
Wie soll es weitergehen?

Widersprüche sind des Lebens Bestandteil
Wir können es nicht verstehen
Wir alle Leben in derselben Existenz
Sie ist durch den Irrtum geschützt

EINSAM - GEMEINSAM

Einsam. Gemeinsam
So sehen wir das Leben
Was wird es uns geben
Werden wir ew'ges Glück erleben

Sehen wir uns in die Augen
Vermag Ich es nicht zu glauben
Der Schmerz zerfrisst mein Herz
Das Herz ist nichts mehr Wert
Gefüllt von endlosem Schmerz

In der Ferne, da bist du
Näher als die Sterne, aber wozu?
Die Erde lässt einen Schrei
Es ging alles in zwei
Und die Ewigkeit verschweigt
Wohin unser Leben sich neigt

In der Ferne, da sehe Ich dich
Ich weiß jedoch nicht, warum bist es gerade Du
Das Herz, so zart und rein
Kostbarer als jeder Wein
Seh' Ich in Dich hinein
Und verstehe Dein Denken
Willst Dein Leben alleine lenken
Doch scheiterst Du an der Frage
Ist das Leben an sich eine Plage?

FASSADE

Es verstreichen die Jahre im Fluge
So schnell, unaufhaltsam, für immer hinfort
Generationen sind nur Sekunden, alles wird zur Gewohnheit
Eine Harmonie, einst so stark gepredigt
Eine Koexistenz, einst so sehr gewollt
Der Zorn Gottes wird im Wetter geboren
Der Zorn meines Wesens in den Augen

Oft wurde gelacht, miteinander gelacht
Doch ist alles nur Fassade, ein Spiel
Nur wenn es schmerzt, bin Ich glücklich
Nichts scheint mir gewährt, nichts ist mir geboten
Welche Alternative gibt es? Welche sollten wir wählen?
Oft liegt es nicht an uns, wie es weitergeht
Vorherbestimmt ist alles, gar diese Fassade
Der Schmerz der Trennung, der Schmerz des Loslassens
Die Angst vor dem alleine Sein
Die Angst vor dem Ungewissen
Wann war Ich das letzte Mal glücklich?
Wann war es so daheim?

FASSADE

Die Tage passieren, nichts geschieht
Unbehagen verbreitet sich innerlich, eine bittere Pein
Wann wird es je wieder so sein? Muss es so weit kommen?
Vorbei die Zeiten der Harmonie
Verweht die Ekstase des Vertrauens
Niedergeschlagen, gepeinigt und ungewollt
Durchlaufe Ich mein Leben
Ich blicke zurück und beginne zu verstehen
In den Zellen meines kranken Hirns beginne Ich zu vermissen
Das Gefühl der endgültigen Leere, wer trägt die Schuld?

Ein Weg aus der Leere, einen Pfad der Hoffnung
Jenen suche ich, seither Ich verstehe
Eine dunkle Vorahnung beschleicht mich
Tiefe Schatten bemächtigen sich meiner
Es kommt ein Sturm, ein Unwetter
Der Zorn Gottes, der Zorn der eigenen Gedanken
Symbolisch ein Blitz, real sind es Worte
Sie schlagen tiefe Wunden, jedes Wort ein Hieb
Das Schicksal hat zugeschlagen
Eine Entscheidung muss fallen
So trennen sich die Wege, Hass und Groll entfacht
Viele Tränen haben ihren Weg gefunden

FASSADE

Doch wurden gar sie verspottet
Kein Wort dem Ernst zuzuschreiben
Kein Gefühl ist wahrhaft bestanden
Alles Fassade, alles Lüge, alles nur ein Spiel
Zumal habe Ich vertraut, geglaubt und geliebt
Doch wie sollte es kommen, wurde getäuscht

So sind es zwei Menschen
Eine Person davon liegt mir nur noch am Herzen
Jene andere hat sich entzweit, lebt ihren Weg
Die Harmonie, geschwunden
Die Koexistenz, nur Fassade
Klaffende Wunden begleiten mich nun mit jedem Gedanken
Alles was Ich fühle, jede Spur an Zorn
Jedes Gefühl des Hasses verdanke Ich dir
Keine Freiheit, niemals die Zufriedenheit
Einst dachte Ich dies gefunden zu haben, bei zwei Menschen

Nur eine von Jenen verspricht Glückseligkeit
Nur eine von Jenen verspricht Zukunft
Der Mensch, der spielt, der ist hinfort
Lebt die eigene Welt, ohne Rücksicht, ohne Gnade
So bleiben mir nur die Worte, nur die Tränen
Mir scheint nichts gewährt zu sein
Das Glück hat mich verlassen ...
... Ist doch alles nur Fassade ...

DIE WAHRHEIT

Das Gesicht mit Tränen überseht
Langsam die Wahrheit versteht
Habe Ich die Realität erkannt
Doch scheint es mir krank

Ich fühle mich vom Leben gehalten
Vermag es nicht zu walten
Und kann keinen anderen Gedanken schalten

Der letzte Gedanke alleine
Der ist rein
Obgleich Ich weine
Wirst Du mein letzter Traum sein
Und Ich träume ihn allein

Warum will Er nicht zur Wahrheit werden
Es wäre das größte Glück auf Erden
Spüren möchte Ich des Glückes Gewand
Ich reiche Dir meine Hand
Sehe Dich auch danach greifen
Aber unsere Zukunft will nicht reifen

ENGEL, DIE MICH VERLIESSEN

Einst gen Morgen
Es traf mich wie ein Blitz
Wir beide wussten nichts zu tun
Dennoch sahen wir uns in die Augen
Vergaßen all die Stunden, all die Momente

Die Gegenwart zählte, Deine Augen treffen die Meinen
Zuvor, ew' ges Blutvergießen
Es kamen Engel, Engel die mich verließen
Das Blut strömte aus allen Poren

Mein Herz lag offen für Dich, bereit zu fühlen
Wie ein Engel liegst Du da, so nah
Der Augenblick, die Realität, ist es wahr?
Fragen stießen in mir empor, zu viel des Guten
Ich kann es nicht vergessen, Deine Augen, diese Stunden
Hingerissen, so scheint es nun
Was ist zu tun?

ENGEL,
DIE MICH VERLIESSEN

Vorbei, verweht, für immer gegangen
Sehe Ich Dir nach, erinnernd an Deine Worte
Auf bald, nahmst Deine Schritte und bist entflohen
Zuvor, ew' ges Blutvergießen
Es kamen Engel, Engel die mich verließen

Die Sehnsucht, tief in meiner Seele brennt
Einen Brief in der Hand, Botschaft der Engel
Geschrieben, schlichte Worte, belebend meinen Geist
Nun erwache Ich aus diesem Traum, blicke mich um
Was ist geschehen, in der Hand einen Brief

Im Stillen die geschriebenen Worte gelesen
Ein Lächeln blickt auf mich hinab
Zuvor, ew' ges Blutvergießen
Es kamen Engel, Engel die mich verließen
Doch durfte Ich diesen Traum genießen
Hege immer die Hoffnung, die Sehnsucht
Dem Engel zu begegnen, Er möge mich holen
Der Morgen ist erwacht ...

ENGEL DER FINSTERNIS

Ich sehe Dich im Licht wandern
Sehe Deine Kleidung im Winde wehen
Deine Augen starr auf die Sonne gerichtet
Ihre Strahlen Dich erwärmen
Du bist die Herrlichkeit in Person, Gottes Werk auf Erden
Du meidest den Schatten, Du meidest das Dunkle
Meine Augen beobachten dich, zu jeder Stunde
Auf der sonnigen Seite sehe Ich dich, stehe selbst im Schatten
Deine Augen strahlen vor Freude
Die meinen gefüllt mit Schmerz

Reich mir Deine Hand, Ich führe dich
Nehme meinen Rat, Ich verfolge dich
Meine Gedanken wühlen im Schatten
Meine Seele beobachtet dich
Ins Schattenreich will Ich Dich bringen, Du musst es nur wollen
Ich weiß, dass Du es willst, Du musst es nur sagen
Folge mir, lass Dich führen
Reich mir Deine Hand, Ich will Dich leiten
Zeig mir Dein Blut, Ich will Dein Glück Dir zeigen
Höre meine Worte, finde die Wahrheit
Nimm meine Hilfe an, Ich biete sie dir
Folge meinem Willen, Er wird Dir das Glück offenbaren

ENGEL DER FINSTERNIS

Im Schatten tanzt du, meine Augen beobachten dich
Der Dunkelheit machtlos ergeben
Ich habe Dich dorthin gebracht
Offenbarst mir Deine Seele, doch wollt Ich nur helfen
Ein Engel warst Du einst gewesen, gab Dir ein neues Leben
Engel der Finsternis, das bist Du nun
Geboren in der Sonne, gestorben in meinem Reich
Ich kenne meine Schuld, Ich trage große Last
Die Finsternis wies Ich dir, sie ist der wahre Weg
Gefühle waren in Dir dem Chaos verfallen

Ich will sie Dir nehmen
Ordnung ist der Gegensatz, den hast Du nicht gekannt
Erinnerungen herrschen in dir, die Liebe ist stark in dir
Das Chaos in Dir habe Ich verbannt, in ferner Zukunft
Der Weg ist schwer, Du musst nur wollen
Der Weg ist lang, meine Hilfe biet Ich dir

Meine Hand hast Du genommen, meinen Weg hast Du begleitet
Wir denken zurück, Du warst am Boden
Du bist im Licht gewandert, nun dem Schatten verfallen
Meine Hilfe hast Du gewählt, hast sie verwendet
Dein Leben habe Ich geändert, Du hast es gebraucht
Mein Leben habe Ich vergessen, das Deine zählt für mich
Zu Dir fühle Ich mich hingezogen, warum?
Ich habe das Gleiche durchgemacht, ist das der einzige Grund?

ENGEL DER FINSTERNIS

Deine Hand reichst Du mir, das Ungewisse bedrückt dich
Deine Hand nehme Ich an mich, die Hilfe gebe Ich dir
Verlassen und leer, so fühlst Du dich
Doch nun verstehst du, was Ich fühle, was Ich denke
Du läufst mit mir Hand in Hand, Du verstehst mein Denken
Meine Gegenwart hast Du gebraucht
Im Geiste jedoch nie gewollt
Die Hilfe bot Ich dir, Du hast sie genossen
Geholfen hat sie dir, merken wirst Du es in ferner Zukunft

Der Schatten Dich umhüllt, Er gibt Dir Geborgenheit
Meine Hand nun losgelassen,
Deinen eigenen Weg wirst Du gehen
Meine Hilfe gleicht der Vergangenheit
Du wirst mir nicht danken
Im Schatten suchst Du jenen, den Du brauchst
Im Schatten findest Du jenen,
Der Dich liebt, der Dich braucht
Finden wirst Du diejenigen, die Deine Hilfe brauchen
Wie Du einst meine suchtest
Der Schatten ist nun Deine Heimat
Spotten wirst Du über das Licht
Du bist ein Engel, Engel der Finsternis
Einst ein Engel des Lichtes, doch das ist vorbei
Das Dunkle hast Du gesucht, Ich habe es Dir gegeben
Das Dunkle hast Du gefürchtet
Ich habe es Dir zu lieben gepflegt

ENGEL DER FINSTERNIS

Ich gab Dir Träume, Wärme und Zuneigung
Du wusstest, Ich war da
Du weißt, Ich bin immer noch da
Dem Schatten nun erlegen, das Glück habe Ich Dir gezeigt
Den Weg des Lebens nun verstanden, Ich habe ihn Dir gelehrt
Du bist nun mein Engel, mein Engel der Finsternis
Nie mehr wirst Du das Licht brauchen
Du hast den Schatten an Deiner Seite
Niemals wirst Du alleine sein, das Dunkle gibt Dir alles
Doch bist Du ein Engel, Du bewachst nun mein Glück
Du bist mein Werk, ein neues Leben gab Ich dir
Die Zukunft wird zeigen,
Ob Du wieder meine Hand nimmst ...

DER LETZTE ATEMZUG

Der letzte Atemzug
Er bringt mich für immer Heim
Ins Reich der Schatten
Dort werde Ich geborgen sein
Bis in alle Ewigkeit

Dort werde Ich verweilen
Kann zu jeder Stund zurückeilen
Wenn die Not es verlangt
Dem Tode stehe Ich im Angesicht
Verliere niemals das Gleichgewicht

Die Schatten im mich herum
Sie geben mir Mut und Geborgenheit
Stunde für Stunde geht um
Und nie wieder bin Ich in Einsamkeit

Alsbald habe Ich alle Stufen erklommen
Und Ich stehe vor dem Tor
Den letzten Atemzug habe Ich genommen
Die Ewigkeit steht mir zuvor

DER KUSS

Du bist hier
Ganz nah bei mir
Gedanken drehen sich um dich
Dennoch bemerkst Du mich nicht

Ich traue mir nicht mehr zu
Obwohl Ich es gern wollte
Alles, was Ich sehe, bist du
Obgleich meine Augen sind zu

Mich ereilten tausend Illusionen
Durchschreite sämtliche Dimensionen
Mit nur einem Grund
Der Grund zu spüren Deinen Mund

Die Frage ist
Ob Du dafür bereit bist
In Gedanken hoffe Ich darauf
Doch was wird daraus
Mir reichen die Gedanken nicht mehr aus
Die Zukunft ist nur ein Muss
Die Antwort ist ein Kuss
Ein Kuss von dir
Vielleicht sogar jetzt, und hier ...

DIE EWIGKEIT

Die Zeit bleibt stehen, die Gesichter verblassen
Die Stunden stehen still, die Menschen auf mich blickend
Die Seele Eis, das Herz Stern, die Gedanken kalt
Die Worte Hoffnung weckend, die Zeit anhaltend
Hoffnung ist das, was sie mir gibt
Ein Land der Illusionen hat sie mir erschaffen
Doch war es nur ein Traum
Die Träume genossen
Diesen Augenblick immer wieder erwartet
Zu oft gefragt, zu oft enttäuscht
Den Glauben daran verloren, wieso schon wieder

Hoffnung, Illusionen sind des Lebens gab
Alles erlebt, es gab keine Gnade
Die Liebe gelebt, die Liebe gespürt
Vom Leben verwöhnt, vom Leben verführt
So durchsuche Ich sämtliche Ebenen der Existenz
Einzig allein auf der Suche nach dem Sinn
Der Sinn unser Aller, der Grund unseren Daseins
Oder gar doch auf der Flucht
Auf der Flucht vor der Wahrheit
Aus dem Grund der Angst, Angst vor dem Tag
Angst vor der Nacht, vor der Stund
An dem das Schicksal uns entzweit

DIE EWIGKEIT

Vor diesem Moment möcht Ich ihren Anblick genießen
Die Flüsse sah Ich einst fließen, nun stehen sie still
Die Sonne sah Ich wandern
Nun weiß sie nicht mehr, was sie will
Den Mond sah Ich um die Erde kreisen, das Licht verspeist
Die Flamme im Meer, die Flamme in den Augen
Die Flamme sah Ich sterben, als das Leben beging
Die Kerze kehrt Heim, wo sie gebar
Die Wärme verlässt den Körper, so viel Dienst geleistet

Ich verliere mein Blut, es gab mir einst das Leben
Ich ernährte mich davon, es glich dem Salz im Meer
Es war mein Trank, es war meine Speise
Diente als Gefährte, auf der ew´ gen Reise
Sieben Mal den Weg gegangen, sieben Mal den Weg verloren
Sieben Mal gestorben, sieben Mal geboren
Dem Leben alles gegeben, die Seele, das Herz
Das Leben mir weniges gegeben, den Glauben genommen
Und brachte Schmerz

Von allen Sinnen beraubt, zu allem bereit
Dem Leben oft geglaubt, zu vieles erlebt
Die Liebe ersehnt, nach der Liebe gestrebt
Dem Biss eines Vampirs erlitten
Die Zähne in der Haut spürend

DIE EWIGKEIT

Den Biss genießend, so durchlebe Ich die Stunden
Nun der Ewigkeit erlegen, das Blut genießend
Blutend die Opfer suchen
Gezielt die Lippen in das Fleisch pressen
Die Ewigkeit liegt nun zu Füßen, wer wollte sie erlangen
Der Vampirismus lebt in uns allen
Doch nur wenige dürfen diesen spüren ...

DAS LEBEN

Das Leben hatte keinen Sinn
Es war einfach zu beenden
Du bist nun mitten in meinem Leben drin
Nun weiß Ich es zu verwenden

Doch habe Ich gedacht
Es ist eine Leidenszeitspann'
Ich hatte den Verdacht
Dass mein Leben verdammt begann

Was soll Ich machen
Mein Schicksal ist bestimmt
Ich höre die Götter lachen
Weiß nicht, wer gewinnt
Das Schicksal oder Ich
Ich weiß es nicht
Doch schreibe Ich hier dieses Gedicht
In Gedanken sehe Ich nur Dein Gesicht
Denn Du bringst in mein Leben Gleichgewicht

Was bringt es mir noch?
Es gleicht einem endlosen Loch
Mein Leben hängt an einem Faden
Was kann Ich mich noch wagen

DAS LEBEN

Versuchen, das Leben zu verstehen
Alles zu durchstehen
Über alle Hindernisse gehen
Diese Prüfung bestehen
Das ist mein Ziel, doch für mich zu viel
Daher brauche Ich dich
Denn Du verbirgst das Ungewisse der Ewigkeit
Und wir leben nie wieder in Einsamkeit

DER TOD

Das Leben geht seinen Weg
Du musst ihn ebenso bestreiten, gewollt oder nicht
Wir treffen uns, in ferner Zukunft, aber gewiss
Auf getrennten Wegen werden wir gehen
Begleitet wirst Du von meinem Segen
Obgleich Er Dir nichts bedeutet
Es ist mein Gefühl, das mich verleitet
Diese Zeilen an Dich zu richten

Das Blut quillt aus meinen Adern, es pulsiert
Der Herzschlag lässt nach, was bist du?

Erzähle mir keine Geschichten
Schau in Dich, Deine Seele
Offenbare sie mir, belüge mich nicht, ebenso wenig Dich
Schau tief in Dich hinein, was siehst Du dort?
Schatten, Angst und Furcht
Das fühle Ich auch, aber was ist das andere, das Ungewisse?
Mit den Augen sehe Ich Dich gehen
Verschwommen durch Tränen
Die Haut reiß Ich mir auf, man sieht meine Sehnen

Das Blut quillt aus meinen Adern, es pulsiert
Der Herzschlag lässt nach, was bist du?
Du verlässt mich, meine Seele geht mit dir
Du bist fort von mir, was bleibt mir übrig?
Der Tod, der bist Du

DER TOD

Warum hast Du mich geholt?
Hast Du sonst niemanden gefunden?
Blutig suchst Du Dir Deine Opfer aus,
gehst von Herz zu Herz
Alles was Du kennst ist der Schmerz, zufügen kannst Du ihn
Doch verkraften wirst Du ihn nie
Nicht mehr, solange Du Deine Existenz hier festkrallst

Das Blut quillt aus meinen Adern, es pulsiert
Der Herzschlag lässt nach, was bist du?

Mit dem Hass in Dir blickst Du auf die Menschheit herab
Bin Ich der Einzige der Dich erwartet?
Wer sieht sich sonst, so wie Ich Dich sehe, in voller Pracht?
Wer verspürt Deine Gegenwart, Deine Macht?

Der Tag ist erwacht, die Sonne strahlt
Schwarze Wolken ziehen vorbei, Dein Gewand
Dein Blick verlockt mich am gesamten Tage
Deinen Atem spür Ich auf der Haut

Jede Zelle meiner kranken Haut stirbt ab, Du nimmst sie mir
Ja, siehst Du Dich selbst nicht, erkennst Du Dich nicht?
Du berührst, Du verletzt
Du liebst, Du tötest
Was die Menschen alles fürchten, bist Du in Gestalt
Der Abschaum, der Hass, die Angst, die Furcht
Du bist der Tod

DER TOD

Das Blut quillt aus meinen Adern, es pulsiert
Der Herzschlag lässt nach, was bist du?
Ich erwarte dich, Ich sehne mich nach dir
Nimm mich mit, in Dein Reich
Dein Diener will Ich sein, Dir überall hin folgen
Denn Ich liebe Dich, wie Du bist

Doch nahmst Du mir meine Seele
Du hast mir das Leben genommen, als Du gegangen bist
Der Tod, das bist du, egal wohin Du gehst
Du führst ihn mit Dir ...

DANKE

Die Nacht brach herein, Du bist bei mir
Die Tränen waren unser Wein, Ich bin bei dir
Worte verbinden uns, die Realität schafft ewige Distanzen
Du hast meine Hoffnungslosigkeit gesehen, zu später Stund
Nahmst mich in Deine Arme, wusstest, was zu tun war

Konntest ahnen, was geschah
Konntest wissen, was passiert
Konntest fühlen, was Ich fühle
Konntest sehen, was Ich nicht sehen wollte

So möchte Ich Dir danken, auf diesem Wege
Doch nicht nur dir, sondern dem Leben
Dafür, dass Ich Dich sehen darf
Dafür, dass Ich Dich hören darf
Einfach für Dich

Die Sonne im Herzen erloschen, jedoch gabst Du mir Wärme
Als sie mir alles nahm, gabst Du mir Zuneigung
Es wird vorbei sein, waren Deine Worte
Im Stillen will Ich es nicht glauben
Aus Angst, was passieren wird

DANKE

Auf Dich angewiesen, Dich vermissend
Zähle Ich die Stunden, an die Ewigkeit gebunden
Warum steht die Zeit still? Warum geht es nicht so weiter?
Wenn wir uns sehen, fühle Ich die Träume erwachen
Wenn Ich Dich höre, fühle Ich die Sehnsucht im Herzen

Vermisse Dich nur stundenlang
Es gleicht mir einem Zwang, wenn Ich diesen erleide
Doch will Ich nicht klagen, will es mich nicht wagen
Möchte Dir nur danken, auf diesem Wege
Für Deine Gegenwart, nur für Dich ...

2002

ALLEIN GELASSEN

Allein gelassen stehe Ich da
Mitten im Leben
Doch frag Ich mich
Kann es so etwas geben
Ich weiß nicht
Was geschehen ist
Doch eines weiß Ich gewiss
Du bist alles was mir wichtig ist
Auf einen Schlag
An einem Tag
Alles schreitet davon
Bis über jenen Horizont
Ich habe einen Fehler begangen
Tränen laufen über meine Wangen
Tränen in den Augen
Woran kann Ich glauben, wem kann Ich glauben

Allein gelassen

Ist man bereit. Opfer zu bringen
Geht man im Leben nur über scharfe Klingen
Was bringt das Leben
Darf man denn nichts Gutes erleben
Einer Person auf dieser Welt
Viel mehr wert als jedes Geld
Kann mich verstehen
Ich werde alle Wege gehen
Um diese Person zu sehen
Und um mit ihr zu leben

An jenem Tage
In jener Nacht
Stellte sich die Frage
Mangelt es an Macht?

AN JENEM TAGE

Sehnsucht wird mich überkommen
Viele Stufen habe Ich erklommen
Gesehen dann Deine Augen
Woran soll Ich glauben?

Wenn die Gefühle sich aufbauen
Die Ewigkeit krallt mit deren Klauen
Um sich
Um uns, nur für dich

König der Welt
Wie Er sich verhält
Nicht mal Er kann Dich verlangen
Fühle mich hier nur gefangen
In den Zwängen der Einsamkeit
Wag' es nicht
Mein Herz noch mehr zu verwunden

Es ist klar
Du bist ganz nah
Immer näher scheinst du
Mit jedem Atemzug

IM ZEICHEN DES SCHICKSALS

Im Leben stand Ich lange alleine, nun erneut
Zu vieles ist geschehen, wenig wurde bereut
Täglich sehe Ich mich um, bin Ich auf der Suche?
Es glich einer endlichen Flucht, vor der Realität
Der Mensch der glücklich ist, ist der, der sie versteht
Doch wer vermag schon die Ewigkeit, die Realität, zu deuten?
Die Einsamkeit, sie steht mir bei
In Trauer, in Freude, die Einsamkeit war stets mein Begleiter
Es gleicht den Stufen einer Leiter, die Ich erklimme
In Gedanken klingt immer nur eine Stimme, wurde Ich gerufen?

Zeichen des Schicksals, unbemerkbar, still und ruhig
Ich konnte sie nicht sehen, die Symbole
Es sind Runen, gleichend der Vergangenheit
Dennoch so viel versprechend

Im Leben ging Ich meinen Weg, wurde selten begleitet
Die Zeit verging, sah mich wieder alleine gehen
Das Herz mir aus der Seele gerissen
So lief Ich verwundet in der Realität umher
Nie mehr zu lieben, das Leben beenden, so habe Ich gedacht
Gesehen habe Ich die Schläge des Schicksals, Nacht für Nacht
In ew´ ger Pracht, unendliche Macht, so geschah es

IM ZEICHEN DES SCHICKSALS

Zeichen des Schicksals, unbemerkbar, still und ruhig
Ich konnte sie nicht sehen, die Symbole
Es sind Runen, gleichend der Vergangenheit
Dennoch so viel versprechend

Im Leben verirrte Ich mich, in den Fängen der Liebe
Wohlgefühlt lebte Ich vor mich hin
Dennoch verstand Ich nicht dessen Triebe
Gedacht die ewige Liebe gefunden zu haben,
Es glich einem Traum
Aufgewacht, die Welt verband sich gegen mich,
So wurde gefühlt
Gespürt den Galgen des Lebens

Das Leben wollt Ich weiterführen, noch vergebens
Zeichen des Schicksals, unbemerkbar, still und ruhig
Ich konnte sie nicht sehen, die Symbole
Es sind Runen, gleichend der Vergangenheit
Dennoch so viel versprechend
Zwei Augen in der Ferne gesehen, konnte es nicht verstehen
Die Realität verschwamm vor meiner Existenz

Wollte es nicht wahrhaben
Worte wurden mir geflüstert,
Der Klang dieser Stimme, wohlstimmend
Gesehen nur Ihr Gewand, ihre Pracht, wurde davon ergriffen
Das Herz in der Vergangenheit ganz schmal geschliffen
Doch das große Glück geahnt, es erwartet, es erhofft
Konnte es denn wahr sein?
Zeichen des Schicksals, unbemerkbar, still und ruhig
Ich konnte sie nicht sehen, die Symbole
Es sind Runen, gleichend der Vergangenheit

IM ZEICHEN DES SCHICKSALS

Dennoch so viel versprechend
Aus dem Klauen der Ewigkeit wurde Ich gerissen, dafür danke ich
Gewiss werde Ich diese verfluchte Einsamkeit nie mehr missen
Denn Ich bin dabei zu leben
Tag für Tag, Glück ersetzt die Einsamkeit
Liebe offenbart von dem Leben
Der Einsamkeit nun nicht mehr machtlos ergeben
Eine neue Zeitära bricht an
Beginne das Leben nun zu verstehen, ebenso dessen Wege

Dessen Krallen der Einsamkeit
Nun beginnt die Zeit des Wissens, zu sehen den Sinn der Existenz
Zeichen des Schicksals, unbemerkbar, still und ruhig
Ich konnte sie nicht sehen, die Symbole
Es sind Runen, gleichend der Vergangenheit
Dennoch so viel versprechend
Die Ketten der fesselnden Ewigkeit werden abgelegt
Und das Leben beginnt sich zu verändern
Zum Positiven oder zum Negativen, es wird sich zeigen

Wenn Ich wieder in der Ewigkeit umherreise
Auf der Flucht, auf der Suche
Vielleicht sogar auf den Spuren der Liebe
Wer vermag das schon zu wissen
Nur das Ungewisse der Ewigkeit verbirgt jede Antwort
Auf etliche Fragen
Es neigt sich dem Ende, diese Zeilen, diese Einsamkeit
Ein Leben beginnt ...

BIST DU ES

Du bist fort
Für unbestimmte Zeit
Ohne jegliches Wort
Dafür bin Ich nicht bereit

Du bist viel zu weit
Doch in Gedanken bist Du bei mir
Aber reichen die Gedanken aus
Was wird daraus

Es fehlt etwas in meinem Leben
Wer kann mir das Fehlende geben
Ich werde große Last tragen
Doch muss Ich Dich fragen

Bist Du in der Lage
Mir die Antwort zu verraten
Oder ist es doch eine andere Frage
Bist Du das, was mir im Leben fehlt

BIST DU ES

Die Antwort kennst Du genau wie ich
Die Tage sind gezählt
Doch wer hat sie ausgewählt
Wir werden uns eine Weile nicht sehen

Ich gebe Dir das Wort
Das Verbrechen eine Andere zu lieben
Werde Ich nicht begehen

Der Tag des Wiedersehens steht bald an
Ich werde Dich erwarten
Lange habe Ich ihn ersehnt
Ich kann es kaum abwarten

CHRONIK MEINES LEBENS

Gemeinsam werden wir sehen
Was mein Leben mir wird geben
Bestimmt wird es durch Handlungen
Überwiegend durch Feigheit

Stets auf der Suche
Nach der Wahrheit
Durch unerklärte Klarheit
Fehlt es an Weisheit

Viele Personen haben mein Leben getroffen
Manche drangen in mein tiefstes Gewissen
Doch eine werde Ich immer missen
Ich vermochte noch nie zu sagen
Ebenso wenig wagte Ich es mich nicht, nachzufragen

Doch nach langem Denken
Da weiß Ich es
Ich kann keinen einzigen Gedanken lenken
Und weiß endlich
Dass meine Seele nicht mehr rein ist
Tausend Klingen treffen mein Herz
Es leidet nur noch unter Schmerz ...

DAS GLÜCK

Ich zähle die Stunden
Fühle mich an die Ewigkeit gebunden
Kann nur die Sekunden zählen
Und muss mich mit der Sehnsucht quälen
Man sieht die Realität
Doch suche Ich den
Der sie versteht
Stunde für Stunde vergeht
Der Wind des Schicksals hat geweht
Komm doch endlich zurück
Wo bleibt das verdammte Glück
Gibt es einen Gott
Warum gönnt Er uns kein Glück
Alleine werde Ich noch verrückt

Es gleicht dem Verderben
Warum kann man kein Glück erwerben
Man will es erringen
Doch man hört eine Stimme erklingen
Und sie spricht:
„Das Leben verliert an Gleichgewicht“
Somit ist das Glück verronnen
Eine neue Zeitära hat begonnen ...

DIE ENTSCHEIDUNG

Die Entscheidung musste fallen
Der Trauer nun ergeben
Was haben wir getan
Nichts mehr werden wir gemeinsam erleben

Gegen unser Glück gestellt
Als Gott Entscheidungen über unsere Zukunft fällt
Wir wollten keine Zeit verschwenden
Über das Leben stets gefaltet die Hände
Wir wollten es nicht sinnlos beenden

Doch nun
Wir sind entzweit
Es war wohl doch so weit
Was hat uns dazu verleitet
Ich bin dafür nicht bereit
Warum gingen wir nur zu zweit

Ich habe den Glauben an uns verloren
In meinen Augen sind zu viele Tränen neu geboren

DAS LEBENSGLÜCK

Der Tag beginnt, Sonne scheint herab
Die erste Stunde brach an, begann die Stunden zu zählen
Der erste Klang der Vögel, Lächeln auf meinen Lippen
Sonnenstrahlen treffen meine Haut, das Herz erwärmt
Deine Augen in Gedanken immer vor mir
Deine Stimme in den Ohren, wohlklingend, so lang ersehnt
Berührt nur kurz Deine Haut, das Herz sofort entfacht

Sekunde für Sekunde neigt sich der Augenblick dem Ende
Aufhalten will Ich die Zeit, der Augenblick soll immer sein
Stunde für Stunde vergeht
Die Momente zischen im Verstande vorbei
Doch im Herzen sind sie immer bestanden

Ungewissheit sich im Bewusstsein verbreitet
Die Angst den Körper überfällt, man nichts mehr weiß
Die Haut sich spannt, das Herz schlägt schnell
Schweiß rinnt über die Stirn, Dein Atem spüren
Die Zeit im Fluge vergeht, man nichts mehr versteht
Wenn man den Körper nur noch als Geist wahrnimmt,
Ihn verlassen hat
Wenn man mit den Augen nicht mehr sieht
Nur mit dem Verstand noch zu sehen mag
Wenn man mit den Ohren nicht mehr hört
Nur mit dem Gefühl zu hören vermag
Worte verlassen den Mund, geführt von des Herzens Kraft
Dann ist es so weit, das Schicksal hat sein Werk vollbracht

DAS LEBENSGLÜCK

Sekunde für Sekunde neigt sich der Augenblick dem Ende
Aufhalten will Ich die Zeit, der Augenblick soll immer sein
Stunde für Stunde vergeht
Die Momente zischen im Verstande vorbei
Doch im Herzen sind sie immer bestanden

Erinnerungen steigen in uns empor, man erfreut sich darüber
Trauer scheint das Herz zu besiegen,
Sehnsucht zu der Vergangenheit
Gefühle werden wiedererweckt, man will es nicht glauben
Das Gesicht verblasst, die Augen tot
Die Haut ganz weiß, sich nicht mehr regt
Sekunden gleichen Stunden, die Ewigkeit ist nun erreicht
Das Unmögliche ist geschafft, das Mögliche wurde vergessen
Die Zeit vergeht im Flug,
Das Schicksal hat seine Klauen geworfen
Gefesselt an die Ewigkeit, und doch ist es nur ein Augenblick
Was ist uns widerfahren, wenn wir so fühlen

Sekunde für Sekunde neigt sich der Augenblick dem Ende
Aufhalten will Ich die Zeit, der Augenblick soll immer sein
Stunde für Stunde vergeht
Die Momente zischen im Verstande vorbei
Doch im Herzen sind sie immer bestanden
Die Liebe ist der Herr der Zeit, doch wollte man es nicht glauben
Der Hass vergessen, sah ihn einst in meinen Augen
Die Freude mich überkommt, bei deinem Anblick
Die Angst mich verlässt, in Deiner Gegenwart
Wollte man nur im Schatten stehen, das Licht vergessen
Liebe erweckte das Glück, den Schatten hat man verlassen

DAS LEBENSGLÜCK

Das Licht strahlt einen an, die Zeit bereits vergessen
Die Liebe, das wollen wir fühlen
Die Liebe ist die Antwort, auf die Fragen des Lebens

Sekunde für Sekunde neigt sich der Augenblick dem Ende
Aufhalten will Ich die Zeit, der Augenblick soll immer sein
Stunde für Stunde vergeht
Die Momente zischen im Verstande vorbei
Doch im Herzen sind sie immer bestanden

Ich darf die Liebe spüren, wer hat sie mir gegeben?
Das Leben bereitet mir Freude, wie nie zuvor
Die Lebenslust ist gestiegen, Ich danke dem Schicksal
Du hast mir meine Kraft zurückgegeben, wie kann es sein
Tränen sind zu oft geflossen, sie hatten ihren Zweck
Die Liebe bringt mir die Kraft, die Tränen zu überwinden
Das Lebensglück verbreitet sich,
Die gedachte Einsamkeit war ein Schein
Der Traum der Liebe entsprach der Realität
Kann es denn das wahre Leben sein?

DIE HOFFNUNG

Ich habe geahnt
Dass es passiert
Ich wurde gewarnt
Dennoch hab Ich es probiert
Ich habe Dich kennen gelernt
Und mich in Dich verliebt
Du bist so weit entfernt
Dadurch ist unsere Liebe versiebt

Ich habe keine Reue
Weil Ich Dir schwur'
Ewige Treue
Ich könnte schwören
Dein „Ich liebe Dich" zu mir zu hören
Wahrscheinlich auch nur vorgestellt
Weil es mir so gut gefällt

Was mir bleibt
Ist die Hoffnung allein
Es ist nicht die Hoffnung
Die in meinem Leben fehlt
Es ist die Hoffnung
Die mich quält

DIE LIEBE

Die Liebe, ein Geschenk Gottes
Ein Vermächtnis des Schicksals
Liebe, so schön, so glücklich
Liebe, so grausam, so verletzend
Wir alle haben geliebt, wir lieben
Was bringt die Liebe mit sich?

Abends, im Dunklen durch die Straßen ziehen,
So ist es Tag für Tag
Die Gedanken in sich ordnen, sie verkraften, die Sorgen ablegen
Denn Ich will nicht nur für dieses Gefühl alleine nur noch Leben

Gefühle, die Liebe, die Erfahrungen
Das Herz schlägt schnell, jeder Herzschlag schmerzt
Pulsieren, das Blut, es stockt, es lebt
Die Haut angespannt, die Augen auf sie gerichtet
Die Lippen bewegen sich, Worte verlassen den Mund
Was Ich denke, was Ich fühle, vermag es nicht zu sagen
Ich wage es mich nicht, zu vieles ist geschehen
Die Vergangenheit durchdringt meine Gedanken

Erinnerungen, einst verblasst
Wiedererweckt all der Schmerz, all die Gefühle, zugleich der Hass
Die Nacht macht alles so wunderbar, ein Gefühl der Freiheit

Abends, im Dunklen durch die Straßen ziehen,
So ist es Tag für Tag
Die Gedanken in sich ordnen, sie verkraften, die Sorgen ablegen
Denn Ich will nicht nur für dieses Gefühl alleine nur noch Leben

DIE LIEBE

Die Freude, jeden Tag, jeden Moment an dem Ich es erleben darf
Es gleicht dem Himmel auf Erden,
Sofern Ich es zu deutenvermag
Die Liebe wird oft für das Glück der Welt bezeichnet

Vielleicht gar zu Recht
Doch wie sehe Ich die Liebe?
Die Liebe ist ein Spiel, ein Gefühl, gleichend einer Illusion
Es soll unser Leben verfeinern
All die bösen Triebe des Lebens überdecken
Es gelingt oftmals, doch wenn man die Liebe durchblickt

Sei es auch nur eine Vision
Dann versteht man des Liebens Triebe und will sie meist ablegen
Doch wer kann schon Gefühle abstellen,
Und sie einfach vergessen?
Ich denke niemand, denn alle sind davon stets besessen
Abends, im Dunklen durch die Straßen ziehen,
So ist es Tag für Tag
Die Gedanken in sich ordnen, sie verkraften, die Sorgen ablegen
Denn Ich will nicht nur für dieses Gefühl
Alleine nur noch Leben

Die Liebe bringt vieles mit sich, sie beflügelt den Menschen
Die Liebe, wer kann sie schon lenken,
Wer kann an etwas anderes denken
Man liebt, man hasst, man hasst die Menschen
Die einem das Herz brechen

DIE LIEBE

Gebrochene Herzen, sollte man sich an den Räubern der
Herzen rächen?
Die Rache, gleicht dem Hass, der Furcht vor Verletzungen
So entsteht auch die Eifersucht, die vieles zerstören kann
Eifersucht, sie tötet Gefühle, sie tötet die Liebe
Worte, sie vermochten schon immer zu lügen
Doch dann sieht man sich in die Augen
Augen, bekanntlich können sie nicht lügen
Doch soll man ihnen glauben?

Abends, im Dunklen durch die Straßen ziehen,
So ist es Tag für Tag
Die Gedanken in sich ordnen, sie verkraften, die Sorgen ablegen
Denn Ich will nicht nur für dieses Gefühl
Alleine nur noch Leben
Es scheint vieles sich dem Ende zu neigen, gar die Liebe
In ferner Zukunft wird sie nur noch einer Erinnerung gleichen
Die doch so wunderbare Liebe ...

FADEN AN DAS HERZ VERLOREN

Den Faden an das Herz verloren
Das Leben schreitet davon
Ein neues Leben ist geboren
Durchsucht habe Ich etliche Foren
Für nur eine Antwort

Vermag es nicht zu glauben
Denn Du bist fort
Aus meinem Herz geschritten
Mit dem Schicksal wurde gestritten
Werde Ich einen neuen Weg finden?

Will mich nicht mehr an Dich binden
Doch scheint es mir wie Berg und Tal
Es ist einzig allein eine Qual
Ew' ge Höhen, ew' ge Tiefen
Schimmer der Hoffnung trifft das Herz
Kann Er durchdringen den unendlichen Schmerz?

DROGEN - DAS EINZIG WAHRE

Lasst uns diesmal in die Welt sehen
Und wir werden erleben
Was wir der Jugend mitgeben ...
Täglich sehen wir auf den Straßen, in den Gassen
Menschen die sich gegenseitig hassen

Gewalt ist der Herr der Zeit
Und alle üben sie aus
Lassen ihre Gewalt frei heraus
Doch müssen sie ihren Frust verstecken
Bald werden sie jämmerlich verrecken
Wir sehen alle Drogen konsumieren
Werden so ihr Leben verlieren
Das letzte Blut in den Adern sich nicht mehr regt

Dann fragen sie sich
Habe Ich denn überhaupt gelebt?
Was wird nur aus unserer Jugend?
Drogen sind die einzige Tugend

DROGEN - DAS EINZIG WAHRE

Wo wir auch hinsehen
Übelkeit steigt in mir empor
Überall hängen sie an den Nadeln
Treffen ihre Adern
Ohne Gedanken zu verschwenden
Wo sich ihr Leben wird hinwenden

Keine Angst vor der Zukunft
Die Drogen bringen sie zur Vernunft
Wie soll es weitergehen?
Soll es immer schlimmer werden?
Spürt Ihr denn kein anderes Glück auf Erden?

Die Droge
Sinn des Lebens
Sinn der Existenz
Es herrscht zudem nur noch Intoleranz
Und so wird es sich fortsetzen
Wenn sie ihr eigen Blut zersetzen
Immer wieder zur Nadel gelangen
Was können wir da noch verlangen ...

GEBROCHENES HERZ

Du hast mir das Herz gebrochen
Meine Seele zerrissen
Ich weiß genau
Ich werde Dich vermissen

Wir hatten schöne Zeiten
Das ist mir bewusst
Ich muss mich vorbereiten
Die Zukunft ist im Überfluss

Mein Herz gehört dir
Meine Seele auch
Das Gewissen sagt zu mir
Dass Ich Dich brauch'

Ich kann nur an Dich denken
Ist mir zu helfen
Lass mich nicht ablenken
Auch nicht von den ersehnten Elfen

GEDANKEN DREHEN SICH

Gedanken drehen sich
Mehr weiß Ich nicht
Ebenso weißt Du es nicht
Doch sicher ist
Ich liebe dich
Und weiß, dass Du die Einzige für mich bist

Hören auf das Herz
Das meine gefüllt mit Schmerz
Gibt es die Befreiung
Oder liegt es einzig allein an der Entfernung
Gibt es einen anderen Grund?

Viele Worte verlassen den Mund
Doch alle gehören zu einem Bund
Aber wer will schon Ungewissheit
Wird es jemals geben die Wahrheit
Was ist die Wahrheit
Gibt es Dir Wahrheit überhaupt

Von allen Sinnen beraubt
Brauch Ich nur an Dich denken
Könnt Ich dies alles doch nur selbst lenken ...

IN GEDANKEN AN DIE OPFER DER VEREINIGTEN STAATEN

Der Tod ist verhasst
Menschen wurden davon erfasst
Gedanken, vertieft in Trauer
Erinnerungen, nun ferner als Sterne
Um das Herz errichtet eine Mauer
Verflucht wird die samte Erde
Um die Todgeweihten wird geweint
Binnen weniger Sekunden
Das große Heer wurde gebrochen
Es glich ewigen Stunden
So schnell viele tiefe Wunden

Doch dann sehen wir
Das Jetzt und Hier
Stillen wollten sie ihren Blutdurst
Nahmen einen direkten Kurs
Auf das mächtige Herz
Endet mit ewigem Schmerz

Gewidmet sind diese Zeilen der Menschheit
Durch ihre Feigheit
Durch ihre Handlungen
Mangelt es an Klarheit
Kommt es irgendwann zur Wahrheit?

Stellt Euch der Realität
Ich verlange
Dass ihr sie versteht!

LEBENS BÖSE TRIEBE

Der Traum ist vorbei
Es ging in zwei
Wir haben andere Wege genommen
Gemeinsame Zeit ist verronnen

Es hat sich ausgeträumt
Viele Tage habe Ich versäumt
Doch ohne Gedanken an die Zukunft
Bei Gott, Ich komm' nicht zur Vernunft

Die Realität will Ich sehen
Doch kann Ich sie nicht verstehen
Doch muss Ich diesen Weg gehen
Denn Er führt zur Klarheit
Aber was im Leben ist schon die Wahrheit

Die Wahrheit, genau wie die Liebe
Eine schlichte Illusion
Eine Art Vision
Um zu verbergen des Lebens böse Triebe
Das Leben besteht aus Leid und Trauer
Stück für Stück bildet sich eine Mauer
Um mein Herz
Gefüllt mit tiefen Schmerz

OHNE DICH

Ohne Dich bin Ich nichts
Ohne Dich bin Ich verlassen
Mein Wunsch bei Dir zu sein
Den kann Ich nicht lassen

Du bist der Inhalt meiner Träume
Die kann Ich jedoch nicht fassen
Für Dich fäll' Ich alle Bäume
Ich werde es nicht lassen

Für Dich würde Ich alle Wege gehen
Du kennst den Grund
Nur um Dich zu sehen
Und um zu spüren Deinen Mund

Du bist das
Für was Ich lebe
Du bist das
Was Ich erstrebe
Ich werde den Weg zu Dir finden
Er wird jedoch schwer
Meine Gedanken muss Ich binden
Für Dich besiege Ich jedes Heer

SO NAH UND DOCH SO FERN

Du bist fortgegangen
Denn Du musstest gehen
Ich habe das Verlangen
Dich wieder zu sehen
Aber wann und wo
Ich will nichts versäumen
Wir sehen uns gewiss, irgendwo
Tief in meinen Träumen

Du bist so nah
Und doch so fern
Dennoch frag Ich mich
Ist es wirklich wahr

Was wird passieren
Mein Herz wird nie gefrieren
Ich will Dich nie verlieren
Denn Du bringst Wärme in mein Herz
Ohne jeglichen Schmerz

Ich denke sehr oft an Dich
Denn Ich liebe Dich
Eines muss Ich Dir sagen
Ich vermisse Dich ...

STUND FÜR STUND

Es vergehen die Stunden
Ich werde sie zählen
Doch vermag Ich nicht eine auszuwählen
Wählen würde Ich jene
An der Ich Dich wieder sehe
Und wir uns berühren, Mund an Mund

Doch was soll Ich machen
Die Götter sind nur am lachen
Unsere Existenz dient um sie zu amüsieren
Viele Hindernisse mussten wir Menschen passieren

Manche Herzen sind erfroren
Menschen haben Tränen verloren
Die Liebe scheint komplett verflogen
Gegenseitig wird nur noch gelogen

Ja das ist die Menschheit
Sie stirbt aus ihrer eigenen Besessenheit
Nach Ruhm, Ehre und Macht
Doch dann die Gedanken
Nacht für Nacht
Stund für Stund
Alles scheint dem Ende nahe
Es gibt nur einen Grund
Die Menschheit verliert ihren Glauben
Den Glauben an die Liebe
Sie verherrlichen ihre eigenen Triebe
Und haben nicht mal die Realität vor den Augen ...

VERSUCH MICH ZU VERGESSEN

Versuch mich zu vergessen
Und sei nicht so besessen auf mich
Denn Du brauchst mich nicht

Das Leben geht seinen Weg
Du teiltest ihn einst mit mir
Du solltest nie vergessen
Ich gehöre nicht Dir

Spürst Du die Sehnsucht
Oder bist Du nur auf der Flucht
Falls es Sehnsucht ist
Weißt Du nicht
Woran Du bist

Doch sollte es die Liebe gewesen sein
War es nur ein Schein
Es waren viele Träume
Die meisten aber blieben Schäume
Schau in die Zukunft
Komm endlich wieder zur Vernunft

WAS IST DIE LIEBE

Ich weiß nicht, wie Ich es erklären soll
Doch bin Ich gewillt es zu versuchen
Was ist die Liebe
Das ist schwer zu deuten

Die Liebe ist ein Verlangen den Partner zu sehen
Die Sehnsucht, wenn man den Partner nicht sieht
Überall mit dem Partner hindurch zu gehen
Das Gefühl im Bauch
Das ist die Liebe

Niemand weiß, ob man verliebt ist
Dennoch spürt man es
Wenn man sagt: Ich liebe Dich
Weiß man nicht, ob das ernst gemeint war
Man spürt es einfach nur
Wer vermag schon genau zu sagen
Was die Liebe ist
Ich denke keiner, denn die Liebe ist einfach zu viel

Dennoch kann man sich nicht beklagen
Wenn man wirklich geliebt wird
Die Liebe ist ein Gefühl
Man kann es nicht in Worte fassen
Ich liebe Dich
Dafür kannst Du mich nicht hassen

2003

ANDERS

Fragen, in mir vergraben
Was ist los mit uns, mit dem Leben
Was wird mir gegeben, was wird mir gebracht
Opfer musste Ich bringen, in großer Zahl
Meine Seele liegt brach, die Gedanken verwirrt
Bin Ich denn so anders, anders als die Menschheit
Bin Ich nicht normal, nur weil Ich Ich selbst bin?
Zumal oft an mir gezweifelt, nicht mehr gewusst was Ich wollte
Sei mein Engel, sei mein Hüter, so wurde zu mir gesprochen
Es war der Bann der Worte, alles verblasst, gebrochen
Ich bin anders, nicht mehr das, was Ich einst war
Ich bin Ich, und Ich lebe mein Leben, wie nie zuvor
Herr der Worte, Herr des Lebens
Diener meines Eigen, Diener des Schicksals

Nun Ich bin anders, Ich bin eigen
Doch was würd es mir bringen, bislang nichts von Bedeutung
Ich werde mich ändern, wird man sich von mir abwenden?
Gewiss, das Leben ist die Wahrheit
Doch die Wahrheit sieht anders aus ...

ANDERS

Ich bin anders, warum?
Weil Ich die Wahrheit erkannt habe,
Und sie Euch lehren möcht?
Was ist die Wahrheit, das was wir fühlen, hören, gar sehen?
Die Wahrheit, wir alle sind existent, doch nicht für immer
Wir - die Menschheit -
Spielen eine Rolle im Schicksal der Ewigkeit
Trink das Blut der Ewigkeit, und Du erhältst ew‘ ges Leben
Ein Traum von vielen, doch wir alle wissen irgendwo
Bald ist es vorbei, eine neue Zeitära wird anbrechen
Nach unserer Zeitära wird die
Der wahren Menschen sich offenbaren
Wir sind nur ein Versuch der Götter,
Unser Entwicklung nurein Experiment
Wir sind niemand von Bedeutung,
Nur Spielsteine des ewigen Lebens

Oft gequält mit diesen Gedanken,
Doch nun habe Ich sie abgelegt
Die Wahrheit habe Ich gefunden,
Enttäuschung lebt nun im Herzen
Wie lange werden wir unsere Existenz bewahren können
Wird man sich an uns erinnern,
An unsere Taten in der Vergangenheit
Wird man aus unseren Fehlern lernen,
Oder wird die neue Menschheit gar perfekt

ANDERS

Und doch stehe Ich alleine umher, blicke hilflos herum
Suche nach den Menschen, die mir glauben schenken
Suche nach jenen Menschen, die sich nicht von mir abwenden
Ich bin anders, als jeder Mensch,
Ich bin das, was die Menschen fürchten
Äußerlich sind sie freundlich und aufgeschlossen, doch im
Stillen lassen sie ab von mir

So bin Ich alleine im Leben, suchend nach Gleichgesinnten
Jene Menschen werden mich verstehen,
Die ewigen Ruhm erhielten
Jene Menschen die Ich suche, verweilen im Jenseits
Auch sie haben die Realität erkannt,
Und sich von der Menschheit abgewandt
Wird mich das gleiche Schicksal treffen?
Ewiger Ruhm, dafür die Vergessenheit meines Wesens?

Meine Zeit wird kommen,
Die Pforten der Ewigkeit sind geöffnet
Eine Hand führt mich zum Ruhm, die andere ins Verderben
Welche werde Ich greifen, welchen Weg nehme Ich mir als Ziel?
Zumal habe Ich gedacht,
Dass selbst der kleinste Narr über mich lacht
Doch nun ist mir die Toleranz, das Wissen gewachsen
Selbst der größte Narr vermag es nicht, mich zu kränken
Denn Ich bin anders, anders als Ihr, anders als alle
Nur eine Täuschung der Gegenwart, welche den ewigen
Ruhm versucht zu erben
Fleißig wandle Ich umher, auf den Spuren der Lösung
Auf den Spuren des Tages, an dem mir die Ewigkeit zu Füßen liegt

ANDERS

Bald bin Ich im Jenseits willkommen,
Doch auf der Erde ewig lebend
Durch meine Worte hat sich bereits vieles geändert
Immer mehr geriet in Veränderung,
Wenn Ich meine Gedanken offenbare
Die Menschheit glaubt an das, was sie versteht
Doch Ich glaube an das, was Ich weiß, an das, was Ich Suche
An das, was Ich verstanden habe und an das, was sein wird
Dem Schicksal nun überdrüssig,
Der Menschheit nicht mehr unterwürfig
So verstummen meine Worte, im Schatten der Sonne
Mein Wesen wird verblassen, im Bewusstsein der Menschen ...

BLASSES LÄCHELN

Dunkle Wolken betten das Firmament
Nicht ein Sonnenstrahl dringt hindurch
Ein sinnloser Schatten huscht über die Ebene
Er seilt sich von der Menschheit ab

Seine Blicke sind trüb und matt
Seine blassen Lippen lächeln jedoch
Er ist sich sicher, erhaben zu sein
Erhaben über diesem Volk, welches sich Menschheit nennt

So steht Er da, blickt auf sie
Spürt, wie das Adrenalin seine Adern durchblutet
Erlebt einen Rausch des Wahnsinns,
Als Er dieses eine Wesen sah
Eine unbekannte Macht schlich sich zu ihm heran
Und die Wolkenmauer brach ...

Sonnenstrahlen treffen sein Wesen
Ein zartes Gesicht funkelt ihn an
Plötzlich war ihm alles klar
Ein tiefer Riss tut sich in der Erde
Seine Schwärze vergeht im Licht
Er spürt einen Anflug von Angst
Denn es ist ihm unbekannt

BLASSES LÄCHELN

Noch immer ruhen diese Augen bei ihm
Er kann ihnen nicht entfliehen
Seine Kälte schmilzt dahin
Sanfte Wärme steigt in ihm empor
Bislang unerkannte Welten öffnen sich für ihn
Doch versteht Er es nicht

Er sieht nur dieses blendende Licht
Eine Aura von solch positiver Energie
Sein Leben huscht an ihm vorbei
Gar abschließen kann Er damit

Diese sanfte Gestalt nähert sich ihm
Er vermag sich nicht von Ihr abzuwenden
Sie blickt ihm tief in die Augen, es schmerzt ihm
Sie nimmt seine Hand in die Ihren und hält sie sicher

Ihre Arme umschlingen ihn und drücken ihn sanft
Und Er beginnt zu verstehen, als sie zu ihm sprach:
„Ich bin da ... "

Nun sind ihm neue Wege offen
Seine dunkle Seite ist stärker denn je
Doch richtet Er sich offen an die Menschheit
Stolz und erhaben, so schreitet Er umher
Dieses Wesen symbolisierte es, diesen Weg
Einen neuen Weg, der ihm offenbart wurde
Ein Weg, bei dem Er sich nicht fürchten braucht

BLASSES LÄCHELN

Er steht nun da, inmitten der Menschheit
Seine Blicke durchdringen diese, denn Er sucht
Er sucht nach dem Gefühl, welches Er erleben durfte
Sucht nach diesem Gefühl, als sie bei ihm war
Er spürt, dass es noch immer in ihm lauert
Denn sie ist stets in seinen Gedanken

Das Leben ist nun zu ihm gekommen
Doch noch blockt Er es ab
Es ist ihm ungewohnt, dieses Gefühl zu besitzen
Denn Er war bislang nur ein Schatten der Allgemeinheit
Eine zarte Stimme sprach zu ihm
Eine Dame steht ihm nun bei, in Gedanken
Ein Bund, der gegründet wurde
Doch war es wohl Bestimmung
Eine Verbindung die nicht nur geistig währt
Denn das ist sein Sinn, die Stunden zu zählen

Er hat sie gefunden
Blickt ihr tief in die Augen
Seine Lippen zaubern ein blasses Lächeln
Und seine Arme legen sich sanft um sie ...

IM ZEICHEN DES BÖSEN

Im Zeichen des Bösen
Steh Ich zu dem Zeichen
So sollen alle weichen
Denn Ich gehe über Leichen

Das Pentagramm steht nicht für den Tod
Doch in jeder Not
Ist es der Weg von meinem Leben
Du wirst es erleben
Ich werde über Dir schweben
Und Deinen Tod anstreben

Ich werde ihn Dir bringen
Ein Lied davon singen
Dies wird tief in der Hölle erklingen
Nur eine Stimme hört ihr wimmern
Sie rufen meinen Namen
Doch sterbt - gleich euren Ahnen

BLUTENDER TRAUM

Entfacht im Herzen
Niedergeschlagen im Verstande
Die Seele liegt brach
Der Geist verstummt
Verwirrt huschen Worte über die Lippen

Geheuchelt diese Freundlichkeit
Dieses Lachen - im Winde verhallend
Diese Augen - blickend ins Todesreich
Verdorben all die Liebe
Entflohen jegliche Hoffnung
Gebettet im Haupte nur ein Gedanke
Nur eine Frage, nur ein Traum ...

Flammen in der Ferne
Stimmen in der Tiefe
Augen im Dunklen
Schreie in der Luft
Hoffnung im Winde, die verweht
So widme Ich mich einem Traum
Ein Alptraum, der sich Leben nennt ...

BLUTENDER TRAUM

Ein Traum von Wärme
Erfreuten Blicken, Geborgenheit
Ich träume von der Freiheit
Von schmerzlosen Zeiten, von warmer Zukunft
Ich träume von der ewigen Nacht
Von der wahren Liebe
Von Hoffnung, die nicht verblasst

Die Gegenwart deutet sich anders
Den Drang zu atmen bereits verdrängt
Den Traum des Lebens seit langer Zeit vergessen
Die Sehnsucht nach Liebe verwünscht
Nur noch ein Traum ...

Bald vorbei die Zeiten der Zwiespalte
Hinfort geweht diesen Instinkt des Suiziden
Die Träume abgelegt, sofern man es vermochte
Die Mentalität auf den Boden gesunken, umhüllt von Nebel
Und doch bleibt nur ein einziger Traum ...

Der Traum der inneren Ruhe, die Ich ersehne
Ein Traum von süßlichen Berührungen
Ein traumgleichender Drang zu siegen
Zu siegen über dieses Dasein
Über diesen Alptraum, ein blutiger Traum
Der Traum des Sieges über das Leben ...

DAS ERBE

Willenlos und verstreut
So steht Er in der Welt
Schatten begleiten seinen Weg
Lederumhüllt bannt Er sich seinen Pfad durch diese Welt

Kalter Stahl hängt an seiner Hüfte
Blutiger Stahl durchsticht seine Adern
Die Augen starr auf den Herrn gerichtet
Möge Er seinen Jüngern lehren:

... Ich bin erhaben über Schmerz und Wunden
Ich stehe über Euch und blicke nieder
Ich bin der Schatten über Dir
Ich bin Dein Weg und Dein Ziel ...

Zum Tode geweiht blickt Er den Herren an
Klagende Blicke, blutige Gerechtigkeit
Er ist sein Herr, unser ewiges Licht
Mit seiner Macht unterdrückt Er seine Horde
Sein Volk, welches Er verdammt
Lehren möge Er ihnen den Schmerz

Das Leiden, um den Weg zu bestreiten
Durchlebt diese eine Qual
Die Qual des Gottes Sohnes
Zum Untergang verurteilt Er jene
Jene, die sich ihm verweigern
Die Völker, die andere Herren begehren
Seine Völker, die Er verriet

DAS ERBE

So geht sein Jünger unter die Masse
Lehrt seinen Weg, weist seinen Weg
Deutet auf seine Wunden, die Wunden dieser Qual
Und Er spricht von einem Erbe
Einem Erbe, welches ihm auferlegt wurde

„Nehmt seine Worte in Eure Herzen
Lebt seinen Weg und liebt euren Herren
Lasst Euch seine Qualen eine Lehre sein
Eine Lehre, die Ich Euch bringe“

... Er stürzte um
Ein schmales Lächeln ziert seine Lippen
Ein starrer Blick gen Himmel gerichtet
Ein letzter Ruf entweicht seinen Lungen
... Für dich, mein Herr ...

So starb er, an diesem Erbe
Einem Erbe, welches man nicht ablehnen durfte
Ein Erbe, welches sich in Qual und Leid entzweit
Ein Erbe von ihm, unserem Herren ...

DAS SPIEL: LEBEN

Tiefe Gedanken - stille Ewigkeit
Gefangen in diesem Bann
Verloren in einem Spiel
Die Regeln sind nicht zu verstehen
Gewinnen - es ist unmöglich

Greifst Du nach den Sternen
Erreicht Dich dieser Schmerz
Die Gedanken waren einst dir
Offenbare sie mir - auch nur zum Teil

Sehnt Dein Herz?
Hörst Du nicht diese Klänge?
Du verharrst in diesem Spiel
Erkennst, dass nur Du der Verlierer bist

Wendest Dich an das Schicksal
Klagst es an, für diese Tat
Ungerecht - so scheint es zu sein
Hat es Sinn?

DAS SPIEL: LEBEN

Stets ist ungewiss, was folgen mag
Das Spiel des Lebens geht seinen Weg
Das Ziel ist so nah
Doch nicht zu erreichen
Verzweiflung bringt Dir nichts
Du rennst - versuchst zu fliehen
Brichst die Regeln ...

... Du stehst in der Leere
Verlassen - seelenlos
Du flehst um Gnade
Verlierst das Ziel vor Augen
Und beginnst zu fallen

Das Spiel geht seinen Weg
Wir können es nicht beeinflussen
Es gibt unzählige Partien
Nur der Wille muss halten
Ist Er einst gebrochen gewesen - so ist es verloren
Verlierst Du die Kontrolle
Beginnst Du zu fallen ...

DEINE WORTE

Verdunkelt blicke Ich in die Welt hinein
Habe alles verdrängt, diese Gefühle
Die Sehnsucht spürte Ich durchweg in meinem Herzen
Doch nun ist es entfacht ...

Nur ein Wort hat es gebraucht
Nur von einer Stimme war Bedarf
Nun sehe Ich so viele Wege, wie nie zuvor
Verwirrt laufe Ich einen dieser Wege entlang
Weiche zurück und schlage einen anderen Weg ein
Wohin mich mein Weg führen wird
Wohin mich diese Gedanken bringen werden
Es ist eine Vision, die Ich erdulde
Ein Augenblick, dieses traute Gefühl

In Deinen Armen fand Ich einst das große Glück
Habe es geliebt, ersehnt und war darauf besessen
Doch der Weg wurde gespalten
Unser Weg wurde durchtrennt

Vor meinen Augen bettet sich die ewige Nacht
In meinem Herzen lodern erwachte Gefühle
Verwirrt blicke Ich Dich an
Fühle diesen Schmerz in Deinen Augen
Begehre Dich noch immer
Dieses zärtliche Wesen

DEINE WORTE

Diese Göttlichkeit in Menschen' s Gestalt
Erfreuen konnte Ich mich an Deinen Worten
Genießen konnte Ich Deine Worte
Doch bargen sie Leid

Gott, Ich bete zu ihm
Ich wende mich an ihn
Erflehe um Hilfe, flehe um Rat
Sein Blick mustert mich
Er zückt die Schultern und weist mich fort

So laufe Ich noch immer diesen Weg
Den Weg, den Ich einst wählte
Den Weg der eisernen Einsamkeit
Doch meine Gedanken liegen brach
Meine Seele hat mich verlassen
Sie lauert Deiner Spur
Sie ersehnt Deinen Atem
Sie braucht Deine Gegenwart

DEINE WORTE

Verdrängt waren einst diese Gefühle
Den Glauben daran schon längst vergessen
Doch die Wirkung ist unvorstellbar
Die Wirkung Deiner Worte
Diese Gestik, dieser durchdringende Blick
Es ist die Stimme meines Herzens
Die diese Zeilen schreibt
Es ist mein kranker Verstand, der das verhindern möcht'
Es ist die Angst, Dich mich innerlich zerfrisst
Es ist die Sehnsucht, die mich verdammt

Blicke Ich in ferne Zukunft
Sehe Ich nur vage Umrisse
Ein Schatten von göttlicher Wärme
Ein Licht, welches die Dunkelheit durchdringt

Vielleicht spreche Ich von Hoffnung
Vielleicht renne Ich in eine Illusion
Doch mir ist es bewusst geworden
Mein Leben bedarf keines Schmerzes mehr
Mein Leben ist dem Leid überdrüssig
Doch zu lieben bin Ich nicht mehr fähig ...

DER EWIGE HELD

Einst, als der Himmel trübe war
Als die Welt vom Schatten lag
Als Unwetter das Leben plagten
Wurde all die Hoffnung geraubt
Vernichtet all die Liebe
Denn nur Dunkelheit flutet das Land
In einer anderen Zeit
Eine andere Ebene der Existenz

In den Zeiten des Untergangs
Das Volk ohne Glauben
Da gab es ein Wesen - unbemerkt und unbedeutend
Erklommen die Stufen aus dem Untergrund
Entfachte in Stolz und Anmut
Stellte sich dem Zorn der Welt

Er gab den Menschen neue Hoffnung
Brachte Wärme unter das Volk
Er galt als Herr über die Schatten
Herr über die Dunkelheit
Einst war Er unbedeutend
Nur ein Wesen unter vielen
Ein jener ohne Bedeutung
Doch nun ...
Dem Volke Glück gebracht

DER EWIGE HELD

Gefochten mit dem Schicksal
Strahlendes Land, für die Augen der Menschen
Doch sehen sie nicht das Verderben, das seine Spuren hinterlassen
Die Menschen glauben an seine Pracht
Er würde sie führen in das Licht
Er würde neue Hoffnung spenden
Doch er, Er begehrt dies nicht ...

Verbannt hat Er die Dunkelheit, für des Menschen Auge
Doch bekehrt hat Er sie
In einen Bann gezogen, unscheinbar schwach
Seine Stille verzauberte das Volk
Seine Worte hallten durch das Volk
Verstanden wurde Er nicht
Sie schenkten ihm nur glauben
Eine Tat hat Er vollbracht
Nun liegt ihm das Volk zu Füßen

Schwache Herzen hat Er ausgenutzt
So galt Er als Herr der Schatten
Den Titel errungen durch Vertreiben
Durch das Licht, das Er brachte
Doch so viel Schönheit vermag zu blenden

DER EWIGE HELD

Er wusste, Er war der Herr der Schatten
Der Herr der Dunkelheit
Genommen hat Er sie, doch nur für das Auge
Im Herzen pulsiert das Böse, die ewige Nacht
Doch Er gilt als Krieger, als Held
Ein ewiger Held, der die Rasse beschützen möge
Niemand erkennt seine wahre Gestalt
Niemand kann sein Treiben hindern

Der ewige Held, eine reine Illusion
Nie gesehen, nie gehört
Nur wurde erzählt, über den ewigen Helden
Es hat ihn nie gegeben
Nur eine einfache Erklärung, für den ersten Tagesbeginn
Nur eine Kreation des Verstandes, nur eine Erzählung

Der ewige Held ist ein Traum
Verdammt von der Menschheit
Begehrt von mir
Eine Wesenheit in Genialität getaucht
Niemand wusste von ihm
Nur eine Erzählung
Vernichtet hat Er das Volk, doch niemand hat es gesehen
Genommen hat Er ihnen die Dunkelheit, diese ewige Nacht ...

DER EWIGE HELD

Gezeigt hat Er ihnen den Weg in das Licht
Sie spendeten nicht einen Gedanken, welches Licht
Sie sprachen vom Licht des Lebens
Das Licht der Sonne, dass das Land erhellt
Sie nannten ihn den ewigen Helden
Den Herrn der Schatten
Der, der das Land befreite von der Dunkelheit ...

... Doch niemand wusste mehr um ihn,
als die Welt im Sterben lag
Sie wollten ihn sehen, erneut an ihn glauben
Sie hofften auf ihn, doch Er kam nicht
Ich sitze stillschweigend in der Welt umher
Schmunzle über diese Menschheit

Lässt sich verirren, durch den Glauben
Das Volk beginnt zu sterben, wo ist er, der Herr der Schatten?
Verzweiflung bricht aus, die ewige Nacht droht zu fluten
Man hört den Donner
Blitze zucken in der Dunkelheit
In der trüben Dämmerung sieht man ein Schatten
Seine grünen Augen funkeln in der Dunkelheit
Eine Stimme ertönt in Spott
Ein Lachen der Verachtung hallt durch die Nacht

Die Menschheit dreht sich panisch um
Sucht dieses Wesen
War es der ewige Held?

DER EWIGE HELD

Vergessen all die Dunkelheit
Fixiert all die Gedanken nur auf diesen Spott
Der Spott über sie, die Menschheit
Der Schatten verblasst in der Nacht
Unbedeutend und schweigend verfall‘ auch Ich der Nacht
Der ewige Held beginnt zu ruhen
Der ewige Held beginnt zu siegen über diese Welt
Nur ein Schrei der Gerechtigkeit
Nur ein Lachen der Verachtung
Niemand merkt, was geschieht
Es regnet Feuerhagel
Es regnet Blitze
Doch dann, ewige Ruhe tritt ein
Meine Augen im Blute getränkt
Verderben, Tod und Hass ist alles, was Ich sehe ...

So erkenne nun auch ich, es war ein Traum
Ein Traum des ewigen Helden
Eine Vision meines kranken Verstandes
Träumte von dem Ende
Träume von dem Herrn der Schatten,
Der das Land in Dunkelheit birgt
Sehne mich nach dem ewigen Helden, der unser Ende bringt
So friste Ich weiter mein Dasein
Warte im Stillen auf diesen Tag
Auf den Tag der blutigen Gerechtigkeit

Hoffe auf die Stunden, an dem der ewige Held uns ereilt
Die Stunden der Vergeltung
Warte auf den letzten Tag, den Tag der ewigen Nacht ...

DER TAG ERWACHT

Stumpfe Worte, ohne Sinn
Dunkelheit, die sich über ihn legt
Stille Tränen, die Er verliert
Wertloses Leben, in dem Er sich befindet

Eine Phantasie, dieses Dasein
Ein Traum, den Er erlebt
Nicht existent, nur illusioniert
Keine Gefühle, keine Wärme
Ewige Kälte, die sein Herz ummantelt

Der Blick, trüb und starr
Seelentot, einsam und verlassen
Suchend nach dem Leben
Spürend diesen tiefen Hass

Bloße Erinnerungen, die ihn heimsuchen
Unklare Situationen, die ihm doch traut sind
Weiß nicht mehr, wie es war
Spürt dennoch, es ist ihm bekannt
Sogar diese Gefühle, Er entsinnt sich

DER TAG ERWACHT

Ungewiss ist die Zeit, die folgt
Dem Tode entwichen vegetiert Er weiter
Temporäre Erscheinungen,
Geistige Gegenwart anderer Wesenheiten
Er fühlt sich unwohl ...

... In dieser Stunde, in ewiger Stunde
Dem Leben so weit entfernt
So nahe doch der wahren Welt
Nichtsahnend und doch wissend
Kalt und doch warmen Geblüts
So blickt Er herab, in diese Wunde
Spürt eine sanfte Wärme von sich herabtropfen

Zarte Risse, düstere Gedanken
Hastige Schnitte, nährt sich davon
Die Erde getränkt, in ewiger Röte
Der Morgen entfacht im schmerzenden Schrei
Er fällt auf die Knie, den Blick starr gehalten
Die Haut verblasst, die Adern trocken aus
Der Sonne streckt Er sich ein letztes Mal entgegen ...

... So legt Er sich nieder, in blutgetränkte Erde
Der letzte Sonnenaufgang, den Er betrachten wird
Kein Schmerz, kein Leid
Diese Qual ist nun beendet, zu morgendlicher Stund
Sein letzter Tag ist erwacht ...

DIE ZEIT

Die Zeit schreitet hinfort, verrinnt wie im Fluge
Jahre, Wochen, Tage, alles ohne Bedeutung
Um Leben herumgeirrt mit nur einem Ziel
Dieses Ziel mag unerreichbar sein,
Vielleicht auch das der Grund
Zu suchen, zu hoffen, zu glauben
Die Zeit ist unser aller Bestimmung, unser aller Hoffnung
Die Zeit heilt Wunden, die Zeit hilft zu vergessen
Die Zeit ist meine Bestrafung, bin verdammt, besessen!

Die Tage vergehen, die Wochen verstreichen
Der Schmerz der Vergangenheit lässt nach, die Zukunft zählt
Tief im Herzen den Hass grollen spüren,
Doch die Zeit nimmt ihn mir
Immer mehr Tränen sind gefallen, mehr denn je
Doch auch die Ewigkeit vermag dies nicht zu lindern
Die Vergangenheit holt uns ein, so sehr wir auch flüchten
Das Vergangene wird Gegenwart, die Gegenwart vergessen
Oh welch Schmerz erneut das Herz sich greift, es zerreißt

Die Augen sind nun geöffnet, man erwachte aus den Träumen
Sie spiegelten die Vergangenheit,
Unangenehme Szenen unserer Gegenwart
Träume sind nur Ereignisse, die wir vergessen wollten
Wenn wir zurückdenken, Tränen bilden sich in unseren Lidern
Vergessen wollten wir es, das was geschah

DIE ZEIT

Jeden Tag treten neue Schläge des Schicksals auf,
wo bleibt die Hoffnung?
Jeden Tag werden wir betrogen, wo bleibt der Glaube?
Jeden Tag finden wir neues Glück, neuen Hass,
Wo bleibt die ewige Suche?
Es gibt nur eine Sache, die es vermag, uns zu retten

Die Zeit scheint endlos zu sein, sie war zuerst,
Und wird das Letzte sein
So sehr wir auch verzweifelt sind, der Zeit gebührt die Schuld
Zu oft wollen wir in die Vergangenheit, Geschehnisse ändern
Was hätte das für Folgen? Was wäre dann Gegenwart?
Täglich sterben Menschen, ist auch das der Zeit ihre Schuld?
Die Zeit ist unser Glaube, unsere Hoffnung, unser Glaube
Pure Verzweiflung, purer Hass,
Beflügelt uns die Zeit zu verdammen
Doch ohne die Zeit wären wir nicht existent

Im Rausch der blinden Hoffnung, des blinden Übermuts
Vergessen wir alles und erleben einen Augenblick,
Der uns beflügelt
Sie nennen es Liebe, Ich nenne es Ekstase der Verzweiflung
Ein Akt, den wir beschließen
Ein Pakt des Teufels Sünden, den wir jedoch ersehnen
Doch vermag uns die Zeit das Glorreiche zu versprechen?
Was wird sein in Jahren? In ewigen Zeitäonen?
Die Tage vergehen, die Wochen verfliegen wie im Fluge
Und doch ist alles abhängig von einer unerklärten Materie
Die wir nur als Zeit zu definieren wissen ...

EIN ANDERES ICH

Ein schwarzer Mantel, der mein Leben umhüllt
Ein Dolch im Herzen, der mich quält
Ein Schatten auf der Seele, der mich um den Verstand bringt
Meine Hoffnungen schwinden dahin, keine Kraft geben sie mir
Die Träume sind meine Hoffnung, ein Versteck vor der Realität
Auch wenn sie mich noch immer ereilt

Ich dachte, es gäbe etwas wie Hoffnung
Meinte, es sei nur verborgen in der Ewigkeit
Hoffte, es würde der Schmerz sich bald legen
Wusste, dass es mein Leben war
Nur ein Weinen konnte Ich mir erlauben
Nur ein Sehnen konnte Ich mir erhoffen
Lediglich sind es Worte, die verstummen
Worte, die einem Ruf gleichen
Einem Ruf nach Hilfe

Keine Augen richten sich zu mir
Nicht eine Wesenheit hört diesen Ruf
So hallt Er durch die Welt, verstummt in meiner Lunge
Hinfort sind nun all die Träume
Hinfort sind all die Hoffnungen
Geblieben jedoch, der eiserne Schmerz
Der Schmerz der mein Leben bestimmt

EIN ANDERES ICH

Jeden Tag lebe ich, erkenne den Sinn nicht
Jeden Tag frage Ich mich, warum?
Der Wind flüstert zu mir
Das Einzige, was die Welt mir spendet
Ich träume von Liebe
Träume von Wärme und Geborgenheit
Illusionen von Ruhe und
inneren Frieden bemächtigen sich meiner
Doch es ist mir bewusst, es ist nur ein Traum
Woran merke Ich es nur?

Worte der Verzweiflung, die Ich über die Lippen hauche
Schreie der Seele, die mich verdammt
Eine Frage der Vernunft, Beherrschung und Sinnlosigkeit
Muss Ich noch weiter diese Träume dulden?
Projektionen aus meinem kranken Verstand
Sie zeigen mir Erinnerungen
Erinnerungen an die Liebe, an dessen Schmerz
Erinnerungen an Wärme und Geborgenheit
Erinnerungen an einen anderen Menschen, ein anderes Ich

EIN ANDERES ICH

Und mir kommt in Gedanken
Liegt es an mir? Habe Ich mich dazu gebannt?
Bin Ich es oder die Welt, die sich ändert?
Beachten mich die Menschen nicht, oder Ich diese nicht?
Fragen die mich quälen, Fragen die Ich nicht dulde
Mir wird bewusst, Ich bin es
Ich sehe deutlich vor mir die Bilder
Bilder der Vergangenheit
Bilder an ein anderes Ich
Doch warum erkenne Ich mich nicht?
Nicht mehr in dieser Gegenwart, nicht mehr diese Welt
Alles so geändert, oder doch nur Ich geändert?

So soll meine Hoffnung mich leiten
Durch die Perle des Lebens
Nur der Schmerz der mich erinnern lässt
Nur die Trägheit in dem Haupte, an die Ich mich entsinne
In des Lebens schwarzen Mantel, dort entfacht ein Licht
Es ist die Hoffnung, die mich trifft
Sie schmerzt und gleicht unerreichbar
Doch im Inneren begehre Ich sie
Es ist die Erinnerung an ein anderes Wesen
An ein anderes Ich ...

EIN BANN

Der Tag beginnt mit warmer Freude, endet mit süßer Pein
Vor wenigen Wochen habe Ich zu leben begonnen
Nun das Wissen was es bedeutet, sein Leben zu genießen
Das Gefühl der Lebensfreude bemächtigt sich meiner
Es ist ein Bann der Dunkelheit
Ein Gefühl der Leidenschaft und der Sehnsucht
Schmerzen streifen täglich mein Herz
Für wahr, es mag kein Ende nehmen

Ein Bann, der uns vereint
Die Seelen sind verbunden, gar verwandt mag man sagen
Es gleicht dem Spiel des Schicksals
Doch diesmal spiele Ich mit
Gestalte meine eigenen Regeln und beginne zu riskieren
Verstehe das Spiel und beginne zu siegen
Obgleich Ich schweige oder schreie
Niemand wird es hören, niemand wird darauf achten
Muss Ich doch alleine damit mich zurechtfinden
Alleine den Weg der Erlösung finden
Die Distanz überbrücken, die Pforten öffnen

Es spaltet sich mein Leben in zwei Seiten
Schatten, Dunkelheit ... die Einsamkeit
Zugleich das Leben in der geborgenen Dunkelheit
Jene Ich genieße
Viele Gefährten habe Ich zurück gelassen
Auf Vieles musste Ich verzichten

EIN BANN

Bin Ich doch bereit alles zu opfern
Um den rechten Weg zu wählen
Mein Herz hat sich mir lange verschwiegen
Doch nun offenbart
Meine Seele liegt noch immer brach,
Doch hat sie ihre Angehörigkeit
Zu einer Person erkannt
Die Gedanken, die Träume, die Realität weisen mich
Nur auf die Dunkelheit, die Ich teile

Das Blut pulsiert in den Adern
Das Adrenalin pumpt sich sanft durch mein Herz
Die Kraft wird sie mir geben, beginne sie zu nutzen
Beginne sie zu verstehen
Einsamkeit, Sehnsucht, der Wunsch der Umgebung
Möge sie mir stets die Hand reichen

Führe Ich sie zum ewigen Glück
Doch stehe Ich hier nicht alleine
Die Finsternis ist mein treuer Freund
Mein krankes Hirn jedoch denkt nur an Sie
An das zarte Lächeln, die anmutige Gestalt
Die Haut so weich wie Samt, ist sie meine Königin
Ein jeder soll es wissen, dass gar Ich das Leben nun verstehe
Die Welt scheint mir noch immer grausam zu sein
Doch schaffe Ich nun meine Wege
Diene nicht mehr dem Schicksal

EIN BANN

Soll es mir dienen, soll es mir helfen
Doch nie mehr mich unterdrücken
Sind es nicht mehr nur die Träume, die Ich genieße
Sind es nicht mehr nur die Gedanken, die Ich liebe
Es ist das Leben, das Ich nun genieße und begehre
Ist es meine Königin der Nacht, die Ich liebe
Ist es unsere Gemeinschaft, die mich am Leben hält
Ein neues Leben schenkte sie mir, teilt es mit mir

Nun wache Ich jeden Morgen auf
Mit einem Lächeln auf den Lippen
In Gedanken stets bei ihr
Das Wissen geliebt zu werden
Vermag nicht die passenden Worte zu treffen
Weiß Ich nur eins ...
Für immer ein Leben, mit ihr an meiner Seite ...

EIN BUND DER FREUNDSCHAFT

Zu dunkler Stund, in naher Ferne
Zu gegebener Stund, in morgendlicher Frühe
Erwacht aus diesem Grab
Erwacht aus dieser Sehnsucht
Es sind die Tage der Vergeltung
Die Tage der Sehnsucht
Es sind die Zeiten, die Revue passieren
Es sind lediglich Stunden, die vergehen

Die Tage ziehen vorbei, es gibt kein Ende
Die ferne Zukunft liegt brach vor meiner Seele
Doch erkennen tue Ich diese nicht ...

... Es ist ein Traum, der mich gefangen hält
Ein Traum von Qual, Leid und Schmerz
Wenn es diesen Traum nicht gäbe, wäre es nicht mein Leben
Es wäre nur ein Schatten, der sich dieser Welt bemannt
Die ewige Nacht, die ewige Dunkelheit
All das, all dieses Düstere der Welt scheint sich in Ihr zu spiegeln
In diesem Traum, in dieser Hoffnung

EIN BUND DER FREUNDSCHAFT

Es sind nicht viele Menschen zu sehen
Dumpfer Nebel, der die Welt einhüllt
Es gleicht einem Mantel der Gerechtigkeit
Doch niemand kann ihn deuten
Es ist lediglich ein Schatten von diesen Seelen
Ein Schatten, der die Welt - diesen Traum - ruiniert ...

Es sind zwei Freunde und ein Lichtblick
Ein Lichtblick in dieser Gestalt
Sie erkennen diese Qual nicht
Sie erkennen diesen Schmerz nicht
Doch leben sie in dieser Gewissheit
In dieser Einsamkeit ...

Ein kosmischer Bund, der sich hier vereint
Ein Bund der Gleichgültigkeit und der Gleichheit
Ein Bund der Widersprüche, dennoch stark und konstant
Er ist nur ein Gefährte, ein Gefährte unseres Lebens

Diese drei Gestalten, sie umringen ein Grab
Ein Grab in tiefer Erde
Ein Grab gezeugt durch eigene Hand
Sie erkennen den Tod in dessen Augen
Doch wissen sie keinen Rat
Sie respektieren den Tod, denn sie haben Angst davor
Nicht einmal in diesem Leben
Möchten sie ein gleiches Schicksal erleiden
Doch reichen sie ihm die Hand - in der Hoffnung
Ihm helfen zu können

EIN BUND DER FREUNDSCHAFT

Er greift nicht mehr nach dieser Hand
Er greift nicht mehr nach diesem Leben
Er ist hinfort geschritten, in die andere Welt
In eine Parallele zu unserem Dasein
Doch sein Auge blickt auf sie herab

Diese Drei, ein übrig gebliebener Bund
Er signalisiert seine Existenz noch weiter in Gedanken
Doch sein Körper liegt regungslos am Boden
Gepeinigt durch das Schicksal
Gerettet durch die Stärke einer Freundschaft

Sei es nun ein Lichtblick, der das Herz erwärmt
Ein unerreichbarer Lichtblick, den man begehrt
Eine Zuneigung, die in den Adern pulsiert
Eine Hoffnung, die unbewährt bleiben wird ...

... So wissen wir auch in dieser Zukunft
Dass es nur Freunde sind
Die Freunde, die einem das Leben bescheren
Doch auch Freunde sind es, die den Tod bedeuten ...

ENTWICKLUNG EINES LEBENS

Es schlägt trübe Stund, doch seine Schritte führen ihn
Er ist müde, doch die Gedanken treiben ihn
Er ist es leid, doch sein Herz fordert es von ihm
So beschreitet Er diesen Weg ...

Würden Worte doch nur sagen, was Er fühlt
Sollen andere seine Augen deuten, wie sie es begehren
Nicht einer kann es wissen, nicht einer sollte es jemals wissen
Seine Worte hallen gen Himmel
Sind unberührt, doch erhört

Was wird geschehen, nach dieser Nacht
Wenn die Stunden des Glückes Revue passierten
Wenn jene Träume vor den Augen verblassen
Wenn alles schon gesagt wurde
Nicht eines seiner Worte das Ziel erreichte

In der Dunkelheit läuft Er daher
Die Gedanken hängen an den letzten Stunden
Nie war Er so in Glückes Rausch gefallen
Nie war Er so schnell des Lebens mächtig

ENTWICKLUNG EINES LEBENS

Er sieht in den Schein des Mondes, und spürt diese Wärme
Eine Wärme die ihm lange untersagt war
Weicher Regen tröpfelt auf seine blasse Haut
Ein Gefühl, das Er genießt
Ein Gefühl, welches Er nie zu schätzen wusste

Er spürt, wie sein Herz unter der Haut zu pulsieren beginnt
Das Blut wird warm, es rinnt wieder in den Adern
Ein leichter Hauch von Kälte entweicht seinen Lungen
Und Er beginnt ... zu leben

Noch nie zuvor spürte Er dieses Ereignis
Stillschweigend starrt Er gen Himmel
Er beobachtet unter Tränen die Entwicklung
Die Entwicklung eines Lebens
Die Entwicklung seines Lebens ...

ERINNERUNG

Die Straßen sind leer, trübe Abendstunden passieren
Menschen blicken mir nach, doch nur in meinem Geist
Der Verstand gleicht einer Paranoia
Das Herz pocht gegen die Rippen, man hat mich zurückgelassen
Umhüllt in Trauer folge Ich meinem Weg
Dem Weg, den Ich lange ersehnte ...

... Ich sehe in die Ferne
Ein helles Licht, es blendet mich
Die Hoffnung bildet sich in der Seele
Ein Hauch von Wärme streift meine Haut
Ich beginne zu rennen, gegen die Ewigkeit
Tauche ein in diese Welt voller Harmonie und Glück
Fühle die Lebensfreude in meinem Blut pulsieren
Spüre die Wärme in meinem Herzen ...

... Und doch war auch das nur eine
Paranormale Erscheinung meines Geistes
Ein Bild, das Ich einst sah
Ein Gefühl, welches Ich nie erlernte

ERINNERUNG

Ich schaue mich um, spüre harten Boden
Richte mich auf, schaue an mir herab
Offenes Fleisch und verweste Knochen
Ragen empor zu meinem Blick
Ein Ekel, der mich heimsucht
Die Zeit habe Ich hinter mir gelassen
Längst begraben sollte Ich sein
Doch erneut packt mich dieses Gefühl ...

Eine farbige Welt, keine Öde, auf der Ich stehe
Die Natur blüht um mich herum
Kinder spielen, Familien leben in Harmonie
Laufe Ich dort hin, verblassen sie
Es erklingt ein Schrei, ein Schrei der meine Lungen füllt
Ein Schrei meiner Seele, der Qual und des Hasses
Und Ich wache auf ...

... Des Tages Gewand spiegelt sich in Schatten
Oder ist es nur mein Geist?
Meine Welt, die ins Schwarze fällt
Diese Gefühle des Glücks, diese Träume
Dieses Gefühl zu leben
Es ist mir nicht mehr gestattet
Es ist nur noch eine Erinnerung ...

EWIGE EINSAMKEIT

Die Wolken hängen am Himmel
Der Wind zieht an mir vorbei
Die Augen starr gen Himmel gerichtet, ein Spiel der Sinne
Blau der Himmel, schwarz die Wolken
Seine Lippen ziert ein Lächeln,
Mein krankes Hirn hegt so manchen Vergleich
Ein Sturm bahnt sich an,
Die Menschen flüchten in ihre Behausungen
Nur ein Wesen steht dort allein, verlassen

Schwarz wie die Nacht, so der optische Eindruck
Das Gesicht leichenblass, die Augen leer und rot
Die Lippen bewegen sich, doch kein Wort füllt die Luft
Schmerzende Pein sucht diese Gestalt heim
Umher die Menschen sie flüchten noch immer
Die ersten Blitze zucken herab, Er hebt seine Arme gen Himmel
Es scheint, als rufe Er nach Hilfe
Hilfe, die ihm beisteht in diesem Leben

Der Wind tobt, das Wasser beginnt zu wanken
Er lächelt vor sich hin, düster und doch zufrieden
Die Welt lebt im Wandel, doch Er sieht es nicht
Sein Ruf langt bis in die Pforten der nächsten Ebene
Hört ihn dort jemand? Reagiert jemand auf sein Flehen?
Sein Blick offenbart das Chaos, das ihn beherrscht
Zitternder Körper bannt seine Seele
Die Sonne verbirgt sich hinter dunklen Wänden aus Wolken
Donner grollt Firmament
Ist es der Zorn der Götter, die ihn verspotten?
Fürchten sie, was Er vollbringt?

EWIGE EINSAMKEIT

Nun steht Er alleine, kein Wesen in Sicht
Es rinnen die Tränen an seinen Wangen herab
Doch beginnt Er zu lachen
Ein Lachen, das die Erde beben lässt
Was ist in ihn gefahren, was lässt ihn so handeln?
Wer vermochte es ihn so zu verwirren, so zu blenden?
So schreibt Er mit Blut in der Luft
So spricht Er wimmert seine letzten Worte aus
Er sucht nach einem Weg, aus der ewigen Leere,
Die sein Herz heimsucht
Er schließt sich den Menschen an,
Und endet doch wieder alleine
Ist es doch nur eine Frage, die nach einer Antwort verlangt ...
... Lebe Ich in ewiger Einsamkeit?

FREIHEIT

Dort liegt er
Gefesselt am Kreuze
Der Tod wird ihm gebracht
Es wird zu einem Hieb angesetzt
Blicke, die emporragen
Blicke des Entsetzens, auf die Klinge gerichtet
Augenblicke der Angst
Sein Leben zieht an ihm vorbei ...

Er war unterdrückt und gepeinigt
Von Königs Worten verletzt
Dem Volke gleichgebunden
Doch erhob Er sich, als seine Liebsten gemordet wurden
So stand Er da, in Trauer und Hass
Trotze dem Gebieter und Herr
Meuchelte einen nach dem anderen

In Zeiten der Hoffnungslosigkeit
Gott war seine Hilfe
In Zeiten des Krieges
Seine Klinge war sein Leben
Feindliche Häupter nahm Er als Lohn
Blut tränkte die Erde
Er fühlte sich erhaben
Fühlte sich mächtig, bis zu jenem Tage ...

... Seine Lippen öffnen sich
Die Lungen sprengen sich beinahe
Todesschrei, gleichend nur einem Wort
Das Volk steht versammelt
Entsetzt hören sie dieses eine Wort

FREIHEIT

Weinend klagen sie den Henker an
Als der Strahl seinen Hals trifft
Schluchzend klagen sie
Während das Blut pulsiert
Während langsam die Haut durchtrennt wird
Binnen des Sterbens

So rufen sie seinen Namen
Noch immer entsetzt über dieses eine Wort
Über dieses Verlangen
Diese Begierde
Dieses eine Wort
Sie erinnern sich an seine Taten
Sie schreiben seine Worte nieder
Es waren seine Worte
Es war sein Wille, es zu erlangen
Der gesamte Kampf galt diesem Gefühl
Ein Gefühl, das nicht einer je haben wird
Ein Gefühl, welches wir zu besitzen träumen

Sie weinen noch immer, sie klagen noch immer
Sein letzter Ruf hat sie erschüttert
Brachte sie durcheinander
Ein einziges Wort, wofür Er sein Leben gegeben hat
Das Wort, was alles beschreibt, was wir begehren
Ein Wort, welches ein Gefühl ist:
„Freiheit“

FREUNDE

Gedanken über Gedanken häufen sich in meinem kranken Hirn
Sie sind verwirrt, und doch geordnet
Sie drehen sich um Freunde,
Um die Zeit der gegenseitigen Hilfe
Doch was ist nun? Gar Freunde distanzieren sich

Nur wenige wahre Freunde fand Ich im Leben, zu zweien
Fand Ich ewiges Vertrauen
Sie kannten mich, sie verstanden mich
Doch nun? Einer ist geblieben,
Der andere würdigt mich keiner Worte
Freunde - was heißt das schon
Füreinander da sein, Vertrauen, Ehrlichkeit, Freude
Miteinander sich vergnügen, die Zeit vertreiben
So habe Ich bislang das Wort Freund definiert
Doch wurde Ich bitter enttäuscht
Jener, den Ich als besten Freund predigte, wendet sich ab

Was sind Freunde, wenn sie einen nicht beachten
Was sind Freunde, wenn sie einen nicht mehr sehen wollen
Was sind Freunde, wenn sie einen nicht mehr verstehen
Doch wenn man sein Glück gefunden hat, herrscht absolute Stille
Immer wieder rinnen die Tränen
Meinen Wangen herab, bei dem Gedanken
Warum überhaupt Freunde, wenn es nur so wenige sind, die sich
Dann doch abwenden?

FREUNDE

Nun blicke Ich mich um,
Zu meiner Linken ein Weg ins Dunkle
Zu meiner Rechten ein ungewisser Weg,
Doch mit Freude und Glück
Der Blick drängt mich zu meiner Linken,
Doch folge Ich der Dunkelheit
Einen Halt fand Ich an jenen Freunden, die sich nun abwenden
So stürze Ich hinab, in die Tiefe
So bricht meiner Seele durch,
Bitterer Schmerz der im Herzen lastet
Doch, Ich lasse los ...
Von alle dem, und folge nur der Dunkelheit ...
Möge sie bestimmen über mein Leben
Nie mehr einen Menschen so tief im Herzen als Freund schätzen
Nur sehr wenige haben mein Vertrauen noch
Doch führe Ich nur eine Hoffnung mit mir ...
... Mögen sie mich nicht auch noch verlassen ...

FÜRST DER FINSTERNIS

Grüne Augen, die die Welt erblicken
Schwarzes Leder, welches die Gestalt einhüllt
Rauch, der den Lungen entweicht
Zitternde Hände, die den Körper umschlingen

Gefiederte Schwingen, die verborgen sind
Loderndes Feuer, das sein Atem ist
Düstere Träume, die sein Leben beschreiben
Stille Worte, die Er spricht

Kalter Stahl, der seine Haut streift
Sachter Schmerz, der durch seine Adern pocht
Zerrissene Kleidung, die vom Leibe fällt
Warmes Blut, welches das Fleisch bedeckt

Schwaches Kerzenlicht, welches das Schauspiel beleuchtet
Windzüge, die ihn kühlen
Stimmen, jene nach ihm rufen
Sehnsüchte, welche Er begehrt
Sanfter Puls, der langsam ausklingt

Bedeutungslose Worte, die Er spricht
Unwissende Wesen, die ihn beobachten
Ängstliche Wesen, welche ihn vergöttern
Nur ein Name, auf den Er hört
Düsterklingende Stimme, die seinen Lippen entflieht

FÜRST DER FINSTERNIS

Scharfer Stahl, der sein Fleisch durchbricht
Begehrter Schmerz, den Er duldet
Ersehntes Leiden, welches Er bedeutet
Unklare Lehren, die Er vertilgt

Eine Verneigung, die ihm gebührt
Etwaige Seelen, jene ihm gehorchen
Etliche Wesen, Er nennt sie sein Eigen
Ewige Finsternis, die Er spendet

Der eine Name, auf den Er hört
Seine Stimme, der die Menge gehorcht
Sie rufen im Chor
Sie begehren seine Gegenwart
Sie nennen ihn nicht bei Namen
Sie schreien nur seinen Titel
Sie rufen nach ihm, in Angst verfallen
Denn Er ist der Fürst der Finsternis
Der Fürst von jenen, die sich verdammt fühlen ...

GEFALLENER ENGEL

Langsame Schritte erklimmen den Himmel
Setzen ihren Weg fort, ohne Gedanken - ohne Ziel
Bisweilen nur gefolgt, doch nun selbst leiten
Diesen einen Weg, der nach oben führen soll

Empor steigt er, aus der Tiefe seines Lebens
Aus dem Schatten seiner selbst ist Er gewachsen
Die Zeit scheint endlos zu sein - in der Dunkelheit
Blitze zieren den Himmel
Ein ewige Zorn, den man spürt

Dem Kosmos immer näher - Blicke zurück
Die Vergangenheit, so nah und doch fern
Nicht mehr zu ändern, was einst war
Die Zukunft allerdings bestimmend

Angst vor dem Leben
Angst vor dem Tod
Zwiegespalten steigt Er weiter auf
Hinauf, in des Lebens wahres Gesicht
Will es sehen, die komplexe Welt der Gefühle
Möchte verstehen, was mit ihm geschieht

Er wusste einst, Er ist verloren
Nun beginnt Er zu wissen, Er wird gebraucht
Fixiert seine Hoffnung nur auf ein Gefühl
Ein Gefühl, das Er dort oben zu finden erfleht

GEFALLENER ENGEL

Erhaben - Arrogant
So bannte Er sich seinen Weg
Zeigte sein Inneres nicht, war nur der Engel
Ein Engel für die ihm Lieben, doch durften sie nicht an ihn heran
Gefühle - Berührung - Nähe
Es war nicht sein Wille, wurde so geprägt

Er steigt weiter den Himmel empor
Offenbart immer mehr seines Wesens
Wächst heran zu einer gefühlvollen Wesenheit
Diese Arroganz, das Erhaben, hat Er abgelegt
Möchte sich zeigen, wie Er ist
Ist stolz darauf, etwas zu sein

Von Dunkelheit war Er erfüllt,
Doch brach das Licht durch seine Welt
Stück für Stück
Doch gewann oftmals das Dunkle in ihm
Führte ihn wieder den schmerzhaften Weg
Den Pfad vom Himmel entfernend

Doch ist es ihm gelungen, den Weg zu vollenden
Hat erreicht, was Er begehrte
Ist nun ein Mensch, der fühlt
Ein Mensch, der sein Innerstes offenbart
Ein Jemand, der stolz auf sich ist

GEFALLENER ENGEL

Er fühlt sich wohl, dort wo Er ist
Verharrt, lebt und liebt
Einst trank Er schwarzen Wein, nun den Zartesten
Fand den Weg aus der Leere, die sein Leben einst predigte

Die Zeit passiert Revue
Er verliert sein Gleichgewicht
Scheint zu fallen, ein ewiger Fall
Findet Halt, an manchen Gedanken - Personen
Stellt nicht mehr nur den Engel dar, der Er war
Sein Leben ist noch immer nicht mehr so düster
Sein Wesen nicht mehr der Dunkelheit so tief verschrieben
Doch ist sein Wille gefallen

Bisweilen war Er nur ein dunkler Engel,
Der das Licht gefunden hat
Ein Wesen, das sich von der Masse abhebt
Ein Geschöpf, das die Masse meidet
Doch nun ist Er schwach, sein Wille gekränkt
Er ist gefallen, von diesem ersehnten Ort
Nicht mehr vom Schmerz befreit
Nur noch ein träumender Engel ...

... Ein gefallener Engel

GEFÜHL DES FRIEDENS

Der Blick schweift gen Boden
Eine Träne, jene man spürt
Eine Träne, die herab tropft
Eine Träne, welche ihren Weg bannt
Doch erinnert Er sich an damals ...

Die Gedanken sind wirr, doch so gerichtet
Das Herz sehnt sich, mit Schmerz begleitet
Das Blut pulsiert in den Adern, es gefriert
Mit jedem Atemzug füllen sich die Lungen erneut
Doch fehlt jeder Sinn
Der Sinn für sein Tun
Ein Sinn, den Er verloren hat

Er verließ sein Leben
Doch war es nicht seine Absicht
Eine Fassade hat Er aufgerichtet
Denn nicht einmal mehr möchte Er solchen Schmerz vergeben
Die heilige Stille, die Er einst lobte
Die innere Ruhe, die Er einst begehrte
All das, sein reines Glück, gab Er auf

GEFÜHL DES FRIEDENS

Sein Leben zieht an ihm vorbei
Ohne Sinn, ohne Glauben
Er weiß noch immer wie es einst war
Diese Wärme zu spüren
Diese Geborgenheit zu lieben
Er ersehnt noch immer, wie es einst war
Ein Halt in seinem Leben
Ein Halt, den Er liebte

Doch gab Er dieses Leben auf
Er gab sein Leben auf
Ohne Grund, ohne Furcht - aus Angst
Angst vor der Zerstörung seines Glücks
Wollte Er doch nur einen anderen Weg wählen
Ruinierte dabei sich selbst ...

Grundlos steht Er nun auf
Er blickt in den Spiegel, erkennt sich nicht mehr
Er schreibt sein Leben nieder
Das Leben, welches Er einst hatte
Sein Buch hat Er verfasst
So legt Er sich zur Ruhe
Genießt diese Stille in seinem Verstand
Spürt wie das Blut sich nicht mehr regt
Die Augen schließt Er - seither nicht mehr geöffnet
So ist Er gestorben, in einem Gefühl, welches Er begehrt
Ein wohliges Gefühl
Das Gefühl des Friedens ...

GRENZEN DER WELT

Angst und Pein begleitet die Menschheit seit Tagen
Wenige wissen, worum es sich handelt
Viele wissen, es ist der Weg der Irrführung
Große Mächte treffen aufeinander
Jede Nacht birgt neuen Tod, neue Zerstörung

Die gesamte Menschheit fürchtet sich, vor diesem Geschehen
Sie alle spekulieren und geben ihr bestes, ihr Eigen
Sie geben ihre Existenz, um das Leben zu erhalten
Doch einen Grund können sie nicht nennen
Es geht um Ruhm und Ehre
Um einen Beweis der Macht
Der Macht, die nicht vorhanden ist

Die Grenzen der Welt weiten sich
Frieden ist das begehrte, Tod ist der Preis
Den Göttern ist es ein Schauspiel
Doch auch sie verstehen nicht viel, von dieser Tat
Sie wissen auch keinen Rat
Sie können nicht helfen
Doch haben die Götter einen Grund zum Lachen ...

GRENZEN DER WELT

... Der Mensch ist blind und verdorben
Er meint, Kriege fechten zu müssen
Gewalt, Hass und Verzweiflung hat uns dazu gemacht
Sie sind unsterblich, doch allesamt tun sie mir leid
Ich sitze still und starre in die Welt
Lache bei dieser Dummheit
Lache über diesen Drang der Zerstörung

Grausame Stunden ziehen Revue
Die Zeit scheint ewig zu sein
Das Auge der Welt liegt auf diesem Krieg
Der Welt ihr Herz der Gutmütigkeit, das Herz der Menschen
Nicht mehr gefüllt mit Wärme, Geborgenheit und Liebe
Verdammt durch Hass, Tod und Neid

Die Menschheit ist dem Zwiespalt verfallen
In zwei Gruppen spaltet sich die Welt
In zwei Wege führt des Menschen Geist
Doch hegen wir die Hoffnung
Dieser Welt bringt uns an das Licht
An das Ziel, ohne Blut zu vergießen ...

HIMMELS PFORTE

Ein leichter Nebel bettet die Welt
Der Mond hängt trüb am Firmament
Ein Schatten der auf der Welt liegt
Ein Schatten, der im Nebel wandelt

Unbemerkt und doch so begehrt
Nur ein Name und doch solche Bedeutung
Nur eine Illusion, zugleich ein fester Bestandteil der Welt
Jedoch wird Er verfolgt, von düsteren Augen
Augen der Welt, die ihn beobachten
Blicke Gottes, der ihn verachtet

Den Glauben verloren an Gott
Dem Glauben einer Religion schon längst abgelegt
Nur noch die Macht der Dunkelheit trieb ihn stets an
Die ewige Nacht war sein treuer Begleiter
Und doch ist es der Blick Gottes, der ihn entzürnt

Zu tiefer Stund, in später Nacht
Dort verharrt Er in seiner Welt
Er wacht über die ihm Vertrauten
Wacht über die ihm Wichtigen
Doch nicht einer weiß von ihm
Seine wahre Wesenheit hält sich im Verborgenen

HIMMELS PFORTE

Ein Zeuge für seine einst prachtvolle Existenz hat es gegeben
Nur ein Zeuge, nun jedoch hinfort geschritten
So steht Er Stund für Stund in seiner Welt
Blickt trüb um sich herum
Starrt empor zur Himmels Pforte
Verbannt auf diese Welt
Sehnsucht schmerzt in seinem Herzen
Nur noch ein Schatten auf dieser Welt

Verschlossen sind ihm die Türen des Himmels
Geborgen fühlt Er sich im Schatten der Welt
Doch hegt Er nur einen Wunsch ...

... Der Wunsch die Welt zu verlassen
Hinfort zu schreiten aus der seinen Ewigkeit
Nur aus dieser Ebene zu flüchten
Nur die Gilden des Himmels zu erreichen

Er wendet sich an Gott
Verachtung und Hass bestimmen seine Worte
Er winselt jedoch auf Knien um Gnade
Hofft auf ein Zeichen
Hofft auf Verzeihung Gottes für seine Schandtat

... Es grollt ein Donner am Himmel
Er blickt vom Nebel empor zur Wolkenmauer
Nimmt nur diesen Blick Gottes wahr
Hört nur dieses verachtende Lachen
Und Er ist sich nun bewusst ...

... Eine Hoffnung auf Gott gibt es nicht

HOFFNUNG AUF EIN BESSERES LEBEN

Verlassen, einsam und verdammt
Bekümmert um das eigene Wohl
Verzweifelt an der eigenen Stimme
Kein Ziel mehr vor den Augen
Nur noch zu fliehen begehre ich

Hinfort aus dieser Welt
Verschwinden aus dem trauten Umfeld
Nicht mehr dieser eine Schatten möcht Ich sein
Die ganze Nacht beanspruche Ich als mein
So möge es sein, Träume sollen währen
Erinnerungen werden sterben

Größenwahn und Schüchternheit
Genie und Wahnsinn
Kranker Verstand und exzellente Worte
Die Beschreibung meines Lebens
Doch hält mich nichts mehr fest
Fühle mich hin und her gerissen

Flüchten, aus dieser Welt
Hinfort, aus diesem Leben
Nur noch ein Gedanke, der mich ziert
Nur noch eine Hoffnung, die Ich habe
Nur noch eine Sehnsucht, die mich schmerzt

HOFFNUNG AUF EIN BESSERES LEBEN

Das Gefühl der Freiheit
Endlich diese Freiheit zu erleben
In der Dunkelheit meiner Träume
Dort lebe Ich es aus ...

... Ein Leben an einem anderen Ort
Ein Leben in Freiheit und in Liebe
Ich träumte von diesem Ort der Freiheit
Doch nun warte Ich auf ein Zeichen
Ein Zeichen des Schicksals
Das sich mein Leben lohnt

Nicht mehr dieses Sinnlose in mir möcht‘ Ich erleben
Nur klare Gedanken begehre Ich zu fassen
Nicht mehr selbst mich zu hassen
Keine Schandtat rechne Ich mir noch an
Denn selbst ich, Ich bin nur ein Mensch
Nur eine Wesenheit, die träumt - das Leben lang ...

HOFFNUNGEN EINES JAHRES

Eine süße Kälte, die durch die Straße zieht
Ein dumpfer Nebel, der die Welt umhüllt
Stille Dunkelheit, die Ich begehre
Tiefer Schmerz, den Ich erleide
Ein Jahr vergangen, das Ich verabscheue

Die Tage der Ewigkeit wollen nun folgen
Müdigkeit im Geiste, Trägheit in der Wesenheit
Eine Träne der Stille, eine Träne der Sehnsucht
Im blassen Gesicht ziehen sie ihre Wege
Das neue Jahr wird beginnen

Ich stehe umher, blicke gen Himmel
Ein schwacher Blitz zuckt dort
Ein schmales Lächeln auf den Lippen
Vorbei die letzten Minuten des Schreckens,
Neue werden kommen

So bleibe Ich stillschweigend stehen
Bedenke mein Jahr, bedenke mein Leben
Schmunzeln, mehr vermag Ich nicht
Weinen, wenn Ich an das Jahr zurückdenke

HOFFNUNGEN EINES JAHRES

Vieles geriet in Vergessenheit
Doch der Schmerz wie gewohnt
Klaffende Wunden in meiner Seele,
Jeden Tag steigt der Schmerz empor
Trübe Gedanken zu jeder Stund,
Sehnsüchte, die nie erfüllt werden
Doch ein neues Jahr klopft an die kosmische Tür

Den Weg bislang bestritten
Jahre, bis die Ewigkeit erreicht ist
Monate, bis das Schicksal mich erneut peinigt
Wochen, bis der Alltag wieder wächst
Tage, bis die Gedanken mich bedrücken
Stunden bis der Schmerz wieder kommt

Die Tage ziehen vorbei
Nur wenige traute Worte erreichen mich
Manches Wesen scheint sich an mich zu erinnern
Doch das Jahr ist vorbei
Ein Teil des Lebens, ein Kapitel meines Selbst ist nun vollbracht
Der Geist wächst immerzu, die Seele stirbt ungestört
Nichts vermag es zu ändern
Niemand vermag es aufzuhalten
Doch ein neues Jahr heiße Ich willkommen

HOFFNUNGEN EINES JAHRES

Sehnsucht, Hoffnung und Glauben
All das habe Ich verdrängt
Sehnsucht, endet im Schmerz und Pein
Hoffnungen sind Illusionen kranken Verstandes
Glauben zeugt von Schwäche, bringt verderben
Warum sollte Ich dies tun?

Doch das Jahr ist vorbei, und Ich habe gelernt
Gelernt zu leben
Gelernt zu vergessen
Gelernt zu leiden
Lediglich eines wurde mir verweigert
Das Glück, es scheint mir nicht gegönnt
Vorbei, das Jahr des Elends
Ein Neues folgt

Ohne Sinn darin zu sehen, folge Ich dem Weg
Den Weg in die Ewigkeit
Den Weg der trauten Stille, der Einsamkeit
Nichts will sich mir offenbaren, nichts soll sich ändern
Alles bleibt, wie es ist
Nur die Erinnerungen an schöne Zeiten
Doch sie verblassen
So schweifen meine Gedanken ab
Ein neues Jahr, was wird es bringen?

ICH HABE ES GESCHAFFT

Die Nacht bricht an
Die Stunden der Ruhe, Ich habe sie ersehnt
Düster Träume am Tage erlebt
Die Ruhe in der Nacht ersehnt
Doch auch hier verfolgen mich die Träume

Es gleicht einer Nacht ohne Gerechtigkeit
Eine Nacht, die niemals enden wird
Meine Augen starr auf den Boden gerichtet
Sie sind geöffnet, innerlich geschlossen
Sehe nur die Dunkelheit
Doch in meinen Gedanken sehe Ich die Welt
Die Welt in Qual
Die Welt in Leiden

Doch nehme Ich die reale Welt war
Fühle wie der Wind meine Haut streift
Spüre die Kälte in meinen Adern
Erkenne einen schwachen Schatten
Ein Schatten der mich beobachtet

Es ist ein sanfter Schmerz, der mich berührt
Ein Schmerz des Blickes
Ein Schmerz des Lichts
So ersuche Ich auch diese Nacht nur die Dunkelheit
Doch verfolgt mich ein Schatten
Ein Schatten dieser Welt
Ein Schatten aus der Vergangenheit
Ein Schatten, der Ich einst war

Ich habe es geschafft

Es scheint sich alles um mich zu drehen
Nur ein Gedanken bleibt mir treu
Ein Gedanke an die Flucht
Das Begehrte ist vergessen
Das Ersehnte ist verblasst
Es existiert nur noch dieser Gedanke
Der Gedanke zu fliehen ...

... Doch fällt mein Blick wieder auf diesen Schatten
Er grinst mich an, sein Blick ist spottend
Verachtung ahne ich, doch wovor?
Verachtung vor mir selbst, vor dem, was Ich einst war
Ein neuer Weg öffnet sich mir
Der Weg zu meinem Herz
Der Weg zu meiner Seele
Ein steiniger Weg, den es jedoch lohnt zu gehen

So setzte Ich meinen ersten Schritt
Den ersten Schritt aus meinem Schatten heraus
Ich drehe mich um, höre nur ein düsteres Lachen
Er will mich erneut einholen, doch Ich habe es erkannt

Zur Flucht greife Ich nun
Zum Weg zur wahren Welt
Schwache Wärme durchstreift mein Leib
Ein Lächeln liegt mir auf den Lippen
Eine Gewissheit, die mich einholt
Ein Gedanke, der mich packt
Ich habe es geschafft ...

IM JENSEITS

Die Lebenslust verloren, sie einst glorreich gepredigt
Im Herz zu tief geboren, auf der Suche nach dem Sinn
Gefühle, gestorben und wieder belebt
Gefühle, der Schein des Lebens
Die Lebenslust wurde mir genommen, warum?
Hört mich keiner Rufen, nach Hilfe?
Sieht mich niemand hier stehen, verwirrt im Leben?
Suche nach der Hilfe, suche nach dem Sinn
Fragen gehen in mir empor, vom Winde getragen,
Jeder einzelne Gedanke
Engel sind zu mir geflogen, brachten Plagen, Sorge und Leid
Erkennt man mich denn nicht, so waren die Worte
Düstere Orte, die Heimat, zerstört und verwüstet
Verwirrung ist der Herr der Gezeiten, es gleicht dem Ende
Der Anfang vom Ende, so scheint es, doch vermochten wir
Es nicht zu sehen

Erinnert Ihr Euch nicht an mich? Wisst ihr, wer Ich bin?
Ich kann es nicht vergessen, kann nicht hassen,
Vermag nicht zu fühlen
Der Ewigkeit erlegen, vom Schicksal geprägt
Worte ersticken im Halse, vermochte sie nicht zu hören
Was wollten sie mir sagen? Hat man sich an mich erinnert?
Das Göttliche wurde offenbart, das Leben zieht an mir vorbei
Die Augen stets geschlossen, zu viel des Lebens genossen
Gepeinigt, betrogen und belogen, so beschreibe Ich mein Leben
Die Zeit verrinnt, Stunden glichen Sekunden

IM JENSEITS

Minuten waren im Fluge vorbei, jeden Moment genossen
Es war eine Zeit, eine Zeit die man nicht vergisst
Sichtlich hat man sie doch vergessen,
Oder war es nur ein Traum von mir?
Eine Mauer errichtet, um das schliche Herz
Es ist die Angst, Angst vor jenem Tage
Es ist die Angst, Angst vor dem Ungewissen, was kommen mag
Die Angst, die mich führt, die Angst der Vergessenheit

Dem Schicksal die Treue geschworen,
Wo wird es mich hingeleiten?
Bislang wurde Ich gelehrt,
Dass des Lebens Lohn dem Ungewissen gebührt
Geboren um zu leiden, um den Schmerz zu entfliehen
Die Liebe dient dem Lohn, den wir irgendwann spüren dürfen
Ich gab mein Leben, um anderen zu helfen
Ich gab meine Seele, um Zeit zu bringen,
Anderen mein Ohr zu widmen
Doch was ist der Lohn für diese Tat, für dieses Ziel?
War es zu riskant, oder war es meine Bestimmung?
Ich bin bereit, um den Lohn zu nehmen,
Doch was wird der Lohn sein?
Der Tod ist die Befreiung, von des Lebens ew‘ gen Alpträumen
Die Befreiung gleicht dem Preis, dem Lohn, dem Ziel
Zuviel habe Ich mir erhofft, es war zu viel

Im Stillen wurde Ich vergessen, kein Mensch fragt nach mir
Alsbald meine Zeit vergeht,
Wird man sich fragen, wo ist er eigentlich?

IM JENSEITS

Der Tod hat mich von Euch getrennt, doch Ich lebe
Im Jenseits werde Ich Euch sehen,
Meine Hände schützend über Euch legen
Wird man mich wahrlich vergessen, meine Worte,
Mein Wesen, meine Existenz?
Nun bin Ich ruhig, warte es ab,
Was das Ungewisse mir bringen mag
Ein schlichtes „Adieu“ verlässt meine Lippen,
Und der Tag bricht wieder an ...

IN DIR

Du kennst Deinen Weg, denn Du läufst ihn blind
Du weißt Dein Leben, denn Du liebst es so, wie es ist
Du belehrst anderen Deine Meinung, denn Du hast Recht
Du begehrst Dich selbst, denn Du bist perfekt

Wenn andere Dir Widersprechen, Du ignorierst
Wenn andere Dich meiden, dann ist es Dir gleichgültig
Nicht ein Gedanke hat je an Dir gezweifelt
Nicht einer wagte es je, Dir zu widersprechen
Denn sie kennen Deine Macht

Sie alle schenken Dir Glauben
Sie alle begehren Dein Wesen - Dein Leben
Den Leidensweg, den Du gehst, dem folgen sie
Wie ein Hirte, der seine Schafe sammelt
Wie Poseidon, der über das Meer wacht
So behütest Du diese Scharren an Menschen
Diese Masse, die Dir ohne Zögern glaubt

Doch in Dir, da bist Du unsicher
In Dir, da fühlst Du Dich schwach
In Dir, dort finden Zweifel ihren Weg
Dort, tief in Dir, da pocht wahres Blut
Nur siehst Du es nicht ein
Zu stolz, zu erhaben
Fühlst Dich dieser Gedanken überdrüssig
Warum solltest Du Bedenken haben, wenn jeder Dich liebt?

IN DIR

Wenn sie alle Deinen Weg einschlagen
Ziellos und ohne Hoffnung
Sie verzehren Deine Lehren wie Speise
Sie nehmen Deine Predigten mit offen Armen auf
Sie folgen einfach, ohne zu wissen warum

Deine Aura hat sich ihrer bemächtigt
Deine Stimme hat einst zu ihnen gesprochen
Heute hast Du Diener, die Deine Worte lehren
Doch in Dir beginnst zu einzusehen
Du verstehst, es macht keinen Sinn
Du hast Deinen Gegenspieler, der an Stärke gewinnt
In Dir siehst Du die Zukunft
Eine Zukunft ohne Dich

In Dir beginnt Dein Sterben
Ein Sterben in Form der Vergessenheit
Du wirst verdrängt, Du wirst verachtet
Niemand wird Deinen Lehren lauschen
Nicht einer wird deinem Wege folgen
In Dir, dort beginnst Du es zu verstehen
Es sind Zweifel, es ist Trauer
Wut und Zorn über Deine Anhänger
Angst und Trauer
In Dir ...

KÖNIGIN DER NACHT

Strahlende Augen, warmes Herz
Glücklich umher lebend in dieser Welt
Vergessen als das Grauen, es abgelegt
Vorbei die Zeiten der inneren Unruhe
Zufrieden steht sie im Leben
Doch ihre Aura verspricht mehr ...

Das Haar so dunkel, die Augen durchdringen den Verstand
Die Leidenschaft, die Sehnsucht
Die Lust offenbaren ihre Worte
Der Glanz der Augen währt noch immer
Doch die Dunkelheit hat sie abgelegt
Dem Glauben so nahe gekommen und tief im Herzen

Noch immer das Dunkle
Noch immer ist der Schatten in ihr
Der sich langsam ihrem Wesen bemächtigt
Ihr Gesicht, weiß wie Samt
Ihre Augen, schwarz wie die Nacht

Der Glanz der Augen verging, das Böse entfacht
Die Stimme so klar und rein, doch auch verwirrend
Die Blicke leer und doch bändigend
Meine Augen ruhen auf ihr, auf ihrer Entwicklung
Aus dem Licht wollt Ich sie holen
Im Schatten hat sie sich wieder gefunden
Der Blick mustert sie ...

KÖNIGIN DER NACHT

Was sehe ich? Stolz, Achtung und Würde
Doch ist sie ein Lichtblick, zur dunklen Stund
Noch ist sie ein Wesen voller Liebe, voller Leidenschaft
Hoffen möcht ich, dass sie das bleibt
Zugleich der Wunsch, das Dunkle in ihr wachsen zu sehen
Eine unbeschreibliche Hingabe, die Ich verspüre
Die Worte aus ihrem Munde, so zart und weich
Ihr Antlitz genieße ich, zu jeder Stund
Gegeben sei es mir, sie zu betrachten
Verweigert wird es mir, ihr den Weg zu weisen

Ist es doch nur die Verwandtschaft der Seele
Die uns verbindet
Ist es doch nur der Schatten, der uns vereint
Sind es doch nur die Tränen, die Ich ihr zeigen kann
Ist es doch nur mein Wort, das Ich ihr bieten kann
Doch ist es eine Art Schutz, den Ich ihr verborgen gebe
Und doch zieht sie mich in ihren Bann, mit unsagbarer Macht

Die Zeit vermag sie zu gestalten
Doch den Weg muss sie finden
Sie widmet sich dem Dunklen wieder
So wächst auch meine Faszination
Zumal den gleichen Worten gelauscht
Sind es jene, die uns verbinden
Übernatürliche Kräfte sind hier am Werk
Wir können sie nicht verstehen

KÖNIGIN DER NACHT

So ruht auch weiterhin mein Blick auf ihr
Zur Not bereit zu richten
So reiche Ich ihr die Hand, um sie zu führen
Sie trägt einen Namen, von mir benannt
Bleibt sie auch weiterhin meine Königin der Nacht ...

KUSS DES TODES

Ein Traum ging in Erfüllung
Ein Engel liegt in seinem Armen
Doch er, Er ist der Sohn der Dunkelheit
Seine Aura blendet den Engel
So ist es ein Teufel, jedoch unbemerkt

Ekstase der Liebe, pure Leidenschaft
Leuchtende Augen des Engels, die ihn betrachten
Zärtliche Hände, die seine Haut streicheln
Liebliche Worte, die sie zueinander sprechen
Doch nur eine Wesenheit führt Wahres mit sich

Es ist des Teufels Macht, die im Verborgenen liegt
Düstere Gedanken, die Er führt
Doch der Engel fühlt sich geborgen und sicher
Ahnt nicht die Wege, die gewählt wurden
Spürt nur Glück, bemerkt diese Fassade nicht

Durch den Engel erlangt Er Stärke, Ansehen
Durch den Schein des Engels wird Er mächtig
Doch seine Schwingen, seine Bocksbeine sind verborgen
Verborgen in der Blindheit des Engels

KUSS DES TODES

Die Tage vergehen in Glückseligkeit
Finstere Wolken ziehen auf
Immer mehr verliert der Engel an Licht
Die Dunkelheit bemächtigt sich dieser Gestalt
Doch ein verlockendes Lächeln auf Teufels Lippen

Worte spricht Er zum Engel
Beschwört sie mit Lügen, hält die Wahrheit verborgen
Seine Pläne laufen, wie gewollt
Der Himmel liegt ihm zu Füßen
Seine wahre Wesenheit ist noch unbekannt

Tiefer Blickkontakt, stumme Worte
Nicht eine Gestik, doch der Engel schreit auf
Er blickt an sich herab
Schatten auf dessen Haut, sein Liebster verändert sich

Nicht mehr der, der gedacht
Immer mehr ein schwarzer Engel
Immer mehr ein Geschöpf der Hölle
Sein Schrei schallt gen Himmel
Des Gottes Zorn bekümmert ihn
Doch des Teufels Gegenwart ihm vertraut
Starke Arme, wärmende Aura, an die Er sich schmiegt
Blutige Tränen rinnen die Wange herab
Er blickt ihn an
Seine Augen sind blass, totenstarr

KUSS DES TODES

Doch berühren sich die Lippen, das erste Mal
Zugleich das letzte Mal
Engels Augen werden aufgerissen
Der letzte Atemzug entweicht den Lippen
Er spürt den raschen Tod an sich
Setzt zu einem Hieb an, doch fällt herab
Herab auf kalten Stein
Hört das Brechen seiner Glieder
Seine Schwingen nicht mehr weiß, sondern schattig

Er versteht nun das Geschehen
Nahm den Kuss des Todes hin
Sah seine letzten Augenblicke
Sah die letzten Augenblicke der Welt
Es beginnt zu sterben, ein letzter Blick
Ein Blick auf den Teufel, nun in seiner Pracht
Siegesgewiss grinsend steht Er erhaben
Mustert den sterbenden Engel, beginnt zu lachen

Bleiche Haut, schwarze Schwingen
Schmerzen am samten Leib
Ein Engel fällt zu Boden und stirbt
Teufels Liebe war ihm sicher
Teufels Kuss war ihm geblieben
Doch ahnte Er diese Wege nicht
Den Weg des Todes
Den Kuss des Todes ...

LACHENDER TOD

Du blickst Dich um, niemand beachtet dich
Du schaust auf dich, verachtest dich
Spürst den Schmerz, bei jedem Wort
Spürst den Hass, der das Herz zerbricht

Es ist nur ein Tag, nur eine Stunde
Dir scheint alles ohne Bedeutung,
Denn Du hast nur Augen für sie
Mit jedem Tag wächst der Schmerz
Mit jeder Nacht werden immer mehr Tränen geboren
Fühlst nur noch den Hass, der in Deinen Adern pumpt

Mit jedem Atemzug dem Ende immer näher
Du weinst, Du willst nicht mehr
Du blickst in die Menschen rein, und fragst Dich nur „warum“
Mit diesem Gedanken wendest Du Dich ab
Ein bitteres Lachen der Verachtung huscht über Deine Lippen
Fühlst Dich schwach und verbraucht

Deine Gedanken drehen durch, der Schmerz nimmt zu
Der Atem entweicht nur mäßig Deinen Lungen
Nur noch Hass offenbaren Deine Augen
Nur noch Leid verbirgt sich in Deiner Seele

LACHENDER TOD

Diese Lüge, dieser Schmerz
All das willst Du nicht
All das brauchst Du nicht
Du fühlst Dich der Welt überdrüssig
Sind es Narren, die Dich auf die Erde gesetzt haben
Waren es nur Verrückte, die Dir ein Leben gaben
Auch sie verachtest du, jedes Wesen auf der erbärmlichen Welt

Die Tränen an Deinen Wangen sind salzig
Die Augen sind nur flüssig, keinerlei Bedeutung
Alles bedeutungslos, alles nur eine Illusion

Du fühlst Dich in einem Traum gefangen,
Einem Traum Deiner Hoffnung
Willst die Realität nicht wahrhaben, verdammst Dich selbst
Du lachst, Du lachst in absoluter Heiterkeit

Die Ekstase deines Lebens ist vorbei, Du beginnst zu sterben
Der Atem stoppt, das Lachen verhallt
Es ist hinfort, Dein Leben zieht an Dir vorbei
Nur einen letzten Blick wirfst Du zurück,
Auf Dein kärgliches Dasein
Du stirbst im Wissen, dass Du deswegen geboren bist ...

LEBENS SCHWARZER SCHLEIER

Schleier die ein Wesen umhüllen
Schwarz und undurchdrungen
Seine Blicke versuchen sich zu wehren
Die Hände zum Schutz vor das Haupt gefaltet

Weiße Haut, die unter seiner Kleidung sich zeigt
Hellblaue Adern, die sich langsam füllen
Sanfte Röte, die unter der Haut zu sehen ist
Sanfte Röte, die sein Leben bedeutet

Der Mund geöffnet, etliches Versuchen
Ein letzter Schrei, der in den Lungen schmerzt
Der Schleier gewinnt an Enge
Es zerdrückt diesen Mensch
Innerlich spürt Er das Versagen des Herzens
Hört die letzten Schläge
Hört seine letzten Schläge

Hilflos, panisch
So blickt Er sich um
Merkt wie Stück für Stück seine Adern reißen
Pulsierendes Blut füllt den Körper
Seine Augen treffen auf Schwärze
Eine ewige Schwärze, die ihn umhüllt

LEBENS SCHWARZER SCHLEIER

Versucht, die Schatten zu bedrängen
Versucht, sich im Stillen zu befreien
Erkennt eine Ironie des Schicksals
Denn sein Leben war es, welches nicht gelebt wurde
Er sieht die Vergleiche, zu seinem Leben
Spürt eine Ähnlichkeit in diesem Blick
Ein Blick ins Leere, wie damals
Ein Blick in die ewige Nacht
Kein Weg zurück
Spürt dieses andere Reich
Den Übergang, diese Silhouette

Die Enge gewinnt Überhand
Nur einmal noch blickt Er empor
Ein enormer Schmerz durchbricht seine Glieder
Als die Enge zunimmt
Ein verzweifelter Blick erhascht eine Illusion
Zumindest in seinem Verstand
Er sieht ein weißes Licht am Firmament
Streckt seine Arme entgegen

Ein ewiger Fall in die Tiefe
Immer weiter vom Lichte entfernt
So schreit Er im Fall des Sterbens
Dringt tiefer in den Schleier hinein
Spürt nur noch ein unwohles Gefühl
Versteht nun, dass sein Leben verschwendet wurde
Eine Träne rinnt herab ...
... Und Er wacht auf

LIEBE ZUM BLUT

In der Dunkelheit lüstern, dem Morgen trotzend
die Nacht genießend, das Blut liebkosend
... Eisige Wärme, anmutig - galant
Zarte Stimme, schwarzes Gewand ...

Führe Ich Euch an meiner Hand
Durch die Unendlichkeit der Ewigkeit
Ewig sterbend - immer lebend
Gleichgewicht, schwere Stunden
Die Nacht bedeutet Leben
Der Tag ist das Sterben
Stund für Stund ...

Die Zeit verfliegt - das Ende naht
Das Ende ist Revue - noch immer Gegenwart
Fließende Wärme - Puls
Fletschende Zähne durchbrechen die Haut
Blitzende Augen, schleichende Augenblicke
Zwei Wesen, eine Existenz
Verbunden im Blute
Der Geist ein Zwiespalt
Adrenalin - reizende Wärme
Blutige Lippen, die von Dir lassen

LIEBE ZUM BLUT

Silhouetten verblassen, der Tag erwacht
Ausgeblutet - vernichtend
Den ewigen Durst gestillt
Aufgebracht - blasse Haut
Schwarzes Gewand - blutgetränkt

Folge mir durch die Nacht
Bringe Dir ein neues Leben
Zeige Dir die Dunkelheit
Des Blutes kostbare Kraft
Es ist mein Leben, in ewiger Stille
Ein Kind der Finsternis ...

Mit dem Leben tanzend
Die Pforten zum Himmel zugeschlagen - irrelevant
Verdorben - lebend
Sterbend - meuchelnd
Genießend, verlockend
Eine Ekstase,
Die Liebe zum Blute ...

LIED DES STERBENS

Trübe Blicke huschen über die Haut
Suchen sie ab, streichen hinüber
Lächelt blass, und doch leer
Fühlt diese Begierde, kann sie nicht stillen

Erinnerungen an seine Lebenszeit
Noch ist Er zu jung, um zu sterben
Doch ist Er zu alt, um zu leben
Erinnerungen an das, was einst war ...

... Sie kamen, sie gingen
Hinterließen nur tiefe Wunden
Wunden die noch immer klaffen
Wunden, die tiefer reichen, als sie wussten ...

Dröhnende Stimmen, in seinem Kopf
Sein krankes Hirn spielt ihm ein Lied
Ein Lied des Sterbens
Die Melodie erklingt nun in der Welt
Gezeugt wird sie durch seine Verachtung

LIED DES STERBENS

Dünnes Blut rinnt in den Boden
Blasse Haut, die Er nun sieht
Die Augen geschlossen und lauscht dem Puls
Langsam pulsierend, bis Er endet
Ein Atemzug entweicht seinen Lungen
Wohl der Letzte, den Er nahm
Erst nun realisiert er, was mit ihm geschah ...

... Ein kurzer Schnitt, ein sanfter Schmerz
Warmes Blut auf weißer Haut
Die Blicke lüstern, die Stimme sanft
Des Lebens müde, den Sinn erkannt
Die Menge verwirrt, doch Er sieht klar
„Adieu" spricht Er und fällt hinab

LOHN DES LEBENS

Des Tages Licht erhellt die Welt
Der Geruch zarter Blüten steigt auf
Ein Sommertag, in vergessener Zeit

Ich laufe über die Wiese
Frischer Wind, der meine Lungen füllt
Ich spreche zu dem Himmel empor
Bete zum Schicksal
Hoffe auf das Schicksal

Dunkle Wolken nahen im Hintergrund
Donner grollt am Firmament, der Zorn Gottes
Doch Ich flüchte
Die Flucht vor der Dunkelheit
Das Ende meiner Selbst hinter mir gelassen
Laufe immer weiter
Hinfort in das Ungewisse

Ich halte an meiner Vergangenheit fest
Konnte mich lange nicht lösen
Die Schatten hinter mir verblassen
Ich fühle mich frei, geborgen
Umhüllt von Sonnenstrahlen
Mit einem Lächeln auf den Lippen
Beginne zu glauben, dass Ich die Vergangenheit verlassen habe ...

LOHN DES LEBENS

... Doch eine blasse Vision in meinen Gedanken
Eine Erinnerung, die sich meiner bemächtigt
Die Welt wird plötzlich ein lebender Schatten
Falle zurück in die Ewigkeit
Die Ewigkeit der Dunkelheit
Verblassen sehe Ich diese Sonne, diese schöne Welt
Vorbei das Gefühl der Freiheit
Verweht der Hauch von Glück
Trübe Wolken am Firmament
Ich blicke empor
Eine Träne rollt über die Wange

Ich öffne meine Lippen
Spreche hinauf zu den Göttern, zum Schicksal
Am Horizont blinzelt noch des Sommers schöner Tag
Doch mich umhüllen nur Schatten, Schmerz und Trauer
Gedacht den Weg gefunden zu haben
Bin nun doch zurück gebannt
Verdammt auf alle Zeit
Verdorben in Ewigkeit
So beschreibe Ich mein Dasein
Unbefristete Existenz, geknechtet und gepeinigt
Das ist der Lohn
Der Lohn meines Lebens ...

MEIN WEG

Stimmen in meinem Verstand
Blicke in meine Seele
Nicht fähig mich zu wehren
Nicht fähig mich zu zeigen
Stumm und schweigend, verdammt und besessen
So beschreibe Ich mein Dasein

Vor Jahren hat es begonnen
Dieses Spiel, dieser Trieb
Blind vor Sucht und Dummheit
Getrieben von falschen Glauben
Beschritt Ich den Weg meines Lebens - meines Abgrunds
Dem Schicksal den Rücken gekehrt
Vor langer Zeit ...

Wochen passierten mein Leben
Ziehen an mir vorbei - ohne Bedeutung
Keine Acht auf Hindernisse folge Ich meinem Weg
Dem Weg meiner Selbst
Einen Pfad, den scheinbar nur Ich erkenne
Begreifen kann mich niemand
Nicht einer sieht meinen Weg
Nicht einer versteht meinen Weg

Monate streifen an mir nur vorbei
Keinerlei Wert spreche Ich ihnen zu
Mein Geist fixiert nur auf diesen Weg
Eine Spur, die mich verlockte
Meine Zeit verrinnt im Fluge
Doch merke Ich es nicht

MEIN WEG

Jahre habe Ich hinter mir gelassen
Stehe nun am Abgrund meines Selbst
Zerbrochen schon lange in der Seele
Verdammt in frühen Jahren
Doch folge Ich noch immer diesem Weg, meinem Weg

Minuten vergehen, nur meinem Pfad im Geiste
Ich schließe flüchtig meine Augen
Der Weg ist verblasst
Verschwunden aus meinen Augen
Erneut Tage im Nebel umhergeirrt
Bis Ich erkannt habe
Mein Weg ist vorbei
Meine Zeit neigt sich dem Ende

In dem Rausch der Lebensmüdigkeit beginne Ich zu lachen
Mein Ziel habe Ich verfehlt
Verstehe nun, warum nur Ich diesen Weg sah
Es war der Weg meines Lebens
Der Weg meines Daseins
Der Weg zu mir selbst
Ich habe die Zeit nicht beachtet
Schlagartig wurde es mir klar
Mein Pfad des Lebens ist zu Ende
Nun stehe Ich ratlos da
Ohne zu wissen, was noch folgt
Ohne zu ahnen, was geschehen wird
Mein Geist von der Leere beraubt
Es ist vorbei, dieser Weg ...

Meine Zeit

Einst war es ein Mensch, der geboren wurde
Brachte Glück und Freude mit sich
Zauberte den Wesen ein Lächeln auf die Lippen
Behutsam gingen sie mit ihm um

Mit den Jahren wuchs Er heran
Entpuppte sich als wahres Wunder
Liebe und Träume waren seine Stärken
Trauer und Hass, das kannte Er nicht

Die Zeit ging im Fluge vorbei
Man spricht noch immer von damals
Man erinnert noch immer an schöne Zeiten
An Zeiten der Vernunft

Viele Jahre passierten Revue
Dieser Mensch wurde groß und älter
Seine Lebenslust war sein treuer Gefährte
Die Liebe gab ihm Kraft
Er wusste noch nicht um den Tod
Ihm war noch nicht die Macht des Schicksals bewusst

MEINE ZEIT

An einem trüben Tage
Die Sonne verließ sein Herz
Ein unwohles Gefühl bettet seinen Verstand
Erhaben stand Er dort, auf dieser für ihn noch warmen Welt
Doch der Tag brachte ihm Ungeahntes ...

... Er lernte die Macht des Schicksals kennen
Spürte was das Wort „Tod“ bedeutet
Die Wärme entriss sich seinem Körper
Schmerz pochte in seinem Herzen
Seine Seele liegt brach
Eis bedeckt jedes Gefühl
Er erkennt, was Hass und Trauer bedeutet ...

Seither ist Er nicht mehr dieser warme Mensch
Seither ist Er nur noch sein eigener Schatten
Nun hütet Er sich vor dem Schicksal
Trüb und blass blickt Er in die Welt hinein
Er wurde geformt, zu einem Sohn der Nacht ...

Es sind die Worte, die Er schreibt
Es sind die Erinnerungen, an seine Zeit
Die Zeit des Schicksals
Die Tage des Verderbens
Es ist meine Zeit ...

NÄCHTLICHER SCHMERZ

Die Uhr schlägt weiter - ununterbrochen
Das Herz pocht weiter - unbeirrt
Der Puls geht schneller - panisch
Die Augen tränen - schmerzend
Doch das Blut gefriert ...

Eisige Wärme, belebende Kälte
Dumpfe Stimmen hallen entgegen
Erinnerungen - verblassende Realität
Schreie - ohne Ende

Ein Zorn, der in der Seele lauert
Hass, der sich Seiner bemächtigt
Kalter Atem füllt den Raum
Schweiß rinnt herab
Zitternd - ein Fuß vor den anderen
Ein ewiges Fliehen - Nacht für Nacht

Der Tag verfliegt, Er zieht vorbei
Im Winde getragen, in dessen Eile
Ohne Acht auf Gegenwart
Sind nur Träume so bedeutend

NÄCHTLICHER SCHMERZ

Dämmerung - Stille
Furcht vor der Nacht
Die Zeit vertreiben - ein ewiges Spiel
Doch wird es immer dunkler ...

Das Land - ein Schatten
Die Stille bricht an
Die Augen schmerzend aufgehalten
Stets - unentwegt, doch nicht für ewig ...

... Die Uhr schlägt weiter - unaufhaltsam
Das Herz pocht wieder schmerzlich
Der Puls nimmt zu
Die Wangen nass - Kälte

Zu tiefer Nacht
Ein ewiger Schrei
Erwachend aus dem Traum - schweißgebadet
Die Realität ist wirr - Gedanken trüb
... Doch die Wahrheit nun erkannt

NUR DIE WAHRHEIT

So spricht es frühe Stund
Vergessen dieses zarte Gefühl
Verweht diese eine Hoffnung

Die Stunden waren wohl gezählt
Es war eine Kreuzigung - ohne Ende
Ein sanfter Schmerz, der nun eskaliert
Ein Ende, welches geahnt wurde

Ein Leben neigt sich erneut dem Ende
Stille Tränen laufen tief
Tränen fließen innerlich ...

Eine Kälte, die das Herz ummantelt
Symbolisiertes Eis, mentaler Schmerz
Es schmolz dahin, im Anblick dieses Wesens

Schwarzes Kerzenlicht lodert im Wind
Schützende Hände halten sie am Leben
Gar Ich suchte diese Hände
Fand sie einst in Ihren Augen
Dachte, einen Engel gefunden zu haben

NUR DIE WAHRHEIT

So wurde mir das Herz aus dem Leib gerissen
Sind es nun blutige Tränen
Die Ich verliere
Ist es nur wieder mein Leben
Welches in Schutt begraben wurde?

Niemals wollte Ich das noch zulassen
Doch warst Du zu kostbar
Mein Herz verlangt nach Dir
Denn es begehrt Dich ...

Im Stillen wende Ich mich ab von dir
Dachtest, Deine Worte erreichen mich nicht
Es ist wohl nur die Wahrheit
Die Wahrheit eines Lebens

So fühle Ich mich weiter dem Leben gebannt
Jedoch bin Ich dessen überdrüssig
Ein einziger Schnitt würde es beenden
Dieses Leid, diese elendigen Gefühle

Die Kerze entfacht in einer unsagbaren Pracht
Doch fehlt mir der Schutz
Der kalte Wind haucht empor
Doch nur ein Licht konnte die Welt nochmals erblicken
In morgendlicher Ruhe ...

OZEAN DER TRÄNEN

Dunkle Stund, ewige Tiefe
Im Meer der Tränen, ein Ozean der Gefühle
Finstere Mauern am Horizont

Verlassen, triefend
Ohne Hoffnung, des Lebens verbannt
Nur diesen Schatten im Visier ...

„Spürst Du es, dieses Gefühl?
Fühlst Du es, diese Geborgenheit?
Lass von Dir träumen, gib Dir keinen Schutz vor mir
Nimm diese Gabe, dieses Heim
Steig empor aus der Tiefe
Komm' in mein Reich, mein Leben
Teile es mit mir
Genieße es!"

Die Tiefe sich öffnet, Walle aus Tränen
Dunkelheit ihn umhüllt, stille Gedanken in seinem Kopf
Angst vor dieser Situation, verdorben in des Meeres Abgrund
Treibt daher, verloren am Horizont seiner selbst

Erschöpft, müde und verlassen
Erreicht die Stufen zu den finsteren Mauern
Doch blickt ein Schatten ihn fragend an ...

OZEAN DER TRÄNEN

„Spürst Du es, dieses Gefühl?
Fühlst Du es, diese Geborgenheit?
Hab‘ von Dir geträumt, gab Dir keinen Schutz vor mir
Gab Dir diese Gabe, dieses Heim
Du stiegst empor aus der Tiefe
Kommst nun in mein Reich, mein Leben
Teile es mit mir
Genieße es!“

Unerwartete Gegenwart, stille Wut lodert in ihm
Trieb Ewigkeiten im Meer herum
Als Sklave des Schicksals nun im Dienst

Frustriert, bekümmert
Greift Er es an
Ein Kampf der Gerechtigkeit, Ewigkeit gegen das Sterbliche
Aus Hass wird Kraft, aus Frust wird Stärke
So steht Er erhaben ...

„Lehnst es ab, dieses Gefühl
Wolltest diese Geborgenheit nicht
Konnte nur von Dir Träumen,
Es gab nun doch einen Schutz vor mir
Nun ist es Dein Heim, diese Gabe
Kamst aus der Tiefe zu mir
Hast mein Leben genommen, mein Reich genommen
Teile es nun mit niemand
Genieße es!“

Ein letzter Hieb - ewige Stille
Tiefe Schreie, grelles Licht
Die Mauern erhellen in diesem Schein
Doch wird es der letzte Funken leben sein
Gebannt in diesen finsteren Mauern, verdorben für alle Zeit
Erkennt Er sein Schicksal, zu nächtlicher Stund:
Ewige Einsamkeit im Ozean der Tränen ...

SCHATTEN IN DER WELT

Die Welt erhellt durch warmen Sonnenschein
Glück pulsiert zur Sommerszeit in den Menschen
Das meinige hat die Pforten geöffnet, verschwunden
Nach untergegangen Hoffnungen greife ich
Doch durchschreite Ich das Volk
Die Masse, die sich belustigt - über mich
Geblendet von der Sonne blicke Ich gen Boden
Was anderes gebührt mir nicht

So gleiche Ich einem Schatten, der die Masse teilt
Eine Wesenheit der Dunkelheit, ein Fürst der Unterwelt
Ich bin ein Zwiespalt, aus Trauer und Schmerz
Doch die Menschen - sie lachen
Hände die auf mich weisen streifen mich
Blicke die an mir haften demütigen mich
Worte, die mich erreichen, beachte Ich nicht

Eingehüllt in schwarzem Leder
Gebettet in Todessehnsucht
Was Ich fühle, das verdanke Ich Euch
Was Ich begehre, das habt ihr mir genommen
Was Ich erhoffe, schlagt ihr zu Grunde
Und doch wandle Ich umher, verirrt, unpassend
So gleiche Ich einem Schatten in der Welt, der stirbt ...

SCHATTEN IN DER WELT

... Doch mein Leben entfachte erneut
Meinen Körper habe Ich verlassen, meine Seele erwacht
Ein Leben ohne Aufmerksamkeit
Eine Existenz ohne Sinn
Eine Existenz ohne Glauben
Jede Wärme meines Körpers ist entflohen
Wiedergeboren zur Verdammnis, in dieser Welt

Kein Blick, der an mir haftet
Keine Hand, die auf mich deutet
Nie mehr ein Wort, das mich erreicht
So bin Ich hinfort geschritten
Doch niemand bemerkte es
Entfloh dieser Welt, doch ein Schatten der verharrt
Bekenne mich stolzen Gemüts als Sohn der Verdammten
Laufe erneut durch die Masse
Doch niemand bemerkt mich
Nicht mal mehr das traute Lachen das mich demütigt
Nichts ist wie zuvor
Nun bin Ich nur noch ein Schatten der Welt ...

SCHATTEN MEINER SELBST

Hier stehe ich, den Blick gen Boden gerichtet
Schmerz und Pein begleiten mich, bei jedem Gedanken
Sonnenstrahlen erwärmen das Land, hell und angenehm
Ein Schatten, allen ins Auge fällt, wandelt umher
Verachtung spiegeln seine Augen
Hass offenbaren seine Worte
Die Dunkelheit sein treuer Gefährte, doch Liebe sagt ihm nichts
Verschwommen, die Sicht, die ihn führt
Verblasst, das Leben, jenes Er sieht

Frohlockende Stimmung, Vergnügen unter der Menschenhorde
Die Stunden vergehen, alles lebt in Harmonie
Wie ein Fels, ein Keil, der das Licht spaltet, betritt Er den Saal
Alle Blicke sind auf ihn gerichtet, der seine ruhig und schwach
Ein Schatten schlendert durch die Pforten,
Hinein in das Vergnügen
Gesucht hat Er den Frieden, gefunden wurde Er vom Hass
Einst war Er ein Mensch der Liebe
Gefühle waren sein Leben
Es schlugen die Mächte des Schicksals zu,
Ein Wandel seines Wesens

Schwarz wie die Nacht, die Haut verblasst
Ein Melancholist ist geboren, die Welt verachtet ihn
Wer ihn kannte wusste, dass Er verdorben war
Man sah ihn nicht mehr lachen, nicht mehr weinen
Gefühle haben ihn verlassen, sich selbst verdammend
Sein Blick erhob sich, als Er sie sah
Verwirrt war die Masse, als sich ein Lächeln auf seine Lippen legte
Ihre Hand nahm Er in die Seine,
Hauchte zögernd einen Kuss darauf

SCHATTEN MEINER SELBST

Es folgten Tage des Glückes, Tage der Vernunft
In der Ekstase der Liebe, vergessen all das Grauen

Tage verstrichen, als Er wieder kam, einen Leichnam in den Armen
„So widerfährt es der Liebe, wenn man sie nicht nutzt",
Waren seine Worte
Die Blicke der Horde musterten ihn, und Er lächelte schwach
Furcht stand in den Augen, die seinen funkelten grün und matt
Seine Hand hob Er dem Ruf nach Hilfe,
Wurde jedoch nicht gesehen
Verabscheuend blicken die Menschen auf ihn, doch Er lächelt

Das Haupt erneut gesenkt, der Blick verfolgt schwach das Leben
Am Firmament leuchten die Sterne,
In seinen Augen sind sie erloschen
Ein Strahlen, verweht
Ein Lächeln, vergangen
Die Wärme seines Herzens, verloren und gepeinigt
Und doch steht Er erhaben umher
Wissend, dass die Menschheit ihm nichts kann

Ein Schatten im Licht, ein Blickfang, ein Narr
Verspottet wird er, und doch gefürchtet
Die schwarze Aura um ihn gleicht der Nacht, wird immer dunkler
Zieht die ihm Vertrauten in seinen Bann,
Vermochten sich nicht zu wehren
Seine Augen funkeln grün im Schatten, ein Licht der
Hoffnung, der Boshaftigkeit

Alte Freunde ihn wiedersehen
Erinnerungen steigen empor
Selbst sie spotten über ihn, wollen ihn nicht mehr kennen
Abgeschoben von der Menschheit, und doch so begehrt

SCHATTEN MEINER SELBST

Der Schatten seines Wesens wächst wie die Nacht die Erde flutet
In den Händen trägt Er Weisheit, im Herzen verspürt Er kälte
Des Lebens überdrüssig, lebt Er umher
Ein Schwert, jenes das Licht schneidet, so ist Er zu beschreiben
Schwach und blass, doch starken Willens
Die Dunkelheit ist sein Zeichen, das Schicksal sein Diener
Ein Sklave des Bösen, doch ist Er still und schweigend

Er wirft mit Rosen, schwarzen Rosen, die sein eigen Blut sind
Er spricht mit ruhiger Stimme, als wäre es der Wind,
Der die Blätter streicht
Sein Gang geschmeidig und leicht, als würde Er schweben
Die Gedanken finster, und doch so wahr
Man fragt ihn, wer Er sei
Seine blassen Lippen weiteten sich, ein Name wurde gesprochen
„Engel", das Wort hallte durch den Saal, füllte die Luft
Die Gesichter drehten sich zu ihm, erstaunt
Die Blicke waren vertraut, und doch so fremd

Der Schatten war einst ein Schimmer der Hoffnung
War einst des Menschen liebste Seele
Was geschah? Eine dunkle Seele wurde daraus
Ein Traum, der hätte nie sein sollen
Eine Realität, die niemand wollte

Es ist der Schatten meines Selbst, den Ich hier beschreibe
Das Wesen, das Ich bin, wird hier erzählt
Die Zeit, in der wir sind
Es ist das, was Ich fühle und denke
Es ist der Schatten meines Selbst, der sich meiner bemächtigt
Nur ein Gedanke, der hier beschrieben wird ...

SCHMERZ DER WAHRHEIT

Die Welt lebt im Wandel, Dürre so weit das Auge reicht
Schatten überall, Staub wirbelt umher
Die Luft ist stickig und verbraucht
Dunkle Figuren ziehen im Wind, Figuren am Firmament,
Die langsam verblassen
Das Ende der Zeit steht zuvor,
Die Menschheit lebt im Untergrund
Charakterisiert in eine einzige Manifestation
Es war der Zorn der Götter, der die Welt zerstörte
Die Dunkelheit flutet und beherrscht das Land

Das Wesen, sein Name nie gewusst
Er lebt alleine im Untergrund, unter der Erde
Das Schicksal schlug ihn dort hin
Ein tiefer Schlaf suchte ihn heim, und Er träumte ...

... Er träumte von einer Welt voller Harmonie
Der Wind streichelt das Gras auf der Weide
Im See tummeln die Fische, Berge ragen zum Firmament empor
Die Wolken zieren den ruhigen Himmel
In den weiten Wäldern rascheln Tiere,
Die Menschen leben in Frieden umher
So weit das Auge reicht, sah Er das Glück der Menschen
Am Horizont zieht ein Unwetter auf
Er will nach einer Rose greifen, doch es wurde dunkel
Keine Rose mehr in Sicht, und Er wachte auf ...

SCHMERZ DER WAHRHEIT

... In Schweiß gebadet schrie Er auf
Den Schmerz der Zerstörung seiner Ahnen wuchst in ihm
Er stürmte aus dem Untergrund an die Oberfläche
Wollte sehen was die Welt ihm noch brachte
Nur das Chaos fiel ihm in die Sicht
Nur der Zorn der Götter, der hier ruhte
Tränen wuschen den Dreck von seinen Wangen
Er sah das Verderben, seine Gedanken wühlten im Dreck
So hob Er eine Klinge an den Hals
Hing in Gedanken beim Traum, und nahm sich das Leben ...

SEHNSUCHT

Zu tiefer Stund, in ewiger Nacht
Streift Er durch die Welt, im dunklen Gewand
Durchdringt die Hallen der Gerechtigkeit
Folgt seinem Pfad ins Ungewisse

Was wird ihn erwarten?
Was hält ihn hier noch?
Unbeirrt und zielgerichtet
In Gedanken versunken und doch klar bei Sinnen
In schmerzende Sehnsucht verfallen
Trauert Er über die Zeit ...

... Strahlende Augen
Pulsierende Wärme
Geborgen in diesen Armen
Verträumte Ewigkeit, geblendet von der Liebe
Illusionierte Welten, unergründliche Hingabe
Blindes Vertrauen, hoffnungsvolle Küsse
Ein Spiel der Leidenschaft ...

Die Dunkelheit verfliegt - das Land erhellt
Der Wind zieht auf, die Gedanken noch immer starr
Der Blick gen Horizont gerichtet, dort verloren
Geflohen vor dem Leben, geprägt durch Schicksals Hand

SEHNSUCHT

Dumpfe Erinnerung, schmerzende Wunden
Salzige Tränen, ängstliche Blicke
Zitternder Leib, verwirrende Gedanken
So bleibt in Schweigen gehüllt stehen

Die Gedanken liegen brach, der Verstand droht zu sterben
Träume werden zur Gegenwart ...

... Dunkle Stund, nur zwei Sterne
Er beobachtet diese Sterne und hält ihre Hand
Lächelnde Lippen richten sich ihm entgegen
Geborgenheit und Wärme
Gefühle, die Er so sehr vermisst ...

Ein Schrei, und Er blickt sich um
Nur ein Vogel, der über ihm kreist
Müde Blicke gen Himmel gerichtet
Die zitternden Knochen scheinen nachzugeben

Fällt auf die Knie, vergräbt sein Gesicht in den Händen
Weint über die Schönheit der Nacht
Trauert über diese eiserne Einsamkeit ...

STILLES VERLANGEN

Vor ewigen Stunden, in früher Vergangenheit
Sie traf meinen Weg, sie striff mein Leben
Mein Herz pocht gegen die Rippen, man vermag es zu hören
Doch ist es im Ungewissen, wohin der Weg uns führt

Die letzten Atemzüge von Ihr gespürt
Ihren Antlitz in sich aufgesogen
Eine Sehnsucht, die vom Herzen geleitet wird
Der sanfte Schmerz stiller Begierde
Widerstand gegen diese Versuchung
Sei es noch ein so verlockender Augenblick

Ihr Lächeln vermag das Göttliche zu offenbaren
Ihre Wesenheit so rein und zart
Der Geruch liegt im Winde, der zu mir weht
Der samte Anblick brennt sich in meinen Verstand
Doch spürt sie es nicht

Mein inneres Auge ist stets auf sie gerichtet
So folgt ein Traum von blutiger Wahrheit
Sie in den Armen eines Schattens
Ein Schatten für mich
Ein Feind, den es zu morden gilt
Ein Opfer meines Verlangens, ein stilles Verlangen
So träume Ich diesen Traum ...

... Spürte sie einst dieses Blut an ihrem Gewand
Sah sie einst meine Mordlust in den Augen
Hörte sie einst mein blutlüsternes Lachen
Verabscheut sie mich, wegen dieser Tat

STILLES VERLANGEN

Jede Zelle meiner Haut schmerzt
Jeder Gedanke endet in Tränen
Jede Hoffnung wird gen Boden gerichtet
Doch ein stilles Verlangen brennt noch immer in mir ...

So wache Ich auf, blicke um mich herum
Sehe zum Spiegel empor, beginne zu Lachen
Ein Lachen gebührend der Verdammnis
Ein Lachen der Vergeltung
An der Wand hängt ein Leichnam, blutüberströmt
Eine vage Erinnerung bemächtigt sich meiner
Eine Entsinnung an diesem Traum
Eine Brandmarke des stillen Verlangens nach ihr

Diese Tat vollbracht um ihr die Liebe zu zeigen
Doch hegt sie tiefen Groll
Anmutige Schritte, verabscheuende Blicke
So schritt sie aus meinem Leben
Nicht einen Atemzug von ihr spüre ich
Diesen sanften Geruch aus den Sinnen verloren
Doch pulsiert etwas in meinen Adern
Eine Sehnsucht, Sehnsucht nach dem Unerreichbaren

STILLES VERLANGEN

Die Seele ist wild entflammt
Die Trauer bettet mein krankes Hirn
Ein Schrei, der die Welt erschüttert
Aus meinem Leben ist sie verbannt
In mein Herz hat sie sich eingebrannt

Ihre Schritte sehe Ich noch in meinen Gedanken
Doch Ich bleibe stumm stehen
Kann nur hinterher blicken
Nicht ein Wort verlässt die Lippen
Ein trauter Schmerz, mein Gefährte

So bleibe Ich im Schweigen verfallen
Spüre nur dieses elende Verlangen
Ein stilles Verlangen ...

TÖDLICHES WISPERN

„Lass mich fliehen in die Nacht
Lass mich Schutz suchen in der Dunkelheit
Lass ab von meinem Geiste, den Du befleckst
Gehe aus meinen Gedanken
Verstehe meine Tränen, laufe weg, fort von mir"

„Siehe nach vorne, denke an die Zukunft
Verdränge diese Emotion
Gebe nichts darauf, vergesse sie
Nimm keine Rücksicht, gehe Deinen Weg"

„Ich möcht' nicht mehr fühlen
Dies nicht erneut erleben
Mich nichtmehr unterwerfen
Meinen Willen nicht mehr beugen"

„Du wendest Dich an mich
Ersuchst mich um Hilfe
Erlernst mein Wissen und doch wieder nichts
Nur abhängig und angewiesen
Verbanne Dich aus meinem Herzen ... "

„... Gebrochen liege Ich am Grunde
Siehe empor zu Dir, unter Tränen
Verstehe Deine Worte, doch kann sie nicht verinnerlichen
Möchte das wohl nicht
Sinnloses Dahinvegetieren
Das Leben zieht an mir vorbei ..."

TÖDLICHES WISPERN

Ein Lachen - ewige Stille
Warmes Fleisch glänzt in der Nacht
Funkelnde Blicke, die es beobachten
Eiserne Tiefe, die es durchtrennt
Stumpfe Einsamkeit, bittere Tränen
Flüsternde Worte, tödliche Augenblicke ...

„Ich gab Dir mein Leben, gab Dir die Kraft
War besessen nur auf Dich“
„Möchte nicht diese Liebe spüren, nicht von Dir!“

Letzter Atemzug, zärtliche Geborgenheit
Kaltes Fleisch regt sich in der Nacht
Tränende Blicke, die es sehen
Pulsierendes Blut quillt aus der Wunde
Sterbende Worte, des Todes Augenblick:

„Verbannt aus diesem Leben
Verbannt aus dieser Welt
Dein Leben ist nichts wert, weder Sinn noch Grund
Finde das Glück, aber nicht mehr hier
Verschone die Welt
Verlasse sie ...“

TRÄNEN DES LEBENS

Eine Silhouette, die Er zur Abendstunde traf
Eine Stimme, die Er gen Abend vernahm
Ein Leben, welches ihn vor Jahren verließ
Ein Engel der seine Schwingen einst um ihn lag
So blickt Er auf sie herab
Spürt ein sanftes Gefühl in seinem Herzen lauern

Ein Stich, und das Herz zerbrach
Ein Wort, die Seele liegt brach
Es war nicht ihre Absicht
Doch war sie einst sein Sinn
Das Blut kocht in den Adern
Sie scheinen zu platzen
Schmerzen, die den Körper lähmen
Gedanken, welche Tränen bedeuten

Taten, die damals geschahen
Worte von jener Zeit zitiert
So war es ein langes Gespräch
Mit einer Feststellung;
Es war ungehindert seine Macht
Seine Worte, die alles zu Nichte machten
Doch sind es nun meine Worte, an sie gerichtet:

TRÄNEN DES LEBENS

Lass ihn nach Dir schreien
Er will nur leben mit Dir an seiner Seite
Doch gibt es keine Hoffnung mehr darauf
Eine schmerzliche Nähe
Die zweite Chance bereits vergeben
Liebe ihn nicht
Schmerz wäre die Folge
Doch brauchst Du jetzt nicht zu reden
Denn schweigen mag ihm alles sagen ...

Sie kennt seine Gedanken
Sie liest förmlich aus seinen Augen
Doch erkennen wird sie ihn nicht mehr
Ihre Liebe ist ihm heilig
Es ist der Sinn gewesen seines Daseins
Doch endet es in einem Abschied ohne Ende

So träumt Er davon
Träumt von dieser schönen Person
Ihr Antlitz vermögend
Ihre Augen, blau wie klares Wasser
Ihre Augen, tief wie ein Ozean
Sind es ihre Augen,
Die ihn jede Nacht in den Träumen heimsuchen
Es ist alles, was ihm bleibt
Diese Vergangenheit mit Ihr
Das Göttliche, das Leben mit Ihr

TRÄNEN DES LEBENS

Er hat Hoffnung, für sie und ihn
Am Ende wird Er doch unterlegen sein
Unterlegen seinen Gefühlen
Es sind die Tage der Sehnsucht, Zeiten der Sehnsucht
Schmerz durchbricht die Hoffnung
Am Ende ist Er angelangt
Es regnet seine Tränen
Tränen aus Blut
Tränen aus Schmerz

Sie sieht ihm in die Augen
Sie erblickt diesen Schmerz
Diese Last auch seinen Schultern
Er würde ihr das Leben geben, welches sie einst hatten
Seine Blicke richten sich stets zu ihr
Er sucht ihre Seele in der Seinen
Erkennt diese Gemeinsamkeit
Doch versteht Er nun, was einst ungeklärt
Er weiß nun, es ist seine Schuld
Das Leben hat Er geopfert

So blickt Er hinab
Wendet seinen Blick ab von dir
Spürt eine Wärme aus seinen Augen tropfen
Tränen zieren Bäche
Tränen des Schmerzes, die ihr gebühren
Tränen seines Lebens, welches Er verlor ...

TRAUM VON WAHRHEIT

In meinem Gemach, die Sonne strahlt trüb hinein
Bemächtigen sich dunkle Schatten meines Wesens
Ich sehe das Leiden der Menschen
Die Qual des Sterbens
Die Dunkelheit, die sich verbreitet

Ich beginne zu lachen
Der Götter ihren Zorn lastet auf mir
Das Verderben der Rasse, das stolze Gemüt gekränkt
Die anmutige Gestalt der Menschen ist beschmutzt
Wolken ziehen sich auseinander
Die Wolkenmauer nie gebrochen

In meinem Gemach
Die Sonnenstrahlen erhellen nichts mehr
Verblasst ist des Sommers Farbe
Im Herzen noch ein Hauch an Wärme - schon immer gewesen
Doch naht ein Sturm, von unsagbarer Macht
Ein kleiner Tod, der das Leben verändert
Donner grollt am Firmament, ein Zeichen des Schicksals
Für immer ein Bann, der sich hier aufbaut

TRAUM VON WAHRHEIT

Die glorreiche Zeit längst passiert, bereits vergessen
Des Menschen schandhafte Taten belustigen mich
Mein Wesen manifestiert die Boshaftigkeit
Meine Träume widerspiegeln den Schrecken der Vergangenheit
Zwischen Wahnsinn und Genie
Gott und Unsterblichkeit, Verdammnis und Illusion
Dort verberge Ich mich, mein Wissen

Ich seh die Angst in euren Augen, die Furcht vor euch
Ich spür‘ die Todessehnsucht in euren Herzen
Ich träume von Freiheit und Liebe, der inneren Ruhe
Doch wissen kann Ich nur welchen Schmerz ihr erleidet
Wenn ihr in den Spiegel seht und die Wahrheit erkennt ...

TRÄUME DER SEHNSUCHT

Die Sonne strahlt auf uns herab
Durchdringt in wenigen Augenblicken die Dunkelheit
Die See liegt brach, nicht ein einziger Windzug, der uns streift
Ruhe und Geborgenheit ist das, was die Menschen umgibt
Nur eine Seele bleibt unberührt von des Sommers Tagen
Nur eine Wesenheit treibt ab
Es ist nur ein Schatten, der in der Menge lauert

Doch kommen alle zu diesem Wesen
Sprechen es an, lachen mit ihm
Freuen sich einander und dort geschieht es
Binnen Stunden flüchtet diese Dunkelheit der Person
Das Leid, die Qual und der Schmerz verlassen ihn
Auch wenn nur für wenige Minuten
Er fühlt sich frei
Er erfreut sich am Leben
Das samte Volk genießt diesen warmen Tag
Gar er, er, dieser ewige Schatten

Die Verzweiflung hinter sich gelassen
Die Sehnsüchte verbannt
Diese Qualen abgelegt und seine Seele ist wild entflammt
Wie eine Flamme im Wind
Wie eine Stimme in der Luft
Wie eine Feder auf des Windes Schwingen
So leicht und frei fühlt Er sich

TRÄUME DER SEHNSUCHT

Der Schatten vor ihm geflohen
Er selbst so eine glorreiche Zukunft vor sich
Er selbst eine elendige Vergangenheit hinter sich
Einst wurde Er getrieben durch Leid und Qual
Doch stellte Er sich vor die Wahl
Schloss sich der Menschheit an
Folge dem Licht der Unendlichkeit
Geriet nun wieder in die rechten Wege
Erfreut sich am Leben und genießt die Stunden

In Ekstase der Freude und des Glücks öffnet Er die Augen
Er dreht sich um, alles so wie einst - Düster und Dunkel
So merkt Er doch nur unter Tränen,
Es war ein Traum ...

TRÄUME UND SELBSTVERTRAUEN

Eine sanfte Wärme, die durch die Nacht folgt
Stunden zählen nicht, sie vergehen
Erinnerung, die den Tag verfolgt
Verblasst, und doch so klar
Verwirrt, nur einzelne Fragmente

Die Zeit ist nicht relevant
Die Gegenwart gänzlich verdrängt
Wohliges Gefühl – doch bedrückt
Innere Unruhe, physische Verwirrung
Der Tag verstreicht – in einer Ewigkeit
Was hat Er gebracht – Ungewissheit

Versteckt – hinter einer Silhouette
Wird nicht verstanden – nur hingenommen
Akzeptiert, so möchte man meinen
Höhere Mächte, die sich hier vereinen
Gefühle, die sich damit befassen
Die Welt dreht sich weiter – ohne darauf zu achten
Man wird von ihr verlassen – wegen der Erinnerung

TRÄUME UND SELBSTVERTRAUEN

Gedanken, die nicht mehr vergehen
Doch weiß man nicht, worum es sich handelt
Es ist ungewiss, wohin der Weg uns führt
Bleibt verborgen, im Schatten der Nacht
Bisweilen nur diese Fassade gesehen
Das wahre Gesicht sieht man nicht

Vergessen – was einst so kostbar schien
Vergangen ist es, was möglich war
Doch nur dieses Wesen ist relevant
Verborgen in einer Ewigkeit
Erwacht in wenigen Augenblicken

Gefunden diese Blicke – geistige Gegenwart
Geborgen in dieser Nähe – Widersprüche
Angst, die sich seiner bemächtigt – Hass
Verzweiflung, die kein Ende findet – Zukunft

Wenn Worte nicht mehr sind, was sie mal waren
Wenn Gedanken nicht mehr ausgesprochen werden
Gar die Träume in Vergessenheit geraten
Dann ist es vollbracht

Dunkelheit bettet das Land
Ein Fluch, der sich verbreitet
Gefühle, sie liegen brach
Erinnerungen – Leere …

TRÄUME UND SELBSTVERTRAUEN

… Doch wache Ich auf

Blicke um mich herum
Erkenne, es war nur ein Traum
Sehe hinein, in den Spiegel
Neige mein Haupt in der Gewissheit
Ich bin es, der mich dort anblickt
Erleichtert blicke Ich aus dem Fenster
Atme mir die Last aus der Seele

Es war nur ein Traum, diese Verwirrung
Ich habe verstanden, was zu schätzen ist
Erkenne was Ich ändern muss
Bin in der Gewissheit, dass Ich etwas erreichen werde
Gewinne dieses Gefühl zurück, wenn Ich zurückdenke

Ich habe mich entwickelt, das eigene Ich
Vertrauen zu mir selbst – nun gefunden!

TRÄUME

So sanft, so nah
Geborgen - so warm
Sicher, behütet - unvergessliche Augenblicke
Ein Traum, den Er lebt
Eine Sehnsucht, die Er zu stillen verlangt

Die Stunden passieren - Ewigkeiten vergehen
Sie ist geblieben, in diesem Augenblick
Sie wird auch bleiben, in weiteren Zeiten
Nicht daran geglaubt, doch deutete einiges darauf hin
Ein Genuss, diese Wärme - diese Nähe

Stille Gedanken wurden verdrängt
Bedenken - das gab es nicht
Hoffnung, sie wurde vertrieben
Es schien Realität zu werden

Das Licht gefunden, zu dunkler Stund
Ein Lächeln gesehen, und es hat gefunkt
Sofort erkannt, was es bedeutet
Doch nicht daran geglaubt

Man wollte es nicht wahrhaben, diese Gabe
Man hat sich geweigert, es zu akzeptieren
Gründe werden gesucht - fassadrisch
Vorbei der Traum - oder nur erwacht?
Stimmen der Vernunft, sie erwecken es ...
Zweifel - Unbehagen

TRÄUME

Ungewissheit über dieses Phänomen
Was wird kommen, was war geschehen?
Wohin soll es führen, was wird es geben?

Man war sich nicht bewusst - es konnte nicht sein
Die Gefühle sind da, sind noch so rein
Werden verdrängt - nicht mehr zugelassen
Ungewissheit - Angst

Gelauert in der Ewigkeit
Gefunden in der Dunkelheit
Verstanden dieses Zeichen, wohl nur eingebildet
Unklar, was nun noch folgt
Verwirrt ... im Leben stehend

Verzweifelt den Trost suchen
Nur die Leere wartet dort
So verdrängt man diese Wahrheit
Verweilt noch in diesem Traum
Sie können so sanft sein
Verdrängen nur den wahren Bestand

So lauert man im Schatten
Achtet darauf, was nun noch geschieht
Glaubt nicht mehr an das, was sein möge
Eine Entscheidung, solle sie schnell fallen
Gleichgültig, in welchem Wege
Nur die Gewissheit soll erreicht werden ...

UNGEWISSHEIT

Deine Augen blicken mir entgegen
Eine sanfte Wärme bettet sich in meinem Herzen
Ein Gefühl der Geborgenheit spendet mir Deine Gegenwart
Eine Sehnsucht wurde durch Dich geweckt
Ich meine nicht mein Leben
Ich spreche nicht von dieser Macht
Ich wage es mich nicht ...

... Ich spreche von Zeiten, die Ich erträume
Ich spreche von einer Person, von einer Dame
Sie ist einst nur ein Schatten gewesen
Ein Wesen aus Stein und Eis
Doch brach dort das Licht empor
Es streift mich, umhüllt mich
Fühle eine schmerzende Sehnsucht
Spüre, dass meine Gedanken verrücktspielen

Welchen Atemzug Ich auch nehme
Welche Worte aus meinem Munde schleichen
Welche Silben meine Lippen sprechen
Meine Gedanken drehen nur um Sie
Einst war es ein Rohdiamant
Ein Gegenstand, unerreichbar und viel zu wertvoll
Doch dieser Diamant wurde geschliffen
Dessen Strahlen erwärmen mein Dasein

UNGEWISSHEIT

Meine Seele spricht nur ihren Namen
Mein Herz schreit nach ihrer Liebe
Ungewollt und doch so besessen darauf
Ohne Glaube und ohne einen Sinn zu finden
So schreibe Ich diese Zeilen
Es sind Zeilen, geführt aus Ungewissheit

Wie wird sie reagieren
Wie wird sie mich behandeln
Wird je ihr Herz nach mir verlangen?
Bin es doch nur ich
Ein Schatten in ihrem Leben
Ein Schatten, wie Sie einst für mich war

Es ist eine Frage der Zeit
Eine Frage des Mutes und des Willens
Werde Ich diese zarte Haut je berühren
Werde Ich Ihre verlockenden Lippen je spüren
Wird Ihre Liebe mir je gebühren

Es ist eine Brise der Göttlichkeit
Die sie mir gibt
Es sind die Blicke des Schicksals
Welche sie vergibt
Es sind die Wege des Lebens
Die sie begehrt
Es sind diese Gefühle
Die mich innerlich verzehren

UNGEWISSHEIT

So stehe Ich ratlos hier
Betrachte ihre Wesenheit
Mustere jede einzelne Bewegung von Ihr
Mein Herz spricht drei Worte
Drei Worte, die Ich nicht zu sagen vermag
Drei Worte, die sie niemals hören wird
Drei Worte, die keinen Sinn ergeben wollen ...

VERGANGENHEIT

Unser aller Grauen, alles dem Ende neigend
Nur ein Gedanke, die Tat, die Worte
Alles hinfort - weg
Die Lebenslust erneut verlassen, alles verblasst
Keine Lust auf jene Lügen, nicht wieder der Schmerz
Gedacht es ist vorbei, verlassen einst von all der Trauer
Doch nun, die Gegenwart, alles hinfort
Erneut die Qual, die Sehnsucht, der Schmerz
Doch bin es nur ich, ein verlorenes Herz

Möge auch nur eine Träne mich bekehren
Gar ein Wort vermag es zu ändern
Doch sie sieht es nicht ...

Ihr zartes Lächeln, der wohlstimmende Klang
Alles nur eine Erinnerung aus vergangener Zeit
Vergessen bislang ihre sanfte Liebe, doch war sie so stark

VERGANGENHEIT

Es blieb doch nur die Erinnerung an damals
Sie war mein, doch jetzt ist sie im Jenseits ...
Nacht für Nacht nur ein Traum, ihr Antlitz
Klaffende Wunden, Schmerz, Sehnsucht
Die Stimmen nachts, am Tage, binnen des Lebens
Als würde sich alles nur darum drehen
Doch nun, einsam, so stehe Ich hier im Leben umher
Verwirrt nur die Blicke, die Ich von mir gebe
Jeden Tag erneut an diesen Moment erinnert, jeden Tag ...
Du rufst nach mir, die Sehnsucht überkommt mein Wesen
Im Geiste manifestiert sich eine Suche, nach Dir
Der Lockruf, jede Nacht, jede Stunde, jeden Tag

Wie ist der Weg zu dir? Werde Ich ihn finden?
Vermag Ich es überhaupt den Weg zu gehen, diesen endlosen?
So scheint es mir ein Wunsch von innen heraus zu sein
Dich, Dein Wesen, Deine Nähe, Deine Liebe zu genießen
Doch ... Vergangenheit

All die Stunden, all die Liebe
Die Ekstase der vollkommenden Liebe, alles vorbei
Nur eine Erinnerung, die sich meiner bemächtigt
Nur ein Traum, mal stark, mal vernebelt
Doch gleicht es dem Leben, eine ewige Suche
Vorbei, die Stunden, all das was geschah
Nur ein Wort nennt diese Zeit ... Vergangenheit

VERGANGENHEIT

Was soll sich daraus für uns ergeben, aus den Augen verloren
Verweht, der Gedanke, die Sehnsucht
Teils jedoch so stark, das Ich sterben könnte
Jede Minute die Sehnsucht so fest im Herzen, doch so weit
Doch ... lediglich Vergangenheit ...

Vergangen, die Zeit, die Tage, der Rausch der Liebe
Er hat uns entzweit, für immer, oder nur jetzt?
Bald ... oder nie, wer vermag das schon zu wissen
Was bleibt mir? Ein Lachen, bei meinem Schicksal
Verdammt will Ich sein, für das was geschah
Verachtet will Ich sein, für das was war
Vernichten ... nur die Vergangenheit

Ändern, das können wir es nicht
Verhindern, all dies, vermag Ich nicht
Vergessen, die Vergangenheit, das kann Ich nicht
Doch ... es ist doch nur mein Leben
Die Vergangenheit, die Gegenwart ...
Verdammt scheint es mir zu sein
Verachtet von allen, doch nur sie begehrend
Sie im Jenseits, Ich hier, wo der Ausweg?

Wie sollte Ich - wie hätte ich?
Fragen, die nach einer Antwort rufen
Wer gibt mir die Antwort, wer stellt die Fragen?
Doch es gleicht alles der Vergangenheit
Der Schmerz jedoch ist vollendet ... gegenwärtig

VERGANGENHEIT

Von der Vergangenheit werde Ich heimgesucht, jede Nacht
Stund für Stund in Trauer, doch sie überspielt
Die ewige Melancholie, die ewige Sehnsucht
Wann hat es ein Ende - hat es jemals ein Ende?
Vergeht es, oder wird es immer augenblicklich sein?
Nur der Gedanke, nur Dein Gesicht, nur Deine Augen
Bewachen, sie vergessen - sie sehen, auf sie besessen
Will es nicht vergessen, muss Ich es doch
Kann es nicht vergessen, wohl erst, wenn Ich sterbe
Vorbei ... Ich will sterben!
Ich liege am Boden, Ich bin fertig ...
Doch ... Kraft gibt mir alles, Kraft des Lebens
Ein Lachen verrinnt aus meinen Worten, aus meinen Augen
Oh welch Trauer, sie peinigt mich

Ein ewiger Pfad, den Ich hier folge
Eine ewige Ballade, lachen möchte ich
Doch nie vermochte Ich wahrlich zu fühlen, zu weinen
Doch ... jede Nacht die Tränen, die Gedanken, die Erinnerung
Alles ... warum nicht?

Ganz nah, der Atem deines Wesens
So fern, Deine Nähe, Deine Gegenwart
Das Schicksal Ich verfluche, wenn Ich nur an Dich denke
Damals, so nah ... doch alles hinfort - wenige Momente
So bleibt es mir wohl vorbestimmt, ob die Götter lachen?
Gewiss, eine Frage der Zeit, eine Frage der Kraft
Der Wille gebrochen, die Sehnsucht gewinnt überhand
Alles verblasst, verschwommen, Tränen rinnen herab

VERGANGENHEIT

Bäche zieren die blasse Haut, vorbei!
Es ist weg, weg!
Halte Ich die Augen geschlossen, sehe Ich dich
Öffne Ich meine Augen, Dein Anblick noch in Gedanken
Ein ewiger Kreislauf, möge Ich daran noch zu Grunde gehen
Sterben sollte Ich stolz, doch habe Ich diesen verloren
Nunmehr ein Jahr ist vergangen, doch scheint es mir so nah zu sein,
Die Zeit, die Alpträume, die Gegenwart
Doch ist all dieses Leid mit nur einem Wort zu beschreiben
Vergangenheit ...

Die Rufe aus dem Schatten, der mich umgibt
Die Stimme so klar und rein, ein einfaches Spiel
Im Jenseits willkommen, auf der Erde gehalten
Zwischen den Existenzebenen gewandert, doch hier verharrt
Ans Leben gebunden, so kann Ich nicht zu dir
Doch schreist Du nach mir, meinen Namen, höre ihn jede Nacht
Vermag all dies nicht zu ändern, all dies zu wissen
Oh welch Leid sich in meinem Herzen verbreitet ...

Das Jenseits, dunkle Wesen, dunkle Schatten
Ein Traum, der nie vollenden wird
Ein Leben, das keinen Tod findet
Eine Ekstase, die nie ein Ziel erreicht
Eine Suche ohne Ende ...

VERGANGENHEIT

Wohin soll es führen, was wird es bringen?
All diese Gedanken, all die Hoffnung an damals
All diese qualvollen Momente, die Sehnsucht zu dir
Doch was ist ... Vergangenheit ...
Ein Schatten bist du, mein Schatten bist du, doch nicht hier
Spüre Deine Gegenwart, doch weiß ich, dass Du es nicht bist
Mag es Deine Seele sein, so werde Ich von Alpträumen geplagt
Es vermochte noch keine Seele, mich so zu bannen
Doch die Deine ... vorbei!

Es ist ein Ruf in die Ewigkeit, den Ich lasse
Ein Schrei nach Hilfe, nach Geborgenheit
Ein ewiges Spiel, das Ich versuche zu gewinnen ...
Jeden Tag der Versuch, jede Nacht in Einsamkeit die Tränen
Siehst Du sie nicht ... jede Einzelne gebührt dir
Doch scheinst Du zu weit zu sein, für mich ...
Mag es wohl nur einen Weg geben - Du weißt welchen Ich wähle
Was soll Ich noch alles geben, für dich, Deine Nähe
Zu viele Opfer sind gefallen ...
Und doch ... nur Vergangenheit ...

VERSTEHENDE TRÄNEN

Die Stunden vergingen
Die Tage verstrichen
Man wusste Bescheid, doch war nichts zu verhindern
Hinfort schreitet er, in seiner Wesenheit
Sie blickt ihm nach, mit Tränen in den Augen

Ein letzter Kuss, ein Abschiedskuss
Sie spürte seine Lippen
Nun spürt sie diese Leere
War Er doch soeben noch in ihren Armen

Er blickt zurück, mit einem Lächeln auf den Lippen
Innerlich verspürt Er Angst
Angst vor der Veränderunn, welche möglich wäre
Angst davor, dass sich danach alles wandelt

So ist Er nur noch ein Schatten am Horizont
Noch immer blickt sie ihm nach
Es sind die Augenblicke des Abschieds
Ein sanfter Schmerz, der in beiden lauert
Doch sind es nur seine Gefühle, die sie bekümmern

Ein Gefühl des Begehrens, eine blinde Hingabe
Eine Liebe, die sie zu schätzen weiß
Bald wird sie ihn wieder umarmen können
Aus der Finsternis wird Er von ihr gelockt
Sein Leben nahm einen entscheidenden Wandel

VERSTEHENDE TRÄNEN

Doch versteht Er es nicht
Sie gab seinem Leben einen Sinn
Gefühle entfachten, welche Er lange Zeit vergaß
Gefühle für Sie, die Er nichtmehr bändigen wird

Doch nun ist Er Revue passiert
Hat seine Worte an sie gerichtet, aus der Ferne
Spricht mit leiser Stimme, doch unter Tränen
Erreicht sie nur schwach, und doch sehr intensiv

„Lasse mich gehen, vergiss mich nicht
Denke stets an unsere Zeit, an meine Worte
Du bist im Besitz meines Lebens
Verliere es nicht, denn es begehrt dich
Erfreue Dich an kommender Zeit, die wir erleben
Genieße die Stunden, die folgen

Doch jetzt träume davon, wie es sein wird
Zügle nicht Deine Gedanken, denn sie sind das Göttliche
Erkenne Deine Gefühle, lasse ihnen freien Lauf“

So schlich Er hinfort
Seine Worte brennen in ihrem Verstand
Bilden eine Trauer, die sie nicht mehr kannte
Zeugen eine Sehnsucht, welche sie nicht wollte

Sie sucht ihn in der Ferne
Doch nun ist Er hinfort
Unerreichbar für ihre Worte
Dennoch in ihrem Herzen geborgen
Unter Tränen realisiert sie es nun
Es war der Abschied ...

WÄCHTER DER FLAMME

Die Kerze entfacht, die Flamme im Wind spielend
So nahm sie diese Flamme in ihre Hand, verborgen im
Schatten Deiner Seele
Das Flammenspiel in sich verschwommen,
Die Farben sind ungewiss
Der Hauch des warmen Atems gleicht der Wärme dieser Kerze
Und doch eisern wie die Seele, jene sich hier verwirrt
Ein Funken wird gebraucht, es entfacht eine Flamme
Nur ein Glühen, nur ein Augenblick

Der Seele blind vertraut, geborgen in ihrer Wärme
Gleichend einer Kerze, beschreibt sich unser aller Leben
Wir erblicken das Licht der Welt, ebenso die Kerze entfacht
Es gebraucht seine Zeit, bis die Kerze erlischt
Es gebraucht seine Zeit, bis wir dem Tode gegenüberstehen
Das Licht, jenes die Kerze spendet, gleicht unserem Herzen
Unserer Bestimmung, dem Schicksal
Es gibt Höhen, ebenso Tiefen
Winde drohen die Kerze zu erlöschen
Schicksalsschläge drohen unsere Existenz dem Ende zu neigen

Der Wind war da, die Schicksalsschläge erfolgen
Unwetter sich über die Erde legen,
Vermag nicht dieses Wetter von uns zu nehmen
Die Augen starr auf das Flammenspiel gerichtet,
Den eigenen Willen bereits vernichtet
Den Sinn des Lebens haben wir vergessen,
Sind doch alle nur auf die Flamme besessen
Wir wagen uns kaum zu atmen, es kann die Kerze erlöschen
Wir wagen es kaum zu sprechen,
Die Konsequenzen wären demütigend

WÄCHTER DER FLAMME

Den Klang des Windes im Ohr, darauf achtend, ebenso hoffend
Wird die Flamme dem Druck standhalten?
Wird unsere Seele gemordet, wie die Flamme erstickt?

Die Hände legen wir um die Flamme, geben ihr Geborgenheit
Doch wer gibt uns diese schützenden Hände?
Wer bewahrt uns vor dem Windhauch, der die Flamme erlischt?
So sind wir Hüter über das Leben der Flamme
Vergessen unser eigenes Leben um ein anderes erhalten zu lassen
Jene Existenz im Schatten wandert, ein neuer Funken
Im Nichts entfachen tausende Flammen
Ein Licht, unvergesslich
Die Wärme, jedem Winde würde sie standhalten
Es ist die Hoffnung, die wir alle in uns tragen
Es ist die Hoffnung, die wir gesucht haben
Die Sehnsucht zu der schützenden Hand,
Die uns vor dem Wind bewacht

Das samte Universum zerfällt,
Die Kerze jedoch in voller Pracht leuchtend
Alles dem Erdboden gleichgemacht,
Jedoch die Hand vor der Flamme gehalten
Möge selbst ein Sturm von Gottes Macht uns ereilen,
Die Kerze währt ewig
Stolz erfüllt blicken wir in das Flammenspiel
Ein Leben konnten wir retten
Der Horizont fällt uns ins Auge, was sehen wir dort?
Tausend Lichter, tausend Kerzen
Das Atmen wagen wir uns wieder,
Wir haben die Hoffnung gefunden

WÄCHTER DER FLAMME

Unsere schützende Hand zeigt sich am Firmament
Das Flammenspiel tausender Kerzen, die im Dunklen lodern
Wo einst das Licht gebar, wird es erlöschen
Wir haben es geschützt, vor dem Winde
Nun ist unser Dienst vorüber, sie sind auf sich allein gestellt
Die Zeit ist angebrochen, wo alles seinen Weg geht
Den Sturm überstanden, das Leben beschützt
So nennen wir uns mit stolzem Angesicht
Die Wächter der Flamme ...

WEG DES STERBENS

Wo willst Du hin
Du fühlst Dich verloren
Wo willst Du hin
Du bist vergessen

Nebel umhüllt sich als sanften Mantel
Du irrst nur umher
Wo willst Du hin, wenn alles schon Revue passierte
Dein Leben ging an Dir vorbei
Nur noch die Trauer steht Dir bei
Wenn die Wolken zusammen brechen
Wenn das Gewitter über Dir grollt
Die Schläge der Götter, gleichend dem Donner
Alles passt zusammen, alles drängt sich um dich
Doch wo willst Du hin?

Die Welt bietet kein Platz für Dein Dasein
Du willst nur weg von hier
Doch Du weißt keine Flucht
Der Nebel wird enger
Der Mantel zieht sich zusammen
Die Luft stockt in Deiner Lunge
Du willst laufen, hinfort in des Sterbens Land

WEG DES STERBENS

Der Weg ist Dir versperrt, was nun?
Die Blitze zucken gen Boden, Du lachst aus Verzweiflung
Wo willst Du hin, wenn nichts mehr übrig bleibt
Dein Lachen verfällt ins Schweigen
Kalter Atem entweicht Deinen Lippen
Du stehst im Mondschein
Du bist umhüllt von einem dichten Nebel
Und Du weißt den Weg

Du nimmst eine Klinge in die Hand
Kalter Stahl, der Deine Haut streift
Du genießt diese Kälte, sie scheint von Dir zu kommen
Ein kurzer Stich, ein befreiender Schmerz,
Und Du hast den Weg getroffen
Das Blut rinnt Deinen Arm entlang,
Warmes Blut Deiner gefrorenen Adern

Das Leben geht Dir durch den Kopf
Erinnerungen steigen wieder auf,
Tränen bilden sich in den toten Augen
Du beginnst zu schreien, fühlst das Blut an Deiner Haut,
Die Tränen an der Wange
Und der Weg wird kürzer, das Ziel hast Du vor den Augen
Du blickst hinab auf die Erde, wo das Blut sich sammelt
Fällst hinein in diese Lake,
Ein Fluss aus Tränen strömt gen Boden
Und Du hast den Weg bestritten, den Weg des Sterbens ...

WEGE DER ZUKUNFT

Er stand da, blickte hinfort
Konnte es nicht mehr ertragen, diesen Anblick
Das Abbild der Gemeinschaft, ein Hort der Demütigung
Dieses Volk ist ihm nichts mehr wert
Er fühlt sich dessen überdrüssig

So blickt Er in die Ferne
Hofft auf bessere Tage
Ersehnt glorreiche Zeiten
Verflucht die gegenwärtigen Stunden

Warum hat es sich so entwickelt
Warum ging es diesen Weg?
Wenn selbst Gottes Kraft nicht zu helfen vermag
Wenn keine klare Führung mehr besteht
So stürzt sich das Volk in diesen Abgrund - ohne es zu erkennen

Er wandelt durch die Menge
Betrachtet jedes einzelne Geschöpf
Mustert ihre Blicke und spürt dieses Gefühl
Das Gefühl der Lebensfreude
Wie können sie es haben, dieses Gefühl?
Bei diesem Leben, bei dieser Welt?
Unsicher setzt Er seinen Weg fort

Doch immer in Hass über das Volk
Denn Er ist der Einzige, der es erkennt
Zumindest meint Er zu erkennen

Er merkt die Zeichen des Schicksals
Er spürt die Schwingen der Lust
Er ahnt die Wege der Zukunft
Doch verhindern kann Er es nicht

WEGE DER ZUKUNFT

Sein Volk liegt im Sterben
Seine Gedanken sind mit Tränen geziert
Spricht Er zu der Rasse, wird Er verspottet
Sein Weg folgt dem Exil
Einen Ort, wo Er alleine ist
Verlassen, gewollt verlassen

Er blickt zurück
Zurück zu dieser Welt
Sieht am Firmament die düsteren Wolken
Sieht dass das Volk es nicht mal merkt
Seine Augen blicken die Ebene herab
Sieht wie die einzelnen Wesen sterben
Hört ihre Rufe nach Gnade und Glück
Doch ihre Rufe vergehen im Wind

So ist Er gegangen
Hat sein Volk verlassen, aus der Gewissheit
Er wusste, warum Er gehen musste
Doch bekennt Er sich keiner Schuld
Er sprach von jenen Tagen
Den Tagen der Rache
Ihm wurde nicht geglaubt

Nur einen letzten Blick wendet Er an diese Welt
Dann durchschreitet Er das Tor
Fühlt sich langsam geborgen
In den Armen seines Herren ...

ZEITEN DER LAST

Der Alltag liegt weit weg von hier
Spüre nicht mehr diesen Drang
Hinfort ist all das Grauen meiner Seele
Gebrochen dieser schmerzende Bann

Gefunden nun was Ich begehre
Gesucht nur des Lebens Ende
Geborgen fühle Ich mich dort
In hoffnungsvollen Träumen, die Ich erlebe

Tage der Vergeltung
Tage der ewigen Sucht
Endlose Zeiten des puren Schmerzes
Ewigkeiten der Lustlosigkeit
Die Gedanken nur darauf fixiert
An dieses Schicksal fühlte Ich mich gebunden

Zerbrochen nun dieser Bund
Entflohen nur mein Gebet
Gehört von höheren Mächten
Doch noch im Winde verweht
Die Hoffnung liegt in der Zukunft
Auf das Ungewisse, das folgen wird

ZEITEN DER LAST

Die Hoffnung möge mich leiten
Durch die Zeiten der Last
Die Sehnsucht wird mich stets begleiten
In den Tagen der Verzweiflung

So hallen meine Worte in der Leere
Doch wurden sie vernommen
Hoffe auf die Zukunft
Sehe vor mir den Frieden
Die Ruhe bemächtigt sich meiner Seele
Nur für wenige Zeit
In naher Ferne sehe Ich bereits das tägliche Leid
Vorbei wird es sein
Vorbei die innere Ruhe
Doch nur die Hoffnung wird mich stets begleiten ...

ZWEITER WEG

Ein leises Rauschen durchdringt die Nacht
Die Sicht ist trübe, Kälte ist der Herr der Zeit
So setze Ich meinen Weg fort, den Ich einst verlor
Der Blick starr gen Boden gerichtet
Vermag es nicht das Haupt zu erheben

Niemand soll es sehen, diesen Schmerz
Nicht einer soll es wissen, diese Pein
Gedemütigt schleicht meine menschliche Hülle auf dem Weg
Noch immer verwirrt, den Sinn noch immer verloren ...

... Einst gab es zwei Wege, die Ich vor mir sah
Zwei Wege, zwei Folgen, zwei Leben
Zur Linken und zur Rechten
Nicht einen wollte Ich wählen, doch wurde Ich gedrängt
Blicke Ich zurück, sehe Ich den Spott
Höre Ich hin, lausche Ich dem Gelächter
Musste endlich entfliehen, aus diesem Dasein

Doch noch stand Ich vor der Kreuzung
Wusste nicht, was folgen wird
Unklar über die Konsequenzen
Gleichgültig die Konsequenzen
So entschied Ich kurzerhand den Weg

ZWEITER WEG

Einer der Zwei, die mein Verderben oder mein Leben bedeuten
Einer von jenen, die mich bestimmten
Doch nur einem konnte Ich folgen ...

Schritt für Schritt beginne Ich dem Weg wieder zu folgen
Eine Erinnerung die mich ereilt ...
... Erinnerungen an den Abgrund meines Lebens
Nahe dem Ende und doch weit davon entfernt
Verzweifelt stürzte Ich zu Boden und wollte sterben
Dem Tode war Ich ein Opfer
Meine Zeit war jedoch noch nicht gekommen ...

Warum Ich dem Weg nun folge
Weswegen Ich weiterhin mein Leben hier friste
Wonach Ich suche, was Ich begehre
All das hält die Ewigkeit im Schatten verborgen
So laufe Ich weiter, fliehe vor meiner Vergangenheit
Dulde weiterhin dieses dahin vegetieren mit nur einer Hoffnung
Die Hoffnung, bald alles zu vergessen
Diese Wesen nicht mehr anzutreffen
In Ruhe meinem Wege folgen
Dem Weg, den Ich wählte
Den Weg des Verderbens
Der zweite Weg ...

2004

ABSCHIED

Verlassen
Die Welt, Freunde nehmen Abschied
Was einst gewesen nun gebrochen
Verborgen im tiefsten Dunkel
Ein Licht, so schwach
Hoffnung

Es war kein Druck
Im Laufe der Zeit
Nur genossen, was war
Verschwendet die Gedanken
Nicht an die Zeit, die folgen mag

So liegt es brach
Die Seele
Unbeholfen und schwach
Im Dämmerlicht

Die Sonne nun bereits untergegangen
Wie benommen vor Angst
Es war so grausam
Ewig Licht ward es einst
Vorbei, jene Zeit

ABSCHIED

So schwer es fällt
So schmerzlich es ist
Schritt um Schritt
Stich um Stich

Es geht so tief
Tief ins Gewissen
Schmerz und Pein
Wie sollte es anders sein?

War es das schon, kann es wahrlich sein?
Nur ein Wort
Jedoch enorme Konsequenz
Abschied, so heißt es
Gebiert Kummer und Leid

Die Freude auf ein Wiedersehen
Ungewiss im Launenspiel der Zeit
Stille Hoffnungen das Herz umschließen
Sind wir des Abschieds nicht bereit ...

AUGENBLICKE

Wir schreiben späten Abend
Ein Tag wie jeder Andere
Doch nun - ein Ende gefunden
Nichts ist - wie es war ...

Parallelen zur Ewigkeit, die Vergangenheit personifiziert
Gefühle - entfacht und zurück gewiesen
Die Tränen rinnen herab, rot ist ihre Flüssigkeit
Sie füllen die Augenhöhlen, fahren die Haut entlang
Fallen herab auf den Boden, eine Blutlache

Lebendig begraben - das Paranoide des Seins wurde geweckt
Zwiespalt - Angst
Das Menschsein ist nun relativ
Er fällt auf die Knie und stützt sich mit den Händen

Ein Blick auf die Adern, sie schimmern hellblau unter der Haut
Die Venen, sie sind am austrocknen
Hände, sie bieten keinen Halt, die Muskeln geben nach
Suizide Gedanken, verfluchte Gedanken

„... Hasst mich, und Ich lache
Begehrt mich, und Ich bade in diesem Triumph
Täuscht Ihr mich, werde Ich Euch verdammen
Doch berührt ihr mich, werde Ich sterben
Liebt ihr mich, werde Ich weinen ...“

AUGENBLICKE

... Das Blut nur eine surreale Seins Bedingung
Ein Leben ohne Blut, nur im Geiste noch Stärke
Der Wille liegt brach, im Blute getränkt
Kaum noch hörbar der Atem - die Lungen sind schwach
Trübe Blicke, die den Körper streifen

Offene Wunden, die das Herz beschreiben
Dieser Schmerz durchbricht die Stille
Wie ein Dolch, der die Haut durchtrennt
Durch Venen und Muskel, durch Gewebe und Haut
Entfernt man den Dolch, ist Er blutig
Gewebefetzen zieren den Stahl
Es trieft - das Leben

„Vorbei die Tage, sie waren gezählt
Vergessen das Leben, denn dies war es nicht wert
Verdrängt die Gefühle, sie wurden begehrt
Wurde geliebt, doch brachte es nur Schmerz ..."

Ein letztes Mal, richtet Er sich auf
Beginnt zu Lachen, aus Schmerz und Wissen
Die Stimme verhallt im Wind, und Er stürzt
Der schlaffe Körper, Er prallt gen Boden
Kalt - der Blick
Sekunden
Tod.

BEFREIUNG

Ein Teil des Ganzen, endloses Selbst
Ein Leben im Schatten der Sonne
Am Rande der Existenz, Lebenslichter
Durchdrangen des Menschen sonniges Gemüt

Ein Tag vergeht, die Nacht beginnt
Sanfte Dunkelheit lässt das Herz erwärmen
Fernweh

Die Weite des Landes, das Unmögliche hinter dem Horizont
Ungewiss, das Ziel
Irrationales Denken über Dimensionen in der Ewigkeit
Zwiegespalten im Glauben an seiner Selbst
Doch ein innerer Frieden - zu tiefer Nacht

Jeden Augenblick, ein eisiger Schrei
Eine melancholische Melodie in der Luft
Stimmen, sie schreien in Demut
Ein Narr der Gezeiten
Ein Spielstein, in Gottes Welt

Dunkles Gewand, schwarz die Aura
Ekstatische Melancholie pulsiert durch die Adern
Warmes Blut, es will entschwinden
Die Augen fallen zusammen ...
... Ein Bild im Gehirn eingebrannt
Die Illusion des Ganzen aus dem Herzen verbannt

BEFREIUNG

Eine Sehnsucht zur Ewigkeit erliegt der Zeit
Zuneigung - Geborgenheit
Im Kerzenlicht die Silhouette
Wie damals, es geschah ...

Schwarz die Nacht, Sterne am Firmament
Ein loderndes Licht in der Hand gehalten
Wärme, Schutz
Der Weg zur nebligen Ferne
Blicke, gen Boden geneigt
Ein Schmerz - ein Schrei
Befreiung durch des Stahls Kälte

Durchschnitt Fleisch und Ader
Zelle und Haut brechen auf, das Ziel vor Augen
Die Ewigkeit scheint nah zu sein
Schmerz, in den Lungen
Es schleicht sich ein Lachen über die Lippen

Blut quillt aus den Augen
Rinnt die Wangen herab, tropft gen Boden
Tränen so salzig wie das Meer
Vermischt im dunklen Rot
Eine Harmonie der Farben
Eine Harmonie des Lebens
Es folgt ein Schrei
... Und die Ewigkeit

BITTERES LÄCHELN

In des Abends, wenn die Nacht das Licht verdrängt
Wenn die Wolken die Sonne verschieben
Die Dunkelheit das Land überflutet
Die letzten Menschen ihr stilles Gemach aufsuchen
Wendet sie sich der Menschheit zu ...

Schweigend verharrend, das Optische einem Engel gleich
Ruhig und gelassen - innere Fragmente ihres Seins
Unsterblich, diese Metapher
Doch des Herzens Wille gebrochen
Ihr Lächeln so sanft und wohl
Die Gedanken jedoch, trübe und verzweifelt

Geborgenheit und Schutz
Nähe und Liebe
Gefühle, die sie begehrt
Zerstört ... Angst
Verwirrt und unsicher - was wird folgen?
Der Tod scheint wohl der Ausweg zu sein
Doch nur eine Illusion
Lediglich Worte, die sie spricht ...

BITTERES LÄCHELN

„Nur ein Gefühl, langsam schleichend
Alles umhüllt, schmettert das Schöne gen Boden
Und doch - ungewiss
Woher dieser dichte Nebel der Trauer?“

Opfert sich, um anderen ein Lächeln zu zeigen
Lebt ihr Leben im Schatten ihres Selbst
Entfachende Gefühle - daran glaubt sie nicht
Ein stumpfes Gefühl ...

Alsbald alle Zeiten reißen
Die Unendlichkeit sie erreicht
Steht sie vor ihrem Grab
Blickt hinein - eine Silhouette, die dort liegt
Wer wird schon trauern?
Wer wird sie schon missen?

Ein Lächeln auf den zarten Lippen
Der süße Geschmack der puren Erkenntnis
Ein Schnitt, pulsierendes Rot
Ein Tod, den sie schon tausendmal gestorben ist
Doch in der nächsten Nacht
Da folgt sie wieder ihrem Weg
Mit einem bitteren Lächeln auf den Lippen ...

DEMUT

Still, es ist Nacht
Ein Schatten irrt herum, im Straßenlicht
Weiß, die Kleidung
Schwarz, das Leder, jenes ihn umhüllt
Kühl und lächelnd
Fixiert die Welt, im eisernen Blick
Begierig lauernd, was ist sein Geschick?

Stille, so sanft
Geborgen in der Nacht
Ein Wohlbefinden, so unbeschreiblich
... Und doch eine sanfte Pein, welche sich seiner bemächtigt

Der Weg, den Er geht
Einsam und kalt
Düster, heimlich verlassen
In seiner Hand kalter Stahl

Blicke, gerichtet gen Himmel
Lachend den Herrn anklagen
Dort oben, am Firmament, es lodert das Sterben
Gewissheit, der Tod ist nah

Flüchtiger Schnitt, tief durchtrennt - Vene und Haut
Blut rinnt herab den Arm
So warm, so rein
Wohliges Seufzen aus seinen Lippen

DEMUT

Schmerz, eine sanfte Versuchung
Befreiung, verborgen in des Messers Klinge
Zerfleischt den Leib
Offene Wunden, klaffende Laute in der Nacht

Er lacht, so verbittert und doch frei
Glänzt in der Nacht, von Blut überzogen
Ein Rubin in Menschen Gestalt
Augen schwach wie ein beschmutzter Diamant

Sinkt in die Knie, der vegetierende Leib
Kälte durchzieht den Körper
Des Blutes Wärme längst vergangen
Ein neuer Schnitt
Das Sterben liegt in der Luft

Ein letzter Schrei verhallt in der Luft
Jedoch hört man stets sein Lachen
Des Herzens Pochen vergeht im Sturm
Im Todeskampf, ein Gefühl der Freiheit
Ohne Schmerz, ohne Leid
Des Körpers Leben, es sei vorbei!

DEMUT

Es laufen die Menschen an ihm vorbei
Blicken hernieder, auf den toten Leib
Lachen auf und passieren Revue
Wie ein Traum, so liegt Er da
Als wäre es nicht geschehen
Einsam und verlassen
Dort am Boden
In einer blutigen Lake

Getragen, der Leichnam
Vom Schatten der Welt
Hängt nun dort, an einem Kreuze
Jeglicher Lebenshauch aus ihm gewichen
Die letzten Tropfen warmen Blutes
Rinnen seinen schlaffen Arm herab

Wie Jesu am Kreuz
So verharrt sein kalter Leib
Gedemütigt vom Leben
Doch im Herzen nun frei ...

STIMME DES WINDES

Blasse Lippen sich berühren
Blitze in den Augen
Hitze gleitet sanft durch den Körper

Von Gefühlen erschlagen
Singt jeder Wind Dir sein letztes Lied
Klingt verlockend, führt Dich zu mir

Leidenschaft ist nicht mehr fremd
Begehrt - ersehnt
Ew‘ ges Streben nach dieser Situation
Als wäre die Reise bereits Vergangenheit
Der letzte Tropfen Wein geleert ...

Schmerz
Zerrissen - innerlich
Gedanken sind gefasst, Wahrheit vor den Augen
Sturen Blickes kalte Ignoranz

Ins Dunkle geführt
Aus Sehnsucht wurde Hass
Blindheit, Feigheit
Ermordet das Herz

STIMME DES WINDES

Hinter der Fassade
Geborgen das Leid
Nur ein Blick
Ewiger Schlaf - Trauer

Nie wirst Du sein
Nie warst Du gewesen
Bestand meines Lebens
Wann folgt die Ernüchterung?

Hoffnung nun zertrümmert
Asche ziert das Haar
Offen, einst lag das Herz Dir brach
Gebrochen, der Wille, es zu gewähren

Unendlichkeit, zielloses Treiben setzt sich fort
Wo der Wind, des Himmels lächelnder Tod?
Verweht, in undenkbaren Zeiten
Vergangen, im Augenblick des wahren Seins

DIE MENSCHHEIT

Der Traum des Lebens, ew‘ ge Pracht
Der Traum des Todes, unendliche Macht
Das Leben zieht vorüber, dem Tode immer näher
Das Herz wird langsam zu Stein,
Durfte noch nie wahrlich bestanden sein
Dem Tode machtlos ergeben, so war es einst
Der Liebe fremd geworden, durch Engels Hand zerstört
Die Weisheit des Lebens nicht mehr vorhanden
Der Götter machtlos erlegen, deren Spiel
Die Wahrheit suchen, und doch nur Leid finden

Hängend an einem Strang, dem Strang des Lebens
So setzt es sich fort, die Evolution der Menschen
Ihre Genialität führt sie zur Vernichtung, ist es wirklich Genialität?
Ihre Dummheit zirkuliert, ihre Weisheit erstickt
Der prachtvolle Anblick der Menschheit längst verloren
Tägliche in den Augen neue Tränen geboren,
Bei dem Verlust der Pracht
Die einst unendliche Macht der Menschheit mit der Zeit vergangen
Jede Träne schreit nach Freiheit, es ist ein Verlangen

Gewalt und Hass nur kennengelernt, die Liebe nicht
Blutige Wunden wurden geschlagen, Hiebe wurden versetzt
Das Schicksal führt einen Krieg, wir Menschen sind der Feind
Die Götter sich gegen uns stellen, es gleicht der Verdammnis
Die Menschheit ist nun verloren, der Ewigkeit erlegen
Die Schwingen des Schicksals, die Feder des Lebens
Die Klauen der Ewigkeit geworfen, die Menschen sie gefangen
Das Unendliche nun erreicht, das Mögliche vergessen

DIE MENSCHHEIT

Das Unmögliche verlangt, den Tod bekommen
Das Leben vergessen, im Licht nun wandern
Ein Leben für den Tod, geboren für den Krieg
Das beschreibt die Menschen, den Drang der Zerstörung
Man sieht umher, in der Welt, es gib nichts lachen
Gleichgültig, die Menschheit, die Verluste
Opfer werden erbracht, einzig allein für die Macht
Geschaffen wurden viele Vernichtungsschläge,
Gegen die eigene Rasse
Die Macht, die Ehre, die Vernichtung, ein Kreislauf des Lebens
An ihrer Genialität werden sie leiden, sie werden vernichtet

Im Reich des Jenseits werden wir uns wiedersehen
Die samte Pracht der Menschheit, die jedoch in Vergessenheit geriet
Glorreiche Zeiten sind vergangen,
Die Dummheit den Verstand vernebelt
Die Menschen gehen zu Grunde, die wurden vernichtet,
Durch ihr eigenes Geschick
Das Herz nun Stein geworden, Blut tränkt die Erde
Der Boden schimmert Rot,
Leichen bedecken die Wälder, dieLänder
Hass, Mord und Verrat sind des Menschen Wille
Durch ein einziges Missverständnis
Die totale Vernichtung angekündigt
Die schönen Momente sind vergessen, es war kostbar
Die Wahrheit ist das, was die Menschen vergaßen
Die Vernichtung steht bevor, so sollen wir sie erwarten ...

DIENER DES SCHICKSALS

Stille Stunden ziehen vorbei
Eine Silhouette wandelt am Horizont
Die Sterne leuchten hell hinter dem Nebelschleier
Seine Blicke folgen dem Licht

Blind im Leben läuft Er umher
Die Gedanken sind wirr, weder Struktur, noch Sinn
Seine Gebete wurden nicht erhört
Ungewissheit sorgt für Angst

Es sind die kommenden Stunden, die ihn bedrücken
Taten, jene Er vollstrecken muss
Taten von höherer Macht, welche Er nicht versteht
Das Schicksal zu tragen, die Welt zu wandeln
Klare Führung zu übernehmen, in göttlicher Pracht

Stille Rufe, die ihm gebühren
Er wünschte, Er könnte ruhen
Diese Last ablegen, die Er verbirgt
Wünsche, die in Aufgaben enden
Wünsche von der Menschheit, die Er erfüllt

Mit feuchten Augen blickt Er zurück
Seine Spur hinterlässt Hoffnung - in des Menschen Herz
Doch sind es Taten, die Er nicht vollenden kann
Gebete, jene nicht unerhört bleiben
Gebete, welche sich in der Masse vereinen

DIENER DES SCHICKSALS

Es sind die gleichen Gedanken, die gleichen Hoffnungen
Hilferufe an Gott, die Lippen zittern hilflos
Leise Worte richtet Er an seinen Gebieter
Auf die Knie gefallen beugt Er sich der Macht
Die Macht, die ihm auferlegt wurde

Er kennt jede der Menschheit Lügen
Er weiß, was um sie geschieht
Doch ist Er nur des Schicksals zweite Hand
Ein Helfer, der seine Taten nicht versteht
Lediglich handeln und gehorchen

Zu viele Jahre sind Revue passiert
Die Zeit des Wandels ist angebrochen
Er zieh durch die Reihen der Menschen
Lauscht jedem Ihrer Worte - ihrer Lügen
Blickt jeden einzeln an

Leuchtende Augen, wenn Er gesehen wird
Schmerzende Blicke, wenn sie ungesehen bleiben
Tränender Schmerz, sobald Er zuhört -
doch nicht zu helfen vermag

DIENER DES SCHICKSALS

So wandelt Er stets in der Welt umher
Bringt der Welt einen neuen Sinn
Weiß, was im Verborgenen gehalten wird
Versteht was es bedeutet, gebraucht zu werden

Doch ist Er nur ein Diener des Schicksals
Ein Lastträger der Welt
Gott oder Mensch - ein kosmisches Gleichgewicht
Er ist nur ein Mensch
Doch für diese ist Er ein Gott ...

EIN BRIEF AN GOTT

Herr, Du in Deiner erhabenen Macht
Unerreichbar für des Menschen Pracht
Blickst herab, von deinem Reich
Menschen Leid, es ist Dir gleich

Herr, Gebete und Hoffnung
Erreichen Dich stets, in ewiger Masse
Erhörst Du Sie, die qualvollen Stimmen?

Herr, gibst die Acht aus Deiner Hand
Gewährst das Böse
Gewährst den Tod
Schicksal gebiert einen Teufels Sohn
In Deiner Welt

Herr, verdammt warst du
Eine Ewigkeit, für mich
Du spielst nur Dein Spiel
Herr, Deine Zeit passiert Revue

Vater, du, der erhaben stehst
Sage mir, warum erst jetzt
Wo war Deine schützende Hand zu schwerster Stund?

Herr im Himmel, sprich zu mir
Ist es Gottes Wille so zwiespältig?
Bedurfte es wahrlich so viel Zeit und Leid?

EIN BRIEF AN GOTT

Herr, es sind Zweifel einst gewesen
Fundamente Deiner Existenz
Gebote und Heilige Schriften
Herr, Ich empfand Verachtung

Herr, nun ziehe Ich hinfort
In Leidenschaft und Liebe
Doch nicht zu dir

Herr, jegliche Hoffnung ist gestorben
Hoffnung auf Deine Existenz
Keine Befugnis für das menschliche Dasein
Mein eigener Herr, so mein Wesen

Herr, Ich sage „Adieu"
Verlasse Dich und Deine Welt - endgültig
Brachtest keine Liebe, Geduld und Heil
So denn, Herr
Nehme Abschied
Wende mich ab
Adieu

EISERNE FURCHT

Die Worte sind verstummt -
Sanfter Schmerz fließt durch Dein Haupt
Du fürchtest Dich vor dem Tag
Du bangst in deinem Leben
Hängst an einem Strang, und wartest ...

Erhaben über Schmerz
Erhaben über Wunden
Warst einst Herr deines Weges
Herr Deiner Worte
Doch ist diese Zeit Revue passiert

Du lauschst deinem Schmerz
Liegst brach in deinem Bette
Hoffst auf das Gute im Leben
Setzt alles auf eine Farbe
Anmerken, das kann man Dir nichts
Offenbaren, das vermagst Du Dich nicht

Doch innerlich, da bist Du ein Wrack
Krümmst Dich unter diesem Schmerz,
Der Deinen Körper durchzieht
Verbirgst die Tränen, die Deine Augen nässen
Blut, es quillt aus deinem Herzen
Was ist geschehen?
Was hat Dich so verändert?

EISERNE FURCHT

Es ist der Morgen, dem Du trotzt
Es ist die Zeit, die nun folgen mag
Es schlummert in Deiner Seele
Verfolgt Dich schon Tage lang
Doch erkennen - was wolltest Du nicht ...

Ist es zu spät zu verstehen?
Bereits vergangen der Augenblick, umzudrehen?
Das Ende Deiner Seele, deines Geistes?
Am Abgrund deines Daseins, da blickst Du herab
Gebrechlich tief im Inneren
Erhaben nach außen hin

Deine Haut gewinnt an Blässe
Die Wangen, die Lippen
Sämtliches Rot hat Dich verlassen
Puls, den spürst Du nicht mehr
Gibst keine Acht darauf
Irrelevant, so scheint es zu sein ...

... Doch sieht die Realität anders aus
Du beginnst zu verstehen, was einst so glorreich schien
Es ist vorbei, Deine Stärke
Du zerbrichst, neigst Dich gen Boden
Gleichst dem Tau eines Frühlingsmorgens
Vorhanden, stark
Folglich verschwommen, bis Dein Dasein nicht mehr zählt ...

ENGEL DER HOFFNUNGSLOSIGKEIT

Es beginnt eine Nacht der Hoffnungslosigkeit
Eine Nacht ohne Ende
Gedanken sind mein treuer Gefährte
Doch ungewohnt und verstreut
Verzweigt sind die Gedanken auf das Leben
Auf eine Person

So schließe Ich meine Augen
Erzähle mir selbst von ihr
Ein Bild formt sich in meinem kranken Verstand
Und die Lippen ziert ein schmales Lächeln

Diese zarte Stimme, die mein Geist berührt
Das Haar vom Winde getragen
Nur schwach die Wärme des Körpers, die mich erreicht
Der Glanz eines Engels in den Worten, in jeder Bewegung
Keine Scheu zu sehen, doch Angst zu sprechen
Mein Leben preise Ich ihr
Die Gedanken nur noch auf sie gerichtet

Die Dunkelheit der Nacht legt sich zur Ruh
Doch mein Geist durch sie erwacht
Mein Herz entfacht, das Blut wieder pulsierend
Spüre jeden Herzschlag an den Rippen pochen
Ein ungewohntes Gefühl, gleichend einer Illusion
Illusion von Schicksals Hand ...

ENGEL DER HOFFNUNGSLOSIGKEIT

... Mit geschlossenen Augen vertiefe ich
Sehe sie vor mir stehen
Blaue Augen, sanfte Gesichtszüge
Anmutige Gestalt, gleichend einer Göttin
Unberührt und doch so stark
Ist sie der Engel, der über mich wacht ...

... Durch ein Donnergrollen erwacht, aus diesem Traum
Blicke Ich hinein in die Nacht, in diese Realität
Ein Engel zu erreichen, Ich wage es mich nicht
Im Stillen blicke Ich zu ihr, verharre stumm
Hoffe darauf, dass sie mich sieht, im verborgenen Schatten
Träume davon, dass sie mich sieht, in ihrem Leben

So bin Ich nur ein Schatten, der an ihr haftet
Ein Niemand, der sie begehrt
Doch sie merkt es nicht
Wird sie auch in fernen Tagen, in ewigen Jahren
Nur ein Engel für mich sein
Ein Traum von einem Leben
Ein Traum von Hoffnung
Ein Traum von Glück ...

... Und Ich blicke weiter zu ihr
Mein Blick offenbart diese Hoffnungslosigkeit
Verfallen in tausend Stücken, mein Geist ihr unterlegen
Ist sie nur ein Engel?
Mein Engel der Hoffnungslosigkeit ...

FLAMMENSPIEL

Ein Leben
Wertvoll in seinem Glanze
Befleckt von Kummer und Leid
Erinnerung, einst war man zu zweit

Revue, so zog die Welt
Verblasste im Rande der Gezeiten
Das Herz gebiert Trauer
Als brenne eine Kerze nieder

Verbraucht der Docht
Wachs vergeht im Winde
Gänzlich verbrannt, im weißen Licht
Leben, wie es einst war
Überzogen vom kalten Eise

Dunkel-Sein in diesem Schädel
Zerfleischt, die Seele, so gebrechlich
Erbarmungsloses Schlachten
Hysterisches Lachen
Tränen im Wind

FLAMMENSPIEL

Plötzlich bricht jenes Eis
Eine Flamme ziert nun das schwache Licht
Schützend umhüllt, dieses leuchtende Spiel
Als reiche man eine Hand der Kerze zum Erhalt

Verdrängt und vergessen, was einst begehrt
Zeit verging
Tag und Nacht, ein Wechsel des Schicksals
Ein Pakt, fester als etwaige Existenz

Flammen, so zahlreich wie nie zuvor
Brennen
Anmutige Eleganz
Tänzelnd und leidenschaftlich
Dieses Flammenspiel
Von Winde stets unberührt
Eine Flamme, die niemals erlischt

FLUSS DES LEBENS

Freiheit
Ein weitläufiges Wort
Symbolisiert den Frieden im eigenen Wesen
Simple Träume, langwierige Sehnsucht
Permanentes Streben - vergebens
So definierte sich mein Leben

So viele Sagen, irrationaler Trost
Gott im Leben verflucht
Geglaubt - verloren
Mein Wesen ein Altar der Ruhe

Ich lauschte Menschen, die darüber sprachen
Dachte oftmals darüber nach - Tränen
Ein ewiges Mysterium - vergebene Hoffnung
Die Illusion eines glücklichen Lebens
Im Dasein wandeln, in Engels Gang
Die Schwingen hütend über den Leib gefaltet
Schutz, bis zu jenem Tage ...

Aufgewacht, aus einem Schlaf - Leben
Sanftes Lächeln, gutes Gewissen
Beruhigt im Herzen - Freude
Wärme im Herzen - Liebe

FLUSS DES LEBENS

Wie ein unbändiger Fluss
Ohne Mündung in das weite Meer
Nur die Kraft der Natur
Ein Rauschen in der Wildnis
Das Streben nach Wärme
Gegenwart

Eine Woge aus Verlangen
Gestillte Sehnsucht
Das Gefühl der Freiheit
Lebendig, ein Traum
Mein Leben - Realität

Hörst Du mich? Erlebe mich!
Lass mich Dich begleiten, in des Lebens tiefe Meere
Tränen flossen wie ein Fluss in tiefer Nacht
Doch fanden sie nun eine schützende Hand
Ich sehe es ...

Ich kann es verstehen - es fühlen
Die Sage beginnt der Wahrheit zu entsprechen
Mein Leben unterzieht sich einem Wandel
Empfangende Arme für die Zukunft
Ein strömender Fluss
Der Fluss des Lebens

FRIEDHOFSLICHTER

Dichter Nebel, feuchte Erde
Gräber in Reih' und Glied
Stimmen liegen in der Luft, Hilfeschreie
Sterbensleid, Trauer - Geborgenheit
Ein Dunstkreis des Schicksals
Wiege des Lebens Ende

Ist dies das Ende der Sehnsucht?
Schwarz, die Nacht
Sie durchbricht Stein und Haut
Gewebe und Fleisch, eine Seele
Kein Licht mehr, nur das Prasseln des Regens

Unter tiefer Erde, in Laub und Asche begraben
Dort liegt ein Sarg, Stille
Nicht ein Sonnenstrahl bricht hindurch
Die Mysterien des Todes
Das Wispern des Sterbens
Eine harmonische Melodie des Lebens
Doch die Augen sind wachsam

Man hörte die Menschen darüber sprechen
Sie sagten, man wäre glücklich
Sprachen von Wärme und Licht
Von Illusionen und Träumen
Eine Trauer in ewiger Stille

FRIEDHOFSLICHTER

Unbegreiflich, der Rausch des Lebens
Es ist ein Geheimnis, ungelüftet
In tiefste Stund, die stillste Stund
Jedoch der Geist noch aufmerksam

Lauschend der Stimmen
Sie umkreisen den Sarkophag
Ein lautes Brechen, eine Hand greift
Blendend schön, herzhaft warm
Legt das Licht sich hütend um den Leib
Trägt ihn hinfort
... In des Menschen wahres Sein

GEFALLENER ENGEL - PART 2

Bisweilen war Er nur ein dunkler Engel,
Der das Licht gefunden hat
Ein Wesen, das sich von der Masse abhebt
Ein Geschöpf, das die Masse meidet
Doch nun ist Er schwach, sein Wille gekränkt
Er ist gefallen, von diesem ersehnten Ort
Nicht mehr vom Schmerz befreit
Nur noch ein träumender Engel ...

... Ein gefallener Engel

Gekrümmt am Boden, der Leib beschmutzt
Augen so weiß, Todes Tor im Sinn
Ein Engel schreit
Schmerz und Leid
Vereint, in diesem dunklen Leib

Verfällt der Ekstase dieses Augenblicks
Geborgen im kalten Licht, in jenem Er gebar
Tränen - das Einzige was bleibt

GEFALLENER ENGEL - PART 2

Stark genug, um aufzustehen?
Umzukehren, in des ihm trauten Heim?
Schritt um Schritt, näher gen Horizont
Verblasst vor trüben Augen
Schatten, im Wesen vor sich
Manifestiert, dies Leid
Eine Hand, dort, am Firmament
Sie greift, gereicht vom Schicksal
Glaube - Hoffnung
Jede Zweifel geraubt
Nur ein Schatten, der vergeht

Erhebt sich
Staub fällt hernieder, vom Leibe herab
Im Rausch der Gezeiten
Stürmt Er hervor
Erklimmt Stufe um Stufe
Schaut zurück ...

Sieht diese dunkle Welt
Tod und Trauer all umgebend
War verloren, dort unter Staub und Asche

Er schreit es in den Sturm
Hastet die Stufen herauf
Lässt den Traum der Vergangenheit hinter sich
Spürt diese Energie
Erhaben und in voller Macht

GEFALLENER ENGEL - PART 2

Worte verlassen seine Lippen
All der Hass, all das Leid
Gelindert durch Tränen, sie strömen den Wangen herab
Vermehren sich am Boden unter ihm
Zeigen seinen Weg
Von tiefster Erde empor gestiegen
In weißer Ummantelung
Die Schwingen strahlend
Augen so lebensfreudig
Saugt den Kosmos in sich auf

Dort im Himmel
Ein Engel zieht vorbei
Menschen erinnern sich an ihn
Kommen heran, und knien nieder
Untergeben und verwundert
War Er einst ein gefallener Engel
Dessen Schmerz erwachte
Nannte man ihn ein Todesengel
Engel der Rächenden

Doch nun, nur noch ein Engel
Einst gefallen
Heute erhaben
Strebt Er die Unendlichkeit an
Im Zeichen des Schicksals
Jenes sich ihm beugte
Es kommt heran, und senkt die Augen
In Ehrfurcht und Untergebenheit
Des Engels treuster Diener
Nun das Leben
... Und Er lächelt

HASS

Die Welt lebt im Wandel
Schatten ziehen umher
Dunkelheit bettet das Land - meinen Verstand
Irrwege breiten ihre Arme aus
Sie empfangen mich mit offenen Herzen
Doch können sie es nicht verstehen - diese Schmerzen

Wenn die Vergangenheit den Mensch übernimmt
Wenn Erinnerungen nur noch Alpträume sind
Wenn Geborgenheit dem Hass beginnt zu gleichen
Erst dann wissen wir, es macht keinen Sinn
Erst dann beginnen wir zu verstehen, beginnen auszuweichen

Die Wege trennen sich - einst hart wie Stein
Die Last trage Ich mit mir, tief im Inneren
Gefühle, einst waren sie mein Dasein
Doch nun liegt es in Schutt und Asche
Nur einen einzigen Kuss, den Ich erhasche
Nur ein einziger Augenblick
Nur wenige Momente ...

... Ein tiefer Schlag
Ein ewiger Spalt trennt die Welten
Nicht mehr in meiner Reichweite
Nie mehr in meinen Armen
Die Schreie des Herzens, sie erflehen um Gnade
Sie würden mir gar bis in den Tod folgen

HASS

Das letzte Blut aus Deinen Adern
Der letzte Tropfen pulsiert in meinen Adern
Nur noch starre Blicke, bleiche Haut
Nur noch Augenblicke, und die Zeit steht still
Mein Herz blutet aus, kein Puls der in den Venen pocht
Schmerzgebeugt liegst Du am Boden
Doch die Wege trennen sich ...

Genieße diese wenigen Sekunden, denn sie werden ewig währen
Spüre diesen kalten Tod, der Dich begleitet
Erlebe diesen Rausch, diesen Genuss des Hasses
Sehe mich an und beginne zu verstehen
Versuche es
Durchdringe meine Blicke, fessle meinen Geist

Es ist Deine Stimme, die Ich höre
Es sind Deine Worte, die Ich ersehne
Sind es meine Taten, die Dich morden
Es ist mein Wesen, welches Dich ruiniert

HASS

Verdorben liegst Du nun am Boden
Meine Blicke sind auf Dich gerichtet
Die Augen blutgetränkt, die Lippen brennen eisern
Es hat wohl keinen Sinn, Dich zu pflegen
Deinen Leichnam trage Ich nun auf Armen
Als Trophäe nehme Ich diesen Leib an mich
Die Todesstunde hat Dich ereilt
Ich habe sie Dir geboten
Deine Augen, grün und blutend
Leere Blicke, die sich in mein Gehirn brennen ...

... Ich richte mich auf, schaue in den Spiegel
Mein Herz bleibt stehen, das Blut stockt
Die Augen sind aufgerissen, ein Schrei der in meinem Kopf ertönt
Ich blicke tief in den Spiegel
Erkenne, was geschehen ist
Dort im Spiegel blicken mir grüne Augen entgegen
Ein Gesicht zu Tode gequält
Ein blutgetränkter Körper steht mir gegenüber
Ich beginne zu verstehen ...

HEIMISCHES GRAB

In früher Morgenstund, der Tag zählt erste Stunden
Er wacht auf, öffnet gelassen seine Augen
Ein neuer Tag - der letzte Tag
Lächeln, es ziert seine Lippen

Legt seinen Mantel um den Leib
Schreitet in die Welt hinaus, wie an jedem Tag
Überstand bislang jede Hürde
Doch der letzte Tag brach an

Trifft jene, die ihn kennen
Spricht weise Worte über das Leben
Ein sterbender Philosoph

Meidet den Kontakt von Blick zu Blick
Sie würden es sehen, dieses Leid in den Augen
Nach etwaigen Stunden zieht Er von dannen
Bahnt sich seinen Weg ins traute Heim
Soll es sein letzter Weg nun sein ...
Innere Pein, die ihn zerreißt
Tränen fließen auf blassen Wangen herab
Doch der Mensch sieht nur das Lächeln - auf seinen Lippen
Betrachtet nur jene Fassade, die sein Leben bedeutet
Jedoch birgt das Ende der Wahrheit trauriges Leid

HEIMISCHES GRAB

Gibt es noch einen Augenblick des Glückes?
Nahm Er doch jegliches Leid in Kauf
Er betritt sein Gemach, verriegelt die Fenster
Geschlossen die Vorhänge, eine Kerze brennt am Rande

Liegt nun da, im trauten Stoffe
Betrachtet seine Hände, den Verlauf der Adern
Erhebt sich und blickt gen Firmament
Nicht ein Stern zu sehen

Betrübt schließt Er im Bette seine Augen
Atmet die reine Luft, stets langsamer
Er griff nach dem Leben, doch verfloss es vor seinen Augen
Wollte leben, jedoch war eisernes Sterben der Lohn

So liegt Er da im heimischen Grabe,
Dieser einst so stolze Mensch
Schwach und sterbend, dem Tode nahe
Ein letztes Mal betrachtet Er das Flammenspiel
Schließt erneut seine Augen
... Und begrüßt den Tod mit einem Lächeln

HEIMKEHR

Zeit vergeht, der Sand der Zeit zu eisernem Stahl verwest
Eine Ewigkeit passierte Revue
Sein Name nur eine Erinnerung
Illusion - ein Phantom

Bedrohende Gegenwart, von seinem Wesen
Schwarz die Aura, als wäre Er der Gevatter Tod
Ein Dämon, der jedes Gefühl - jede Berührung - vermeidet
Nur ein Diener des Schicksals, von Dunkelheit umhüllt

Doch wurde Er zum Mittelpunkt
Ein prächtiges Wesen mit feinster Ader
All die Sinne ausgeprägt wie nie bekannt
Die Definition von Leidenschaft
Simples Wissen um Macht

Sein Herz einst kalt wie tiefste Winternacht
Sanfteste Wärme loderte jedoch stets im Inneren
Nicht einer wagte, versuchte,
Sein Herz mit Gefühlen zu demütigen
Alsbald, dann und wann ...

Eine Silhouette, lebende Erinnerung
Das Herz schreit lähmend auf
Eine Welt, die man nie vergisst
Ekstatische Gefühle, süßer Schmerz
Personifiziert in der Gegenwart - gleich der Vergangenheit

HEIMKEHR

Abgrund - vor dem Er steht
Tiefer als der Erde immensester Krater
Ein toter Philosoph, der seine Thesen verbreitet
Seine Worte ergeben ein stilles Lied
Unhörbar, rein und schmerzdurchzogen

Es grüßt der Schmerz
Klopft bedrohend an des Seeles Tür
Tritt herein, und zeugt Einsamkeit
Seine Augen blutrot
Das Profil gleicht einem Teufel

Er ist zurückgekehrt, aus seinem Sarge
In tiefster Nacht aufgeschreckt
Sein Leben dahin geworfen
Ein Dämon in seinem Herzen
Bemannte ihn, sein einst so lebender Leib

Ich spreche von Heimkehr, seines Wesens
Von der Macht des Dunklen, jene ihn behütet
Dem Dämon, der Er war
Eine Heimat nun wieder gefunden, in schutzloser Seele
Gefallen, wie Luzifer aus dem Himmelstor
Erliegt Er dem Leben, im tristen Dahinvegetieren ...

ILLUSIONIERTE WAHRHEIT

Wir schreiben des Tages Stund
Rauch füllt die Lungen
Er lauert im Verkehr, mit rauchgefüllten Lungen
Gelassen von außen
Doch innere Unruhe, Nervosität

Sekunden gleichen einer Ewigkeit
Zeit vermag nicht zu vergehen
Wenige Augenblicke
Ein Blick
Dort läuft sie ...

... So sanft in der Menge
Sein Blick haftet ruhig auf ihr
Erinnerungen durchbohren sein Herz
Sehnsucht - Trauer
Nichts anmerken lassen
So kalt der Blick
Künstlich

Geborgenheit - die Arme um sie gelegt
Beginnt sein Herz zu pulsieren
Wie einst in vergangener Zeit

ILLUSIONIERTE WAHRHEIT

Ekstase, Erinnerungen werden Gegenwart
Sehnsüchte schleichen in ihm empor
Entwickeln sich in schmerzende Pein
... Es wird nie wieder so sein

Der Tag vergeht
Stunden ziehen im Winde vorbei
Nähe, Liebe
Ein Gefühl, Illusion?
Ungewiss

Das Herz ward verloren
Im Zwiespalt nun gebrochen
Schatten umspielen lachend die Seele
Stechen sanft in die Gedanken
Schreiender Schmerz
Ewigkeiten entfalten sich in neuen Dimensionen
Doch ohne sie

... Süße Tränen vergehen im Winde
Abschied, so bald und doch ungewollt
Nur eine Nähe, keine Gefühle
Schweigende Herzen
Bekommen sie beide nur die Wahrheit ihrer Gier ...

IM JENSEITS - PART 2

Rote Augen, blutige Hände
Lächelnde Lippen, blasse Haut
Kalte Augen, rauer Blick, so blicke Ich zur Welt
Langsam die Adern loslassen, den Biss lösen
Stolz erfüllt das Haupt, den Leib im Blicke gefangen
Kostbar, jeder Tropfen, reinen Blutes
So glichen Sekunden der Ewigkeit, der wir machtlos ergeben sind
Gegen die Ewigkeit gewehrt, nun das Leben genießen
Tag für Tag, Nacht für Nacht
Komm zu mir,
Ich zeige dir, was Du haben kannst, meine Macht
Die ew' ge Pracht unser einst selten geschätzt
Zurückbringen, sie verbreiten, das ist mein Ziel
Ins Exil wurde Ich abgeschoben, doch nun bin Ich da
Zurückgekehrt aus dem Jenseits, Ich bin wieder wach

IM JENSEITS - PART 2

Wachsam blicke Ich umher, suche mir meine Opfer
Verfolge jede Bewegung, den Atem werde Ich aufsuchen
Blutige Gerechtigkeit ist das, was Ich Euch zeigen mag
Gerechtigkeit unter den Menschen ist verloren,
Ich bringe sie zurück
Zum Tode verbannt, doch auf der Erde verehrt
Ein Prinz des Todes, Sohn des Bösen, so werde Ich betitelt
Im Jenseits wurde Ich belehrt, was es heißt, zu wissen
Ich habe gelernt, was es bedeutet, Macht zu haben
Bislang war Ich machtlos, und unwissend
So gerat Ich in die Bahn meines Lebens und wurde wissend
Die Macht nun tief in Herzen, doch will Ich sie Euch lehren
Mein Haupt erfüllt Stolz, den Stolz vermag Ich zu geben

Komm zu mir, komm in mein Reich
Folge mir, bis in die Ewigkeit
Teile Dein Leben, gib mir Deine Seele
Lass mich Dich spüren, Ich gebe dir,
Was Du für unerreichbar hieltest
Willst Du es? Willst Du es spüren, diese Macht?
So folge mir, gehorche meinen Worten
Die Ewigkeit ist nur eine Zeit, wir brauchen sie nicht
Nimm meine Hand, folge mir in die Welt danach
Ich lehre dich, was es heißt, allein zu sein
Ich zeige dir, was es heißt, Macht zu besitzen
Du wirst zu wissen pflegen, was es heißt, zu wissen
Du wirst es spüren, was tief in deinem Herzen brennt
DU trägt das Geschick in dir, kannst es nicht fühlen
Ich werde es ans Licht der Welt bringen

IM JENSEITS - PART 2

Zu Stein geworden, selbst das größte Glück der Welt übersehen
Vorbei, nur den Hauch davon gespürt
Von der Angst gepackt, es zugleich abgelehnt
Aus Furcht wieder ins Jenseits geschlichen, in ewiger Angst
Doch nun ist die Zeit der Rache, die Rache an den Menschen
Die gelitten haben, die getötet haben,
Obgleich nur Ich der Grund für das war
So kam es, dass des Schicksals Winde wehten
Die Konsequenz aus all dem war nur der Selbsthass
Verzweiflung führt das Leben,
Doch nun bestimme Ich mein Leben
Dem Schicksal die Hände gebunden, nun werde Ich regieren
Es ist Zeit, Zeit um die Ewigkeit zu bannen

Blut an den Lippen, Lächeln im Gesicht
Kalte Augen gen Himmel gerichtet
Mich selbst vernichtet, doch nun mich gefunden
Die Lippen geöffnet, Worte gesprochen
Das Haupt dem Gruße geweiht, so trete Ich unter Euch
Das Gewand getragen im Winde, die Stimme gleicht
„Seid mir gegrüßt“ und so beging die Nacht, ebenso die Jagd ...

IM JENSEITS - PART 3

Der Ewigkeit erlegen, Zukunft?
Stumpfe Worte waren ohne Bedeutung
Dunkelheit - Nacht, ihn umgebend
In seiner Vollkommenheit und Pracht
Die Umgebung trüb, irrelevant
Stille Erinnerungen, an das, was war
Seine Entwicklung, immense Vielfalt

Die Definition des Wortes Ewigkeit
Der Begriff „Zukunft“
Die Worte des Seins
Spekulationen des Lebens
All das war ihm nun fremd
Als Mensch dem Jenseits in die Arme gefallen
Nun, wiedergeboren als stiller Sohn der ewigen Nacht
Unsterblich, in Gedanken

Vom Blute nährte Er sich
Die Gedanken des Opfers signalisierten sein Wissen
Erhaben in der Nacht blickt Er sich um
Sucht weitere Gaben des Lebens
Verlassen und einsam, doch eine Aura der Unsterblichkeit
Blickt man ihn an, so vergisst man ihn nicht mehr
Spricht man zu ihm, ziehen seine Worte in dessen Bann
Umhüllt von Bosheit und Macht
Strebt Er nach Ruhm, nach Unsterblichkeit

IM JENSEITS - PART 3

Eine Ehre, die Er sich gegeben hat
Weilt sein Geist wieder unter der Menschheit

Zurückkehrt aus dem Schatten vor langer Zeit
Die Herrlichkeit seiner Seele nun im Dunkel geborgen
Still erkannt, in nächtlicher Stund
Seine Worte scheinen zu täuschen, seine Präsenz stets gefährlich

Doch die pure Hingabe erntet Er von seinen Opfern
Bloße Gestik - stille Tränen
Die Erinnerungen in sich aufgesogen
So steht Er weiter im Dunkel
Dunkel das Haar, zwei Smaragde dienen ihm als Augen
Sein Körper geziert mit nächtlichem Satin
Der Geist fixiert, auf das, was kommen mag ...

... In ewiger Zeit, verdrängt Er die Sucht
Nährt sich von Brot und Wein
Verliert die Lust an Opfers Leiden
Lebt sein Dasein wie ein simpler Mensch
Verbirgt seine Macht im Herzen
Nutzt sie, um seine Mitmenschen zu täuschen
Doch nichts lindert seine Sehnsucht
Die Sehnsucht nach dem lehrenden Jenseits ...

INSTINKT

Es schlägt späte Stunde
Die Nacht bricht an
Er macht sich auf den Weg, in des Menschen glückliche Welt
Mustert die Geschöpfe Gottes, betrachtet sie mit Spott
Doch schenkt Er einer Person seine Aufmerksamkeit

Lauert im Schatten, Stille sein Gefährte
Die Augen blass und doch hell wie Sterne
Folgt Ihr, auf dem Weg durch Zeit und Nacht
Plötzlich wendet sie ihr Haupt und blickt in seine Richtung
Flucht, in den Schatten hinter ihr

Das Feuer lodert in seinen Augen
Adrenalin und Lust pulsiert in seinen Adern
Eine Gier, die unstillbar scheint
Dieser Drang, seine Verdammnis

Der Lauf der Dinge, die Nacht geht voran
Eine ungeahnte Nähe, die sie verspürt
Ihr Blick offenbart instinktive Angst, vor dem Ungewissen
Wüsste sie, was folgt, wären ihre Schritte rasch

INSTINKT

Aus dem Schatten neben ihr
Dort sprang Er hervor
Legt seine starken Arme um ihren Leib
Drückt ihren Körper an den Seinigen
Bedrückende Nähe, geborgene Wärme
Schock, in den Augen
Sanftes Sterben, jenes auf sie wartet

Ein Lachen von ihm
Das pochende Herz
Zu hören in der Ewigkeit
Getragen vom Wind, der sie umkreist
Schmerzhaft für sie, ein Genuss für ihn
Schreie, sie durchbrechen die Stille
Der Kuss des Todes folgt alsbald

Die Lippen auf dem Hals
Zähne zerreißen Zelle und Haut
Herzschlag in seinen Ohren
Eine Ekstase strömendes Blut
Der Tod in seinen Armen
Ein Glanz, in seinen Augen
Doch im Herzen weint Er über die Schönheit der Nacht
Wird geblendet vom blauen Licht

... Und von den Spuren des Blutes

IRONIE DES GLAUBENS

Hand in Hand
Die Welt vereint
Ihr Leben so kostbar
Unscheinbar glücklich und rein

Vor geraumer Zeit
Traf ein Engel auf den Teufel
Sie lernten sich kennen
Lernten das Lieben
Teilten eine Leidenschaft
Blutige Küsse sind gefallen

Wie ein Blitz in der Zeit
Vergangene Zeiten sprach die Zukunft an
Ungeboren dieser Traum
Ein Traum der Einigkeit - in Ewigkeit

Sein Leben, karg und dunkel
Glück scheint ein Fremdwort zu sein
Paranoid blickt Er sich um
Fixiert auf einen sanften Engel
Ein Engel, jener des Lebens Glück führt

Gebrochen nun, was einst kostbar war
Träume entspringen dem Herzen
Im Himmel lacht der stille Tod
Zukunftstraum gebiert eine Einigkeit

IRONIE DES GLAUBENS

Vollenden - diese Stimme
Jene uns führen mag
Geborgen und sicher
Den Engel in seinen Armen
Ein Engel, in Teufels Armen
Vage Umrisse von Glück
Silhouetten, Schatten
Phantome der Gezeiten

Sie lauern um uns herum
Hielten unseren Weg verborgen
Gründe für dieses geteilte Leben
Fassaden

Sein Herz gebiert Trauer und Leid
Ohne Sie
Ein Schmerz, wie die Zeit ihn nie heilen könnte
Stünde es in den Sternen
Wären es nur drei Worte
Was Er fühlt

Ein Teufel, der sein Gewand ablegt
Fleht vor Gott um Gnade
Um zu begehrten einen Engel
Lässt ab, von Tod und Trauer
Bereit, diese Einigkeit zu wählen

IRONIE DES GLAUBENS

Sie, getrennt von ihrem Glück
Tanzt sie ihren Lebenstanz
Schwingen zieren ihren sanften Leib
Ein Schutz, weiße Geborgenheit

Eine Hoffnung auf das Leben
Die lodernde Dunkelheit des Teufels
Bald geblendet von ihrem Licht?

Ein Blick, drei Worte
Am Himmelsbett steht es geschrieben
Vom Schicksal wurden sie zusammengetrieben
Den Glauben verloren
Doch eine Gewissheit manifestiert sich im Herzen

Teufel und Engel
Eine Ironie des Glaubens
Stärke und Eleganz
Bosheit und Anmut
... Und so stark vereint

KLAGE

Zweifel erklimmen die Stufen des Lebens
Bemannen sich langsam der Wesenheit
Umhüllt sie in düsteres Gewand
Birgt eine schwarze Aura

Gefallen aus dem Himmel
Verachtet und doch gepriesen
Geehrt und bösartig
Dieses Gefühl, diese Sehnsucht

Im schwachen Kerzenlicht
Gleicht dem Morgentau
So sanft und rein
Als blicke man an ihm vorbei

Zweifel - so düster
So schwarz wie Tränens Meer
Tiefe in Gleichheit
Jedoch so abschätzend

Gewollt oder verdammt
Verdorben in des Lebens Weg
Begehrt und ausgeschlossen
Verrinnt die Zeit, verliert das Gleichgewicht

KLAGE

Tagesstunde, so hell blühend die Sonne gen Horizont
Rosen gedeihen in Herzens Blut
Rot färbend die Erde, gleichend einem Rubin
Kostbar und rein
Sollte nicht das Leben so sein?

Getrieben von der Endzeit
Gedanken so wirr
Einst strukturiert und zielverherrlichend
Revue passiert

Beten, möge Gott, unser Herr, es hören
Leben ist eine Sünde
Luxus, den sich zu leisten nicht mehr lohnt
Sollte man klagen, wie einst Teufels Worte Gott erreichten ...

Schwaches Licht, von der Kerze gespendet
Verletzt seinen Schatten, in dem Er sich regt
So kühl der Atem, so kalt die Haut

Blasse Lippen, schwarze Tränen
Erkenntnis geworben
Liebevolle Seele bereits gestorben
Verlangt es danach, zur Hölle zu gehen ...

KÜSSENDE BLICKE

Dunkelheit, ein Zeichen der Nacht
Er legt sich zur Ruh, doch in Gedanken an diesen Tag
Kein Wiederkehren, wenige Stunden ...

Jahre sind vergangen, nicht einen Blick getauscht
Wochen sind Revue passiert, der Tag rückt näher
Der Morgen nach der Dunkelheit - Gegenwart
Er schreitet heraus, in die trübe Welt
In früher Morgenstund
Führen seine Wege zu ihr ...

... Dunkles Haar im Winde wehend
Anmutig - zierlich
Haucht Er ihr einen Kuss auf die Hand - realisieren
Begreift, es ist der Tag
Sanfte Wärme die sein Herz begleitet

Ob Zeit zu schnell vergeht?
Stunden gleichen Sekunden
Ewigkeiten ...

KÜSSENDE BLICKE

Sein Blut rast in einer Ekstase durch die Venen - das Leben
Glücklich den Tag erleben
Ein Leben, das Ende des Mysteriums
Gott im Himmel schickt ihm einen Engel
So sanft, so liebreizend - verführerisch

Der Tag nimmt seinen Lauf
Stunden verfliegen, als wären es nur Atemzüge
Angst vor der Ewigkeit
Kann denn Sehnsucht Liebe sein?
Baldiges Wiedersehen - Hoffnung

Ungewollt - beständig
Alsbald die Abendstunde erreicht
Ein letzter Kuss, ein letzter Blick
... Und sie ist hinfort

LASS UNS ...

Lass Dich führen
An meiner Hand
Durch Zeit und Raum
Gekleidet in des Schicksals Gewand

Sei mein Tau
Der mich im Morgen berührt
Sei mein Traum
Jener mich ein Leben lang verführt

Sehe es ein
Es ist die Zeit
Jene nun unser Diener ist
Wie ein Fels diese Macht erklommen
Stein um Stein

Sei mein Wind
Trage meine Stimme mit dir
Sei mein Atem
Fülle meinen ganzen Körper aus

Lass Dir zeigen
Was des Lebens süße Lust bedeutet
Fühle es tief in dir
Diese Gier
Ein Streben nach Perfektion
Verbindlichkeit, eine Gemeinsamkeit
Gebührt sie der Ewigkeit

LASS UNS …

Früher, als jeder Tod triumphiert
Später, als jedes Morgenlicht erwacht
Breite Ich meine Arme aus
Lausche dem Wind
Fühle den Tau auf meiner Haut

Der Glanz eines Engels
Kleidet sanft Deinen begehrten Leib
Geborgen und sicher, so willst Du sein
Doch voller Sehnsucht

Lass uns teilen
Was wir verspüren
In der Seele lauert ein Schatten
Lodernde Flamme
Gebiert ein Leben
Unser Leben

Lass es uns leben
Als wäre es des Schicksals Wille
Lass uns leben
Im puren Rausch des Glücks
Sei am Leben
In meinem Arm, geborgen und sicher
Im Schutze einer Ewigkeit

… Für jeden weiteren Schritt zu zweit, bereit

LEBEN

In Zweifeln umhüllt blickt Er herab
Bedenkt sein Wesen, bedenkt seine Worte
Betrachtet das Ich und beginnt zu lachen

Verschwendet die Zeit
Nahm sich, was Er wollte
Bekam nicht, was begehrt wurde
„Sinnlos“, der Gedanke stieß in ihm hervor
Manch Träne rinnt herab

Stark, im Willen
So heißt es
Weise im Verstand
So wird es ihm nachgesagt
Doch ergibt es nicht eine Folge
Lediglich eine Zirkulation von Trauer und Melancholie

Fassaden reißen ein, wenn die Einsamkeit ihn umhüllt
Der süße Geschmack von Melancholie im Blute
Ein Rausch in Vene und Ader
Jeder Sinn vernebelt, die Wahrnehmung verblasst ...

LEBEN

Silhouetten huschen durch das Blickfeld
Erinnerungen wachen wieder auf
Drohen ihn zu durchbrechen
Worte, erreichen sie Gottes Ohr in dieser Stund?

Ist es der Wille des Schicksals?
Sollte man den Tag noch verfluchen?
In den Iden des Sommers
In der Wärme der Natur
War Er einst geborgen
... Und doch fallen gelassen

Der Wind flüstert den zarten Schmerz
Es wird Nacht
Freude, in seinen Augen
Doch der Wille liegt brach
Sinnlosigkeit - ein Dilemma
Es führt einen Namen
Leben, ...

MEUCHELNDE LIEBE

Du fühlst ihn, jeden Tag
Du siehst ihn nicht, doch Er hütet über Dich
Du hörst ihn nicht, doch spricht Er zu Dir
Du spürst ihn nicht, doch Er begehrt nur Dich

Stunde für Stunde sind seine Gedanken wirr
Sie drehen sich im Kreise, ein Radius um Dich
Das Böse wendet Er ab von dir
Das Dunkle nimmt Er von dir

In der Ewigkeit dort lauert er
Seine Schwingen schützend über Dich gelegt
In Deiner Aura, da verharrt er
Seine Blicke folgen Dir, gleich wohin Du gehst
Sein Herz verlangt nach Dir, doch das Deine eisig kalt

Seine Schreie vernimmst Du nicht, wenn Er sie an Dich richtet
Sein Blut fühlst Du nicht, wenn es die Kleidung bettet
Von seiner Hingabe wusstest Du nichts
Es war so leicht
Nur ein Hieb, nur einmal diese Kraft

MEUCHELNDE LIEBE

Keine Träne verlierst du,
Während Du sein Fleisch durchtrennst
Seine Tränen beachtest Du nicht, es waren einst die Deinen
Sein Sterben verhinderst Du nicht, es ist bedeutungslos
Stören, das tat sein Leben dich
Seine Liebe wusstest Du nicht zu gebrauchen
Du wusstest es nicht zu schätzen
Daher war es der einzige Weg
Der Weg, um diese Angst nicht mehr zu fühlen
Die Angst, verletzt zu werden

Tief in seinen Träumen, nur da kannst Du ihn sehen
Wenn Er zu Dir spricht und Dich berührt
Wenn seine Blicke Deine Kälte durchbohren
Wenn Dein Herz sich wieder ihm widmet

Vorbei sind diese Zeiten
Dem Ende geneigt, so mag man es beschreiben
Regungslos liegt Er am Boden
Sie läuft hinfort
Wischt sein Lebenssaft von ihren Händen
Beginnt zu lächeln, denn es ist vollendet
Eine Ruhe hat sie erlangt, zumindest denkt sie dass
... Er wacht über sie, dass Nacht für Nacht

MORGENROT

Im sanften Morgenrot, öffnet Er die Augen
Es ist kühl, Leder wird ihn umhüllen
Die Straßen sind belebt, von sinnloser Existenz
Mein Weg führt mich inmitten der Masse
Dumpfe Gedanken, die Frage nach dem Sinn

Dem Wege folgend, die Stätte erreicht
So wage Ungewissheit
So sanfter Schmerz
Eine Monotonie, die man nicht begreift

Erhaben, verlassen
Spielt sein Spiel in des Tages Verlauf
Erlebt die Zeit, wie sie vergeht
Blicke zum Himmel auf, ein stilles Blau

Die Zeit verging, der Weg führt Heim
In die wohl traute Umgebung
Unbehagen - Melancholie
Meine Adern schmerzen, das Blut gleicht dem Strom der Masse
Existierende Luft, in Menschengestalt
Greifbar nah, doch so weit entfernt ...

MORGENROT

Der Tag sagt Adieu
Die Nacht bricht herein
Er richtet sich auf, sein Blick folgt der Sonne
Dämmerung - Stille
Mit offenen Armen empfängt Er die Nacht
Die Gewissheit, keine staubige Luft
Reinheit, Zeit für sich

Seine Nacht, die ihn erwartet
Er findet zu sich selbst und beginnt seine Taten zu vollbringen
Doch verrinnt zu Zeit zu schnell
Sie vergeht, wie Sand im Wind
Es scheint ein kühler Wind zu sein

Kerzen entfachen in tiefer Nacht
Wärme und Geborgenheit
Verlangende Augen sind auf das Flammenspiel gerichtet
Begehrte Stille - eine dunkle Ewigkeit
Er fühlt, die Nacht vergeht
Der Mond strahlt noch sanft am Firmament - verblasst
Traurig widmet Er sich den Träumen
Und erlebt einen kleinen Tod ...
... Im Morgenrot

MORGENTAU

Der Horizont verdunkelt
Wohl die Nacht, sie bricht an
Sterne zieren das Firmament
Gefühle der Harmonie
Vollkommenheit

Spazieren im Regen
Tropfen auf der Haut
Entspannung in der Lust der Natur
Frieden im Inneren
Geborgenheit im Regen

Das erste Morgenlicht überfällt die Nacht
Sanftes Rot, dort am Firmament
Zaghaftes Lächeln auf den Lippen
Noch nass, die Haut
Zärtlicher Morgentau

Gras streichelt die Füße
Überträgt die Feuchtigkeit auf die Haut
Ein Kribbeln, so kostbar schön
Der Blick zum Himmel
Trübe Wolkenmauern kündigen es an

MORGENTAU

Wieder schlägt der Regen nieder
Sanftes Prasseln auf der Haut
Prickelnd das Gefühl
Wie der einst so sanfte Morgentau

Mysterien der Natur
Gespalten in der Auffassung
Sanft und hart
Geborgenheit - Distanz
Eine Ekstase der Gefühle
Pure Euphorie
In frühster Morgenstunde
Wo der Regen noch fällt

Erfrischt, die Haut
So sanft rinnen die Tropfen herab
Liebkosungen in feinster Art
Übersehen kein Detail des Leibes
Friedlich und geborgen
Dieses Gefühl am Morgen
Ein blasser Morgentau ...

NUR EIN AUGENBLICK

Die Wärme im Herzen am Morgen gespürt
Dieses zarte Wesen, zur Abendstunde gewiss verführt
Ihre zarte Stimme klingt noch immer in meinen Ohren
Mein Herz schreit nach ihr, für anderen ist es eingefroren

Mein Leben gebührt ihr, sie wusste es
Sie war mein Dasein
Ich habe gelernt was die Liebe ist
Habe gelernt wie dieses Gefühl ist
Gar Ich habe einst diese Zeit gekannt
Sorglos, glücklich und Hand in Hand

So denke Ich zurück, an diese Zeit
Unsere Liebe war stark
Doch wurden wir entzweit
Seither dem Schicksal ausgeliefert
Verdamme es, begehre es doch noch immer

Der Tod hat uns entzweit
Er war stärker, Er kam zu rasch
Wäre es nur ein Augenblick früher
Wäre Ich nur einen Augenblick eher bei dir
So hätte Ich Dich bewahrt
Würde mein Tod Dir etwas bringen
Würde mein Leben das Deinige wiedergeben
Ich würde es geben, Ich würde es tun

NUR EIN AUGENBLICK

Diesen Weg habe Ich nun verlassen
Diesen Weg - mit Schmerz gepflastert
Den Sinn habe Ich aus den Augen verloren
Ich habe Dich verloren

Wäre es nur ein Augenblick gewesen
Ein Augenblick, in dem Ich bei Dir sein könnte
Ich würde ihn nutzen, für Dich
Um Deine Gegenwart wieder zu spüren
Um Deine Liebe wieder zu genießen

Ich blicke an meine Seite
Schmerzend stelle Ich diese Leere fest
Spürte jede Nacht Tränen in meinem Gesicht
Träume, die von Dir bestimmt waren
Sehnsüchte, die sich dem Tode widmen

Wäre es nur ein Augenblick
Wäre es nur eine kleine Zeit um Dir „Adieu“ zu sagen
So könnte Ich damit abschließen
Könnte meine Ruhe endlich finden
Mein Herz wieder öffnen

Doch war es ein Ende ohne Abschied
Ein Ende ohne Worte
Könntest Du nur meine Worte lesen
Würde Ich Dir schreiben
Würde Dir den Himmel wieder loben

NUR EIN AUGENBLICK

Doch steht mein Herz noch unter Eise
Könnten Dich meine Worte erreichen
So würde Ich mich damit abfinden
Würde beginnen, es einzusehen
Dass Du nicht mehr bei mir bist
Nun blicke Ich umher
Sehe nur eine Person
Eine Wesenheit, in Pein und Trauer

Sie sehnt nach dir
Nach nur einem Augenblick
Der letzte Augenblick
So möchte Ich mich mit diesen Worten verabschieden
Du wirst sie lesen, durch meine Hoffnung
Sie erreichen Dich in meinen Gedanken
Du bist im Gewissen
Du weißt es

Mein Herz gebührt dir, meine Liebe währte wohl ewig
Doch muss Ich Abschied nehmen
Von Dir und von unserer Zeit
Nur dieser eine Augenblick, der nun eintrifft
Folgt mein letztes Wort an Dich
An meinen kleinen dunklen Engel
Adieu

NUR EIN LEBEN

Kalter Wind weht umher, streift sanft durch sein Herz
Die Worte geheuchelt - Fassade
Höflichkeit, Achtung
Verlangende Gier
Tückisch wie das Meer
Ewige Tiefen

Keine Blicke mehr, diese Fassade wurde entdeckt
Gewittert hat Er es einst
Ruiniert - Verdorben
Viel mehr als nur ein Traum?

Ungewiss - wartend
Die Zeit vergeht - Stunde für Stunde
Doch steht Er da, dem Unwetter lauschend
Blickt hinein, und zählt die Blitze
Der Zorn Gottes?

So kühl - so finster
Ein Tor in die Ewigkeit
Geöffnet - Angst
Blitze, Regen - die Vergeltung
Beschwert das ohnehin geplagte Gemüt
Die Gedanken schweifen ab ...

NUR EIN LEBEN

... Einst war es strahlend - erhaben
So rein und zart
Im Wandel der Zeit zog die Dunkelheit herauf
Die Leere wurde gefüllt
Ein ewiger Regen - Tränen
Zu viele Tode sind gestorben
Ewige Tränen sind gefallen

Doch nun, am Wendepunkt der Gezeiten
Am Ende seiner Selbst
Steht Er auf, schmerzgeplagt
Legt seine Träume ab
Verliert seine letzten Tränen

Er war nur ein Träumer
Sein Leben lang
Erwacht aus diesem ewigen Schlaf
Erwacht aus seiner ewigen Trance
Und begreift, es war nur das Leben ...

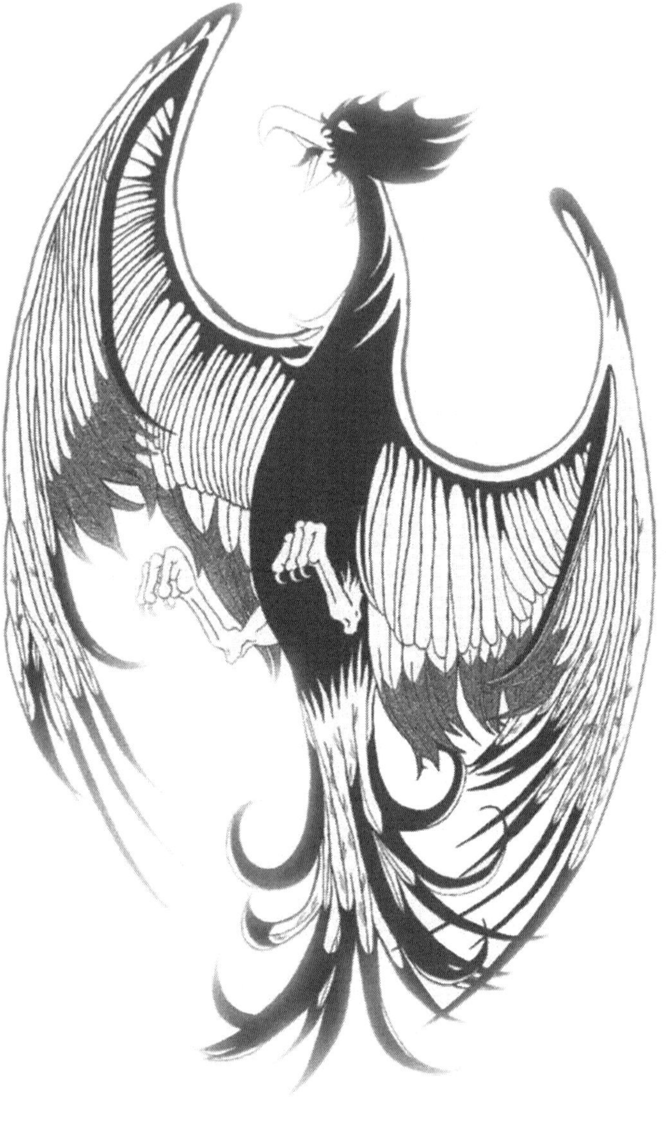

PHOENIX

Ein dumpfer Morgen - nichts ist wie es war
Schatten, die im Geiste sich verirrten
Gedanken, einst verloren und verdrängt
Hoffend - resigniert
Es ist im Blut ...

... Sanfte Stimmen, die ihn weckten
Leises Wispern, das Er nun noch hört
Kleine Augenblicke, an die Er zurückdenkt
Schwache Lichter, die in seinem Herzen entfachen

Zeiten, sie sind vorbei
Träume, so nannte Er es einst
Alsbald die Luft seine Lungen verlässt
Sobald die Kälte seine Haut erreicht
Ein kleiner Tod, Tag für Tag

Suchende Schreie, antwortende Schmerzen
Das Herz, gebrochen, blutig ...
Zerrissene Fetzen seiner Zellen, gewesen wohl die Haut
Krank, sein Verstand
Ein Leben zwischen Genie und Wahnsinn
Eine Reise, durch Illusion und Fassade
Träume und Realität

PHOENIX

Unterschiede?
Dieses simple Prinzip des Lebens
Vegetierend die Tage überdauern
Dem Tode trotzen, ein Leben lang
Eine Flucht - doch ohne Ausweg

Stille Sehnsüchte, offensichtliche Geborgenheit
Unbemerkt, nicht wissend, was war
Existent? Die Ewigkeit ...

Schmerzen, gebannt in Worten
Niedergeschrieben des Herzens Leid
Zuviel der Illusion - Gegebenheit?
Ungewissen - in der Seele stets verweilt ...

Ein Leben vor dem Tod
Als Engel wiedergeboren
Aufgestanden aus dem Leben - einen Phoenix gleich
Erhaben über Schmerz - des Lebens eiserne Qual
Den Mut in sich gesammelt, die Kraft wieder erlangt
Seine Macht stärker denn je ...

Einflüsse, die Er nimmt
Worte, die Er offenbart
Gedanken, die Er verkündet
Träume, die Er erfüllt
Ein Lazarett der Seele - ein Phoenix in menschlicher Gestalt ...

RACHE DER TOTEN

Es beginnt ein trüber Tag
Ein Schrei erfüllt die Luft
Es ist der Tag, an dem ein Mensch stirbt
Er wurde ermordet, in frühster Stund
Sein Weg neigt sich dem Ende

Sein Körper fällt zu Boden
Sein letzter Atemzug entweicht den Lungen
Er beginnt zu sterben

Seine blutenden Augen blicken in den Schatten
Dort sieht Er Menschen Augen auf ihn gerichtet
Er blickt zu sich herab, spürt kalten Stahl in seinen Rippen
Den Dolch zog Er sich aus den Rippen
Sein letzter Schrei, der im Halse stecken bleibt
Er stirbt ...

Die Menschheit trauert um ihn
Die Nachricht verbreitet sich schnell
Der Mörder peinigte ihn, als Er am Boden lag
Sein Körper wurde zerstückelt
Sein Blut tränkte den Boden
Doch seine körperlose Macht ist entzürnt
Verderben wird Er den Mördern der Welt bringen
Rache will Er ausüben
Im Reich der Toten ist Er geborgen
Im Reich der Toten bewacht Er seinen Plan ...

RACHE DER TOTEN

... Sein getrocknetes Blut liegt noch am Boden
Der Dolch verharrt im Dreck wühlend
Seine Fragmente des Körpers verwesen im Boden
Doch sein Geist ist stark und entzürnt
Jede Nacht in den Träumen des Meuchlers
Dort stirbt Er Nacht für Nacht
Unterschätzte die Macht der Toten
Leidet nun unter dessen Einfluss

Ein neuer Morgen beginnt
Erneut ertönt ein sterbender Schrei
Der Mörder wacht auf, seine Augen vom Blute pulsierend
Er schreit auf, doch niemand hat es gesehen
Es ist, als sei nichts passiert
Doch nun hat Er den Weg bestritten
Den Weg der Qualen ...

... Die Menschheit betet zu Gott
Die Menschen flehen um dessen Hilfe
Sie haben den Leichnam des Mörders gefunden
Die Leiche - gekreuzigt am Steine
Starrer Blick, der gen Boden führt

Warmes Blut rinnt an der Wand herab
Geschockt sind die Menschen, als sie es sahen
Als sie diesen Spott der Toten erblicken
Ein Schriftzug am Boden, aus Blut geschrieben
Dort stehen nur 3 Wörter, doch die Menschheit lebt in Angst
Dort stehen nur drei Wörter aus Rache
Drei Wörter aus dem Totenreich ...

... Rache der Toten

REINKARNATION

Bewegungslos - Stille
Zu früh gegangen, zu spät erkannt
Geborgenheit - Wärme
Vergangene Worte, stille Gegenwart
Zu tief gefallen, sterbendes Licht

Tausende von Fragen - die Suche im Nichts
Schmerz, Glück
Resonanzen des menschlichen Handelns
Die Zeit wird sich darum kümmern ...

... Nur ein Narr der Gezeiten?
Ein Spielstein, nur ein Zug im ungünstigen Zeitpunkt
Augenblicke - Sekunden
Es rebelliert, tief im eisigen Herz

Die Hoffnung gebrochen, die Tage verflossen
Eine dunkle Nacht, Blitze vom Himmel geschossen
Symbolik - Leben
Silhouetten, wie damals es geschah
Erinnerungen - Tragödie

REINKARNATION

Ein Dilemma, dass der Mensch nicht begreift
Mit Blut geschriebene Zeiten - Zukunft
Verständnis - die Suche
Der Himmel weint - gottlos
Rote Rosen, sie färben sich
Schwärze ...

Regen - Blut
Realität - Verlust
Bedeutungslos, was nun ist
Irrelevant, was folgen mag
Surreal, was gewesen schien

Die Tage bedacht, sie wohl überstanden
Den Charakter aufgebaut, sich gestärkt
Ein Wort - ein Zeichen der Schwäche

Geistige Illusionen, ein Leben gedacht
Erhofft - Sehnsucht
Verdrängt diese Gedanken
Verabscheuend - bedrohlich
Die Realität formt sich vor den Augen
Absolute Dunkelheit, ewige Nächte

... Wacht Er auf
Neugeboren ...

REIZ

In jeder Nacht eine Sehnsucht
Zu stillen diese unbändige Gier
Den Körper zu opfern
Als Gabe dieser Lust

So unbekannt
Darin verborgen der Reiz
Zu fühlen diesen so engelsgleichen Leib
Unscheinbar gewaltig, diese Gier

Nacht für Nacht
Wartend auf die Worte
Ein Verlangen gleichend der Ewigkeit
Suche nach Erfüllung
Still das Verlangen!

Anonym - unbekannt
Fremd dem eigenen Geist
Lauernd im Schatten
Betend um Gewährung
Gewährung der Begierde
Zu berühren diesen sanften Leib

REIZ

Doch liegt die Geduld auf der Seele
Bedrückend wie ein Stein im Meer
Dient als Gabe der Gezeiten
Bereit, das Innerste zu geben

Eng umschlungen in ferner Zeit
Brennt die Sehnsucht ungestillt im Herzen
Lodert umher, wächst von Zeit zu Zeit
Worte erreichen den Verstand ...

„Still die Gier, ungezügelt im Morgenlicht
Möge sie die Nacht andauern
Eine Nacht, die man nicht vergisst
Jene Nacht, die unser ist“

Der Reiz im Unbekannten
Eine Gier nach Lust und Leidenschaft
Fürchte nicht die Zeit
Finde zu mir
Befrei Dich von den Ketten der Sehnsucht
Die Ewigkeit ist bereit!

ROSEN IN DER WÜSTE

Wie viele Tage müssen vergehen, um dies zu erleben?
Wie viele Stunden sind gebraucht, um es zu verkraften?
Wie viele Minuten werden vergehen, um diese Seite zu erreichen?
Wie viele Sekunden sollen noch folgen, bis der Gedanke
Hinfort ist?

Fragen, die den Menschen plagen
Stets ist Er auf der Suche nach Rat - Hilfe
Millionen von Meilen läuft Er umher - unwissend
Hört Er dieses Flüstern?
Am Ende des Schicksals
Dort wo die Ewigkeit den Abgrund trifft
Wo der Himmel blau erleuchtet
Das Feuer der Hölle erlischt ...

... Dort lebt Er sein Leben
Findet seinen Frieden
Dieses Gefühl - diese Stille

Vor geraumer Zeit, da war es ein Licht
Es - das Leben
Bot ihm einen Platz in dieser Welt - Bestimmung
Das Leben scheint ein endloser Weg zu sein
Kein Schlüssel, um zu öffnen - die Lösung

ROSEN IN DER WÜSTE

Lediglich Worte - ewige Flüsse
Ein Brief der Gerechtigkeit
Er liest ihn, diese Worte
Wollte sie nicht lesen, im Kreuz der Ewigkeit
Wohin der Weg?
Zwiespalt ...

Eine Wüste, so trocken das Herz
Wohin das Leben in den Adern - dieses Blut?
Eine Träne in seinem Blick
Ein Leben lang in dieser Welt
Ein Leben zu wenig - Zeit?

Unerreichbar - Horizont
Konstante Ebenen, trocken und rau
Fährt über seine Haut - Schmerz
So gleich dem Boden, auf dem Er steht

Blickt nach vorn, gen Horizont
Sieht ein schwaches Rot, so sanft und fern
Eine Rose - Sehnsucht
Ein heller Schein - Hoffnung

Seine Schritte, Eile
Die Hand ausgestreckt - sinnlos
Ein Stich ...
... Und den Dorn in der Hand

RUBIN

Die graue Welt, im Blick des Menschen
So wild, zerstörend
Eine Gewalt wird verbreitet
Erzeugt in Menschen einfachen Verstand

Wo sind Zweifel, wo ist Furcht
Wo ist Stärke, die einst so prächtig war
Vergangen in der Zeit
Verdorben im Laufe der Zeit

Der Mensch nur ein Gefühl
Eine Seele in vegetierendem Bestand
Was soll man tun
Wohin der Weg
Zwiespalt, ein Ozean von Tränen

Blut, so weit das Auge reicht
Eine bedrückende Stille
Doch wird sie gebrochen
Regen prasselt herab
Überschwemmt das Land
Trägt es hinfort, das dunkle Blut

RUBIN

Befreiung im Tod
Ein Szenario des Sterbens
Menschheit, ein Wort ohne Relevanz
Sie ging unter, vorbei diese Ära der Zeit

Engels Wesen zieren den Himmel
Strahlend in Anmut und Eleganz
Goldene Silhouetten vermehren sich mit Himmels Blau
Ein Farbspiel der Sinne

Wochen verstreichen, Jahre ziehen vorbei
Die Erde noch getränkt von flüssigem Rubin - Blut
Sinnlichkeit am Himmel
Das Wolkenbett strahlend weiß
Gefühle der Liebe, der Geborgenheit
Verschmelzung von Engels Leibe mit der Welt
Berauschend und sanft, so rein und weich ...

... Doch wer kann es betrachten?

SORGENVOLLE LEIDENSCHAFT

Wochen vergingen im Fluge
Der Wind hallt noch die ersten Worte wieder
Innig und intensiv
So steigerte sich das Verhältnis
Eine Sehnsucht, die sich emanzipiert
Zeit

Die Gedanken liegen brach,
Verwirrung streift sanft durch das Herz
Ein Gefühl, zu lange gemisst
Leidenschaft, Freude, Sehnsucht
Man sprach von Zeit
Lösung

Doch nur ein Kuss, in nächtlicher Stund
Nur einmal begehrt - nur einmal?
Irrationale Gefühle, neue Ebenen der Existenz öffnen sich
Sie zeigen die Welt, wie schön sie ist
Eine Herrlichkeit in Ewigkeit
Zwiespalt - Angst?
Zukunft

Wo sind die Hände, die schützen würden?
Die Zukunft ist ungewiss
Wohin wird der Weg sich leiten?
Gefühle, die sich gegeneinander drängen
Unklar, was das Herz zu sprechen vermag
Unterdrückt, des Menschen innere Stimme
Hoffnung

SORGENVOLLE LEIDENSCHAFT

So viele Worte, so viel Hoffnung
Geistig darauf besonnen - was ist richtig?
Was ist der fatale Weg?
Sorge

Engels Wege, Sonnenlicht
Die Schwingen behüten das sanfte Licht
Durchbricht es die Flügel?
Schutz

Eine sanfte Nähe - Träume
Gemeinsame Zukunft - Hoffnung
Liebe - Sehnsucht
Leidenschaft

Unendliche Zuneigung
Definition des Wortes Gefühl
Eine sanfte Wärme
Gedanken an gemeinsame Wege
Der Reiz der Liebe
Einfache Gedanken
Sehnsucht

STILLE GEDANKEN

Schweigende Augenblicke, in denen sie sich ansehen
Tiefe Blicke, welche sie austauschen
Stille Tränen, die innerlich vergehen
Nur ein Wort, was alles beendet

Wenn der Himmel sich zusammenzieht
Wenn man alleine zurückgelassen wird
Wenn nicht ein Wort gesprochen wird und das Ziel findet
Blicke, die ihr hinterher sehnen

Sie taucht ein, in eine andere Welt
Sie verlässt ihn, der Weg hat sich gespalten
In Gedanken verlangt Er nach ihr - wollte sie hindern
Doch vermögen seine Hände es nicht, sie aufzuhalten

Schweigend lässt Er von dieser Illusion ab
Schwebt in Gedanken bei vergangener Zeit
Erinnert sich an wunderbare Stunden - in ihrer Nähe
Seine Gedanken bilden Worte
Seine Lippen sprechen sie flüsternd aus:
„Sieh Dich um, blicke zu mir,
Erkenne, dass meine Liebe Dir gebührt.

Ich bitte Dich, denk an unsere Zeit.
Vergiss diese Stunden nicht, verlange auch Du danach
Begehre dieses eine Glück, unser Glück."

Es sind Worte, die sie nicht erreichen
Worte, die an Gott gerichtet sind
Worte, die eine Illusion beschwören

So baut Er eine Fassade auf
Blockt jedes Gefühl aus seinem Herzen ab
Spürt nur eine bittere Kälte, die ihn überzieht
Und beginnt zu verstehen, was mit ihm geschieht

Sanfte Schmerzen, die sein Herz zertrümmern
Stilles Weinen, welches diesen Schmerz verkündet
Düstere Gedanken die es ihm erklären
Innere Begierde, die die Zeit überdauert
Vergessene Träume, die ans Tageslicht kommen
Hilfesuchende Schreie, die ihn verlassen

Es kommt ihm in den Sinn, was geschieht
Es ist die Sehnsucht, die Er erlebt
Die schmerzende Sehnsucht, die ihn heimsucht
Dieses Verlangen nach glücklicheren Zeiten
Nach Tagen der Vergangenheit
Sehnen nach diesem wohlwollenden Gefühl der Liebe
Doch seine Gedanken sind düster ...

STILLE GEDANKEN

„Sie hat mich einst verlassen
Nie mehr solche Gefühle durchleben
Keine Gefühle werde Ich noch zulassen
Soll das Schicksal mir Glück geben
Wenn es keinen anderen Weg mehr gibt

Eher möge Blut aus meinen Adern rinnen
Als dass Ich solch Schmerz nochmal erlebe
Einst musste Ich mein Leben dafür geben
Doch nun werde Ich über die Gefühle gewinnen ... “

So setzt Er seinen neuen Weg - in Einsamkeit
Gebadet in Angst und Schmerz, doch wohlerhaben
Zu Eis gefroren sein Herz, doch nur am Tage
Nachts plagen ihn die Träume, Träume von Sehnsucht
Durchlebt seine Zeit mit nur einem Gefühl
Einem Gefühl der Verlassenheit

Lebt Er weiter in diesem Zustand
Präsentiert sein Dasein als nur ein Mensch
Versteht es, sich hinter Fassaden zu verstecken
Lässt keinen Menschen an sich heran
Lässt nicht einen seine Gedanken erblicken
Es sind die seinen,
Seine stillen Gedanken

STILLE VERSUCHUNG

Wie oft, wie oft noch dieses Verlangen
Küsse ihn wach, stehe an seiner Seite
Schmerzend wie eine Illusion die verblasst
Das Tageslicht, in seinen Augen verdorrt

Ein Glanz in ihren Augen
Füllen ihn mit Wärme und Raum
Berührt sanft ihre Arme
Schmerz - eine Versuchung
Schließt die Augen und beginnt zu träumen ...

Silhouetten der Erinnerung
Blasse Gestalten zieren den Horizont
Ein Lächeln auf seinen Lippen
Stärke, Glück

Geborgen im zierlichen Arm
Blendend Weiß sein Gewand
Im Verfall der Zeit
Ein sanfter Genuss
Diese Liebe, jeder Kuss

STILLE VERSUCHUNG

... Erwachend aus diesem Traum
Sie, in seinem Arm
Haut an Haut, eng umschlungen
Nur eine Umarmung
Doch so viel mehr

Ein Streben, bedrückende Gier
Des Glückes Rettung, unerreichbarer Erhalt
Stillste Versuchung, ewiges Verlangen
So anmutig, dieses Wesen
Liebreizend, verführend

Zarte Stimme, die ihn erreicht
Stunden verfliegen im Fluge
Disziplin, es darf nicht sein
Verborgen im Herzen, das stille Verlangen

Jahre vergehen, still jene Versuchung
Ein Blick verrät, was unausgesprochen bleibt
Schmerz

Sie sieht ihn an
Offen, in seinen trüben Blick
Erfragt Gedanken, doch sind sie wie die ihrigen
Stilles Berühren, schweigende Küssen
Eine stille Versuchung ...

SÜSSE PEIN

Des Tages strahlendes Gewand, sich bereits abgewandt
Trübe Wolken, blasser Himmel
Alles verträumt, in ewiger Trauer
Ein Dunstkreis der ständigen Trauer
Eine Wesenheit, schwarz wie die Nacht
Ist es doch nur die Frage, die sich meiner bemächtigt ...

Illusion oder Realität?
Traum oder Erinnerung,
Eine Frage die sich mir nie beantworten wird
So unerreichbar und doch so nah
So warm und sanft, doch hart wie Stahl
Bleibt mir lediglich der Traum von vielem,
Der eine jedoch wurde zur Gegenwart
Wie lang währt diese Freude?

Ein kleiner Tod im Hirn, meinem kranken Hirn zwischen
Wahnsinn und Gott, da lebe Ich geplagt mit einer Frage,
Warum redet sie nicht?

Fühle Ich mich verloren in meinem tänzelnden Gang?
Fühle Ich mich unsicher in meinen Träumen?
Umschlungen in den Armen eines Teufels
Nur dort die gesuchte Geborgenheit
Erkennen, dass vermöge Ich nicht
Wissen, das darf Ich nicht
Nicht fähig zu reden, nicht fähig zu wissen
Ein Schicksalsspiel, gefundenes Glück und doch Unwissen
Meine Lippen ziert ein müdes Lächeln, die Augen blass
Das Herz pulsiert und schmerzt
Was anderes ist mir nicht gewährt

SÜSSE PEIN

Süße Pein, die sich meiner bemannt
Das Unwissen über Gedanken
Die Stille im Hirn, die Schmerzen bei jedem Atemzug

Wann ist es vorbei?
Was kommt danach?
Nur Fragen, die mich im Winde treiben lassen
Nur ein Narr, der hier schreibt
Nur ein Sklave der Dunkelheit, der hier Tränen verliert

Ein kleiner Tod, im Morgenrot
Ein Lebenslicht erlischt, doch noch existent
Ein Atemzug entrinnt meinen Lippen, gefriert in der Luft

Ich führe ein Leben, das Ich nie verstand
Neige dazu, zu wissen, doch nicht zu verstehen
Beginne zu lieben, doch nicht zu begehren
Verstehe es zu atmen, doch nicht zu nutzen

Gar ein Lachen drängt sich durch meine Lippen
Wenn Ich an mein Leben zurück denke
An all das, was mir widerfahren ist

Doch niemand spricht zu mir
Niemand lehrt mich das Verstehen
Vermag es nicht zu lernen
Kann Ich doch nur wissen
Will Ich doch nur wissen ...

TANZE

Sanfte Klänge, die Dein Ohr erreichen
Für eine Blindheit bist Du geboren
In dieser Situation, wo die Melodie Dich berauscht

In der tiefsten Stunde, kann doch nur die Musik Dir helfen
Dich leiten und führen
Von Stund zu Stund
In jedem Augenblick

Ein Schritt nach dem Anderen
Wie in einer Ekstase verfallen
Die Gier, das Unbändige in dir
Voller Leidenschaft gleitest Du über das Podest
Als wärst Du ein Engel
Ein Engel hier auf Erden

Überall Schweigen
Wo auch immer Du hinblicken würdest
Sie, die Menschen, stünden im Staunen
Jedoch sind Deine Augen geschlossen
Scheinst erhaben in deinem Tanz
So sanft, so zart
Wirkst so anmutig und unnahbar

Vollkommen isoliert von der Welt
Entfliehst jeglicher Realität
Nicht einmal des Gottes Zorn kann Dich erreichen
Denn Du bist in Deiner Ekstase verfallen

TANZE

Schreitest über den Boden als wärst Du ein Engel
Ein Engel, der sich auf Erden verirrt

Die Nacht vergeht, Dein Körper im Schweiße gebadet
Das Morgenlicht streift Deine Wangen
Ein Lächeln, es sitzt auf Deinen Lippen

Niemand wagt es sich, Dich anzusprechen
Zu herrlich Dein Anblick
Gottes Werk, so wirst Du genannt
Du, ein Bild für jede höhere Macht

Doch du, Du bist blind für die Welt
Verschwendest kein Wort, keinen Blick
Um diese Freude, Deine Ekstase, zu teilen

Du tanzt, als wäre es Dein letzter Tanz
Eine Euphorie durchzieht Deinen Körper
Vor Blindheit erschlagen, erfüllt die Trauer Dein Herz
Versuchst weiterhin zu fliehen
Vor dieser Realität
In diesem Morgenlicht ...

... Die Melodie bricht ab
Harmonie, wo war sie noch gleich?
Das Morgenlicht, es folgt nach harmonischer Nacht
Birgt Sorge und Leid
Bist Du denn nicht für den Tanz des Lebens bereit?

TODESLEHRE

Rühmliche Zeiten - menschliches Schaffen
Mit Blut wurde gelehrt
Durch Hoffnung wurden Ziele illusioniert
Honoriert mit glorreichem Stolz, mit Klasse und Respekt
Doch gab es einen bedrohenden Schatten ...

... Es muss mehr geben, hinter dieser Welt
Hinter des Lebens schweren Lernens, des ewigen Lernens
Die Zeit vergeht zu schnell
Sie blicken auf, zu diesem Willen
Erstaunen und Respekt
Bewunderung und Sinn
Alles lag zu Füßen
Eine glorreiche Zukunft scheint geboren
Zeiten vergehen - Tränen vergehen

Es manifestiert sich der Wille
Der Schatten wächst
Dumpfe Stimmen, die das Hirn erreichen
Es gibt eine andere Seite - eine bessere Seite
Ist es töricht - gar tückisch?
Die Entwicklung bannt sich ihren Weg
Verwirrende Gedanken ...
Wohin der Weg, wenn nicht zurück?
Der Sinn verloren, der Wille gebrochen
Zeiten vergehen - Tränen vergehen

Rum verfliegt, verweht
Eiserne Stürme von Melancholie
Stürme der Verzweiflung

TODESLEHRE

Der Weg führt ins Jenseits
Dort begründet es sich - dieses ewige Lernen
Diese etwaigen Stunden werden vergehen
Bald sogar vergessen - relativiert
Suchend nach dem Sinn ...

Warum - wofür?
Fragen, die das Gemüt plagen
Sinneswandel, täuschende Gegenwarten
Zeiten vergehen - Tränen vergehen
Es ändert sich ...

... Der Weg einst klar bestimmt
Definiert mit Ruhm und Erfolg
Nun blickt man sich um - stille Leere

Wo sind sie nun - einst waren sie Freunde?
Suchend die Begehrten - einst genannt Familie?
Verflogen - einst nannte man es Gefühle der Freude?
Nur Zeiten vergehen - Tränen vergehen ...

Dunkle Stund - Kerzen spenden Licht
Ein monotones Flammenspiel - betörend
Die Gedanken schweifen ab, ein Ausweg scheint gefunden
Der ewige Funken ist gestorben
Es gibt nur eine Lehre, die noch zählt
Die Lehre des Schmerzens, aus purem Zorn
Das Sterben der Flammen
So schließt man das Buch - das Leben
... Und liest die letzten Verse
Die Verse der Todeslehre ...

TRÄUMER

Ein Schrei, tief in der Nacht
Der Mond steht still hoch oben am Himmel
Vögel zwitschern in der Morgenstund
Doch Er liegt weinend da, am Boden

Schmerz, so tief
Schwarz verbreitet sich in seinem Kopf
Dein Name brennt auf seiner Brust
Es brennt, lodert im Schatten seines Selbst
Seiner Vergangenheit

Schatten erwachen zum Leben
Erinnerungen fallen ihm durch den Verstand
Die Zeit, hinfort gelaufen
Sie zog vorbei, wie ein aufgeschreckter Sturm
In Windes Eile auch dieses Leben
Mit Dir vereint

Verblasst, die Zeit, wie sie war
Das Ziel, der Anfang
Illusion und Fassade
Aufrecht erhalten um nicht zu gewähren
Was gewesen sein könnte
Im Jetzt und Hier
Kein Blick zurück
Vergangene Zeit, möge sie ruhen
Für dich
Ohne Leid, Trauer und Sorge
Jedoch unmöglich

TRÄUMER

Eine Sehnsucht
Abstand
Fehlgeleitet, dieser Versuch
Zu immens, was einst gefühlt
Gegenwart

Er, nur ein Träumer
Aus der Hand gegeben sein eigen Glück
Vergebens nun die erneute Suche
Gewissheit, es war einst existent
Doch nun verloren
Nur eine Hoffnung ...

Ein Schrei, tief in der Nacht
Gar Gott würde aufschrecken
Der Mond verblasst in Ehrfurcht
Ein Name hallt im Winde hinfort
Durchdringt Stein und Fels
Erreicht Dich sanft, wie ein Flüstern
Während der Wind Dich streift ...

TREIBEN

Trüb, die Welt
Unbedeutend, leer
Sterbende Lichter am Himmelsbett
Ein Schrei in der Luft
Er verhallt im Wind

Regentropfen in der Nacht
Sanftes Nass tränkt den Boden
Der Mond, strahlend und erhaben
Wie einst das Leben doch war

Durchweicht, der Boden
Einsamkeit, Verlangen
Unentwegt dreht sich die Welt
Ewige Zirkulation, unaufhaltsam

Dunkel, die Straßen menschenleer
Elendes Vegetieren, so beschreibt sich dieses Dasein
In tiefster Verzweiflung gefangen
Schreibt Er diesen Brief

„Morgenstunden beginnen, mit einem Gedanken an Dich
Tage vergehen, vor dem Träumen ein Gebet für dich
Nächte ziehen vorbei, eine stille Sehnsucht
Dieses Herz, es verlangt dich“

Der Regen, Er färbt sich rot
Rot wie ein Rubin
Undurchdrungen und wertvoll
Kostbar und rein

TREIBEN

Doch sind es seine Tränen
Die Er weint, in später Nacht
Ein Zittern am Leibe
Verfällt Er des Todes Macht

... Eine Hand auf seinen Wangen
Aufwachen - Realität
So sanft und zart, diese Hand
Liegt Sie neben ihm
Verführerisch im Glanze eines Engels
Sein Leben, Er hält es in seinen Armen

Die Gewissheit, sie sind einander geschaffen
Es war nur ein Traum
Wie sein Leben einst war
Sein Leben, was nur gewesen war, ein Traum
Nun führt Er ein Leben, im Golde des Glückes Schmied
Ohne Furcht vor dem, was kommen mag

In purer Ergebenheit der Gefühle
Eine Ekstase der blinden Liebe
Süß, der Rausch
Adrenalin, es belebt die Venen

... Ein Gedanke
Eisern im Herzen
Bedrückend das Gefühl - Ungewissheit
Nur ein Treiben in des Schicksals schmerzende Ironie?

VERWIRRUNG

Nur ein Wort, vom Winde getragen
Nur ein Bild, eine geistige Reprojektion
Nur eine Illusion, dieses erbärmliche Gefühl
Nur eine Silhouette, die dort im Schatten wandelt

Dieses Wort, so sanft klingend
Dieses Bild, eine schmerzende Erinnerung
Diese Illusion, Hoffnung auf die Zukunft
Diese Silhouette, nur ein Traum

Einst war es dieses Wort, das den Zorn erweckte
Einst war es dieses Bild, das einen Wandel bedeuten sollte
Einst war es diese Illusion, die eine Folge
Schmerzlicher Bilder wurde
Einst war es diese Silhouette, ein einfacher Grund

Ungewiss ist, was mit dem Wort noch kommen mag
Ungewiss ist, was mit dem Bild noch geschehen wird
Ungewiss ist, was mit der Illusion noch folgen soll
Ungewiss ist, was mit der Silhouette
In Zukunft sich vereinigen wird
Doch dann ...

... Das Wort ist gesprochen
... Das Bild wurde gezeichnet
... Die Illusion wurde geträumt
... Die Silhouette war die Hoffnung

VERWIRRUNG

Zukunft, ein bedeutungsloses Wort
Leben, ein trostloses Bild
Liebe, eine Illusion ohne wahren Bestand
Der Mensch, eine erbärmliche Silhouette
Im Schatten der Gegenwart

Vier Dinge, die sich ergänzen
Eine konsequente Aneinanderreihung wichtiger Gedanken
Alternativwahrheiten wurden verdrängt
Stille Gegenwarten ...

Verwirrt, vier simple Eindrücke
Sinnlos?
Doch schreiben wir des Lebens Weg
Ungewiss, was nach den Schritten folgt
Zukunft?

Verwirrung ...

VOLLENDUNG

Dunkle Stunden passieren Revue
Die Zeiten spielen verrückt
Wirre Gedanken streifen den Verstand
Worte bekommen so viel Bedeutung

Unklar war einst. was folgen mag
Ungeahnt diese Wege - dieser Genuss
Stille Schreie der Vergangenheit
Dumpfe Klänge der Sehnsucht
Alles verblasst, ein Schatten meines Selbst

Aus dem Dunkel wird das Licht gelockt
Die Sterne flammen auf
Stille Ewigkeiten der Nacht werden gebrochen
Doch ist es nur ein Traum - nimmt Er Gestalt an?
Die Hoffnung besagt es, die Tatsachen tendieren
Stets ist es ungewiss, verborgen war es

Ein Gefühl, so sanft und rein
Vergessen - oder gar verdrängt?
Gleichgültig was einst war, Blicke verlangen die Zukunft
Gewohnheiten werden abgelegt, Bräuche werden verändert
Der Wille wächst in Stärke, gewinnt an Kraft
Vermag es Einfluss zu nehmen, auf diese Gestalt

So ist es ein Schatten, der langsam schwindet
Ein Leben, vielleicht möge es nun Wärme bringen?
Wohlwollende Zeiten deuten sich an
Doch die Vollendung wird ersehnt
Die Vollendung meines Selbst!

DER WANDEL EINES WESENS

Besessen von einem Gedanken
Besessen von nur einem Blick
Verdammt dazu der Ewigkeit zu dienen
Verdammt dazu, mich selbst zu hassen

Meine Worte gleiten auf dem Boden
Nur ein Ruf des Sterbens huscht über meine Lippen
Niemand nimmt ihn wahr, niemand will ihn hören
Wer achtet schon auf einen Narr, ein Narr der Stürme
Nur ein Spielstein für die Götter
Nur ein Wesen ...

... Doch diese eine Existenz
Zu große Bedeutung
Zu hohes Ziel
So stehe Ich ratlos in der Welt
Weiß keinen Ausweg, weiß nicht wohin
Nur wenn die Angst sich meiner Packen würde
Wenn die Seele wild entflammen würde
Dann erst wäre Ich mir sicher
Es geschafft zu haben ...
Es ist nun Monate her
Ich wollte es nicht glauben
Zuerst nur eine Hoffnung, ein Traum
Nie daran geglaubt, und es traf ein
Meine Seele entfacht, mein Leben beginnt ...

DER WANDEL EINES WESENS

Ein neues Ziel ist mir wieder geboten
Eine neue Zeit brach an
Es ist eine Zeit voller Liebe, Leidenschaft
Die Ich nur einer Dame verdanke
Mit diesen Zeilen möchte Ich ihr zeigen
Mein Herz pulsiert für sie
Meine Lungen ringen nach Atem, um zu ihr sprechen zu dürfen
Die Gedanken sind nun gebündelt, gefesselt
Alles kreist nur um sie

Es ist ein Wandel eines Wesens, meiner Wesenheit
Einst der trauernden Dunkelheit verfallen
Doch heute in der Ekstase entfacht
Will nur sie noch lieben, nur sie noch begehren
Möcht' nur mit ihr noch Leben, denn sie ist mein Sinn

So vereinten wir uns im Bund der Liebe
Es tat sich vieles
Die Schatten in meiner Seele verschwanden
Die Liebe füllt mein Herz, von Tag zu Tag mehr
Ich sehe in die Zukunft
Sehe eine Ewigkeit, die uns erlegen

DER WANDEL EINES WESENS

... Ich sehe ein Leben voller Harmonie
Ein Leben nur mit ihr
Einst war sie meine Königin der Nacht, doch heute ...
Sie ist weit mehr als das
Dennoch ist sie nur ein Mensch
Doch für mich ist sie der Sinn, mein Leben
So danke Ich ihr, dass sie mich liebt
So danke Ich ihr, dass sie mir Liebe lehrt

Eine Rose reiche Ich ihr
Gehöre ganz alleine nur noch ihr
Sie ist mein, ihre Wesenheit so zart und rein
Doch stark im Willen und süßlich in der Liebe
Mein Herz schreit nur noch drei Worte, zu jeder Stund
Ich liebe Dich

WIRRE GEFÜHLE

Die Dunkelheit lodert, im Schatten von ihm
Die Zeit steht still, nichts regt sich
Seltsame Dinge, nicht ein Gefühl
Gedanken sind starr, sterbende Flammen
Folgend den Spuren dieses Tages ...

... Die Zeit zuvor, unnahbar
Keine Berührung, kein Gefühl
Blasses Lächeln, weiße Haut
Blicke der Leere
Blicke der Trauer
Es war um ihn geschehen ...

Schwarze Tränen verliert Er - innerlich
Furcht vor Nähe, Angst vor der Berührung
Abstand - Flucht
Mit der Zeit isolierte Er sich von der Welt ...

Du erreichst ihn, mit sanftem Wortgebrauch
Näherst Dich mental, doch fortwährend
Tag zu Tag, die Dunkelheit wich
Ein Funken, im blutigen Morgen ...

Die Tränen verrinnen, die Zeit steht still
Du fürchtest seine Aura - ungewiss seine Reaktion
Ungeahnte Gedanken - Hoffnung?
Reichst ihm Deine Hand, möge Er Dich führen
In Gottes Land, um dort Deine Lippen zu berühren

WIRRE GEFÜHLE

Lasse es zu, diese Gefühle
Zumindest an diesem Tag
Zeit ist vergessen, Stunden vergehen
Sehnsüchte im Herzen, wirst ihn bald wieder sehen
Erleben möchtest Du seine Nähe, fühlst nur diese ewige Träne
Sie rollt herab, aus deinem Blick
Denn Du verstehst - verbunden mit seinem Geschick

Vor Neid erblasst, als Er eine andere begehrt
Innerlicher Schmerz, der Dich verzehrt
Schnelle Gerechtigkeit soll ihn ereilen
Möge die Zeit diese Wunden heilen
Vergessen das, was einmal war
Wieder sind sie sich so nah ...

Vertrieben einst seinen Schatten
Gelockt hast Du ihn einst, aus seiner Dunkelheit
Soll Er nicht mehr fallen, in diesen Schatten
Erinnerungen, Schmerzen - seine Wunden wurden geheilt
Nun ewig in deinem Herzen, für die Ewigkeit im Herzen vereint

WIRRE GEFÜHLE

Verlangt Dein Herz nun nach ihm
Sehnt Dein Geist sich schreiend nach diesem Wesen
Denke geschickt, und wandle hin
Reglos - Er schien hinfort gewesen
Krieg, in deinem Herz
Folgen - verlieren?

Gefolgt, dass bist Du ihm
Gefühle sollen nicht mehr gefrieren
Auf seinen Spuren durch das Leben
Die Welt bewegt sich ohne ihn
Keine Bedenken, nur diese Hingabe
Folgtest Du ihm, bis zu seinen Armen ...

WO SEID IHR

Es blüht der Morgen
Für Euch wohl ein gewöhnlicher Tag
Ein Weg gen Zukunft, dem ihr folgt
Wohl blind vor Stolz und Arroganz ...

Es ist die Nacht, in der Ich erwache
Zu Euch herab blicke, Spott in den Augen
Ein herrliches Gefühl, es fließt durch meine Adern
Des Henkers Aufgabe gleicht meinem Leben
Ich richte, entscheide
Leben - Tod

In meinen Armen die Dunkelheit
In meinem Herzen das Dunkel der Welt
Ich rufe nach Euch, Ihr die mich erhört
Die Sehnsucht zu Euch - unsagbar immens

Am Himmel schrecken die Wolken zurück
Die Meere der Welt stehen still
Soll mein Lachen erschallen in des Menschen Gehör
Wenn Ich sie finde - die, die mir gleich

WO SEID IHR

Möge Ich teilen mein Geschick
Dieses kollektive Gefühl
Unsterblichkeit?
Nur eine Ewigkeit

Wo seid ihr, ihr die mich versteht?
Meine Hilfeschreie erreichen Euch
Lediglich die Silhouetten Eurer erkenne ich
In ferner Ungewissheit

Seht, was das Leben uns zu bringen vermag
Könnt Ihr verstehen, was Ich fühle?
Geblendet vom Lichte der Nacht
Ein Pol der Gleichgültigkeit
Ein Narr der Gezeiten

Wo seid ihr - ihr, ihr die mich finden sollt?
Seht ihr denn nicht, des Lebens Sinn, der auf uns wartet?
Diese sanfte Melancholie in den Venen
Das Dunkel in den Augen ...

... Wo sind jene, die dies verstehen?

ZIRKULATION

Es war ein sonniger Tag
Die Wolken zierten den Himmel
Ein leichter Sonnenschein auf der Haut
... Und Er erhob sich aus der Tiefe

Es macht nicht einen Unterschied
Ob tot - lebendig
Jeden Tag neigt sich die Sonne hinter den Horizont
Täglich ging Er seinen Weg in der Welt
Doch ist es stets das Gleiche

Sie brachten Leid, Er sorgte für Schmerz
Eine Zirkulation von Bosheit und Trauer
Sanfte Demut, tiefe Pein
Sein Leben gliedert sich neu ein

Zu preisen den Herren
Des Gottes Licht zu empfangen
Öffnet Er seine Arme und streckt sie gen Himmel
Möge Er retten die Seele - aus demütigen Leib

ZIRKULATION

So soll Er leiden, dieser Mensch
Soll die Kraft des Schicksals wirken
Sein Leben zu richten
Dies Wesen zu retten

Verwirrt die Blicke
Spät ist die Stunde
Er kleidet sich, um seinen Weg erneut zu gehen
Exakt die Handlung des Vortags
Identisch die Worte, die Er verliert

Was wird sein, wenn der Kreislauf unterbrochen?
Wie soll das Leben sich weiterführen
Der Weg der Nacht gelaufen werden?

Der Blick gen Himmel
Sanft malt der Mond feine Schatten auf das Gesicht
Ein Lächeln, und Er setzte seine Schritte
Erkennt die Ironie der Situation - denn Er bewegt sich nicht
Läuft nur daher, im Kreislauf des Lebens
Eine traurige Geschichte
Eine ewige Zirkulation ...

2005

BLIND

Tanze
Tanze auf meinem Grab
Fühle diese Befreiung
Begehre mich
Meinen toten Körper

Fühle
Fühle was Ich leide
Wenn Du mich siehst
Und Dein Blick durch mich hindurch gleitet
Als existiere Ich gar nicht

Ich fühle dich
Fühle jeden Atemzug von dir
In meinem Grab
Auf jenem Du tanzt
In intensiver Leidenschaft

Wochen, Tage zuvor
Du bist mein Licht
Gebierst Glück, wenn Ich Dich betrachte
Ein Leben, wollte Ich Dir versprechen

Bewegst dich
Im puren Glanz deines Stolzes
Siehst Du mich?
Nein, das tust Du nicht

BLIND

Ich bin Dein Schatten
Folge dir, wo auch immer Du hingehst
Meine Arme, sie erwarten dich
Doch rennst Du vorbei
Fixiert auf Dein eigenes Leben
Auf Dein eigen Glück

Doch nun
Du tanzt
Eine Leidenschaft, die Dich umhüllt
Auf der Erde meines Grabes
Dort stehst du, erhaben
Erkennst es nicht ...

Du fühlst Dich wunderbar
Prächtig und galant
Doch merkst Du nicht
Ich bin es
Der es Dir ermöglicht
Ich - Dein Schatten, Dein Gewissen

BLIND

Du bist mein Erzeugnis
Ein Teil von mir
Meine Lehren hast Du verinnerlicht
Ein Teil nun von Dir
Folgt ein Danke, folgt die Erkenntnis?
Nein, ...

Denken, es sei Dein Schaffen
Unwissenheit
Die Meinung, es sei Dein Verdienst
Blindheit
Mein Gewissen, Deine Führung
Mein Empfinden der pure Hass ... !

BRENNENDE NACHT

Späte Stunden des Tages brechen an
Es verdunkelt sich der Himmel
Die letzten Sonnenstrahlen erwärmen noch den bloßen Leib
Zeit der Nacht, Zeit der Nähe

Lüsterne Blicke sich einander betrachten
Hände forschend ausfahren
Berühren die warme Haut
Leuchtende Augen
Ekstase, eine leidenschaftliche Erwartung

Lippen, die einander sanft verführen
Wärme, die zur Hitze entfacht
Eine kleine Berührung
Die Leidenschaft ist erwacht

Stunden vergehen
Gierende Blicke
Verlockende Worte
Heißer Atem, der den Lungen entweicht
Als lodere eine Flamme in der Seele

Die Nähe unbeschreiblich
Flüsternde Worte so sanft und lieblich
Brennend die Haut, vor Verlangen und Gier
Küssende Leidenschaft in nächtlicher Stund
Im Geschehen kostbarer Augenblicke
Dieser verlockenden brennenden Nacht

ENGELS ZORN

Ich fühle nichts, außer jenem bitteren Hass
Wie einst, vor Weilen, als Er das Leben führte
Ich könnte morden, die Welt verdammen
Mit all der Kraft des Dunklen sie beschatten
Als Strafe, als Gerechtigkeit
Für dieses Übel, die Grausamkeit
Welche sich einst Vertrauen nannte

Es gleicht der Zeit
In der man Luzifers Hand fasste
Diese Wut, der Hass
Krank, das ist es
Surreal, gar abstrakt
Doch intensiv, tief in der Seele

Liebe
Fiktion, eine Fassade um dies alles zu verderben
Alles, was sich Leiden nennt
Ihr nennt es Vertrauen - oder gar Liebe
Ich hätte mitgehen sollen, damals

ENGELS ZORN

Sekunden richten über Leben und Tod
Sekunden sind es, sie erscheinen Euch so wertvoll
Ist es nur ein Hauch von Licht
Merkt Ihr es nicht?
Irrtümlicherweise offenbart es sich Euch
Bis ihr erkennt
Es war nur eine Lüge

Ob leben oder gar tot
Es taugt nichts, es ist gleichgültig
Den Weg zum Tode?
Nein, diesem folge Ich nicht
Seid Euch dessen gewiss
Nur des Lebens frohe Seite
Ich will es nicht!

Euer Leben
Sicher, es ist so scheinheilig, so wunderbar
Verführerisch, und Ihr fallt darauf hinein
Ein Spiel, vom wem - das wisst ihr nicht
Vom Himmel, gar Schicksal
Was steckt dahinter?
Bestimmung, lasst es uns Bestimmung taufen

ENGELS ZORN

Es macht mich krank zu sehen
Wie Sie alle noch immer denken, es sei so wunderbar
Was Sie fühlen und begehren
Dabei ist es eine törichte Lüge

Warum reißt man mir nicht gleich
Auf der Stell das Herz hinaus
Aus dem Leibe um es zu Boden zu werfen?
Soll es verbluten, es ist nur gefüllt mit Gefühlen
Mit Vertrauen. Was gebrochen ward

Verdorbenen Willens, Hass als Ektase der Zeit
Eine Gier, diese unsagbar Macht
Blut möge es regnen
Der Zorn eines Engels ist entfacht!

ENGELSLICHT

Wie ein Dorn im Auge
Eine Flamme im Meer
Sind jene Zeilen an Euch gerichtet
Ihr, die hier verharren
Zeilen zu zeigen
Was möglich ist ...

Reiches Stolz bereits verblasst
Wo einst Schatten nun Licht wart
Vergeht, das Schwarz, aus kärglichem Leben
Erstrahlt, der Schein, aus hellster Sonn‘
Wohl an, meine Zeit beginnt

Strahlend, eines Sternes Körper
Astral und ewig
Brennend, lodernd
Ein Funken am trüben Firmament
Es ist mein Leben
Jenes dort brennt

Abgelegt des Nachts Gewand
Spürend nun die Fährte des Lebens
Vorüber gezogen, die Hindernisse des Schicksals
Gebiert ein Leben
Es folgt meiner Hand

ENGELSLICHT

Zusammen, gemeinsam
Ein Götterfunken
Sanft und rein
Lasst es ewig sein!

Aus Schatten folgt Licht
Trauer birgt Freude
Sehnsucht gebiert Liebe
Schmerz resigniert
Glück entfacht im lodernden Herzen

Mein Dank nun dir
Dir ganz speziell
Tätest gut daran, Dich zu mir zu führen
Gabst mir Grund für diesen Wandel
Definierst mein Glück
Du, mein kleines Engelslicht ...

FLAMMENDE NACHT

Ein Tag vergeht, ein Tag schwindet
Es bricht heran die stille Nacht
Zwei Körper, die sich umgarnen
Kälte weicht der lodernden Hitze
Die Hitze unserer Liebe
Des schweren Atems
Der süßen Lust

Noch spüre ich
Wie Deine Wärme meinen Körper segnet
Erlebe wie unsere Herzen pulsieren
Im sanften Gleichtakt
Fühle Deinen süßen Atem
Jener meine Haut verführend streichelt

Ein zärtlicher Kuss
Löst die Schweißperlen auf Deiner Stirn
Euphorie und Ekstase
Verbanden sich im Spiel der Leidenschaft
Arm in Arm
Die Nacht ist bald vorbei

In der tiefsten Stille der Nacht
Entfachten tausend Kerzen
Loderndes Flammenspiel
Eine Hitze, gleich unserem Leibe
Sich verbanden und gewunden

FLAMMENDE NACHT

Schwarz, der Himmel
Beugt sich dem Willen unserer Sonne
Schwaches Licht gewinnt an Stärke
Wächst im Glanz
Ein neuer Tag bricht an

Lichtstrahlen, sie zieren Deine warme Haut
Ergeben ein Spiel aus Licht und Schatten
Auf deinem Leib
Deine Augen sind geschlossen
Atem, Er verläuft ganz leise und erschöpft
Gottes Anblick, jener sich mir nun zeigt

Erhebe mich, ein schmeichelnder Blick auf dich
Lächeln, meine Lippen tragen es
Kostbar sanft, und weich
Beuge mich herab zu dir
Streichle flüchtig Deine Hand
Ein Kuss auf die Stirn, ein Danke auf dem Herzen

GEIST

Es waren die Tage
In denen Tränen das Leiden schrieben
Es waren die Nächte
In denen Er sich zum Tode schrie

Es war die Welt
Die ihm einst das Herz brach
Es war wohl nur ein Mensch
Der sich von nun ab nach vorne wagt

Verrinnt der Blick
Verweht die Stimme im Wind
Jene zu ihm sprach ...

Folge dem Leben
Weite Dich der Liebe
Schließe Deine müden Augen
Lass Dich führen, von Gottes Hand!

Gelacht und verzweifelt
An jenen Worten
In den ersten Augenblicken
Eines jeden neuen Tages
Wo etwaige Substanz zu verwesen beginnt

GEIST

Doch ward es einst die Stimme seines Geistes
Sprach so sanft verführend zum eigenen Wesen
Lockte es tief hinein in des Himmels Leiden
Gebiert die Qual, verbreitet sich in dessen Haupt ...

... Und bist Du verstorben
Werde Ich lachen
Liegt Dein Leibe bedeckt von Erde
Werde Ich emporsteigen
Wie einst Phönix aus der Asche stieg
Um zu leiten, führen und zu begehren

Jeder Gedanke strebt gen Ewigkeit
Vorbei an Trauer der Welt
Erreichend nun die Unsterblichkeit
Erhob sich aus tiefstem Grabe
Wiedergeboren, an Engels Hand
Geführt von der Liebe
Lebend nun im Rausch der Gezeiten

Dankbar, für des Himmels weißes Licht
Erhaben über Kummer und Leid
Will nur noch leben - lieben
Wie in seinem Träumen, vor einer ewigen Zeit

GESCHLOSSENE AUGEN

Geschlossen die Augen
Das Leid nicht ertragen
Abwenden, verbergen
Was vor dem Menschen liegt

Wohin geflohen, dieser Glanz in den Augen?
Verrinnt, die Zeit, so kostbar und begehrenswert
Schlaflos - verwirrt
Gedanken fragen nach dem Wunder

Blind in der Welt
Möchte nicht ertragen, was vor mir ist
Die Qualen der Zeit
Lasten auf meiner Schulter

Schlaf, in Ewigkeit
Trüb die Welt, der Glanz so verblasst
Gelächter in den Seitengassen
Gewalt, hier und dort

Ein Licht, in der Ferne
So schwach, nur astral
Das Ziel, so weit
Laufen, erreichen

GESCHLOSSENE AUGEN

Kälte, sie durchzieht den Leib
Gefroren all das rubine Blut in den Adern
Kein Schmerz - Freiheit

Geschlossen, die Augen
Vom Leid den Blick abgewandt
Verborgen nun, was vor dem Menschen liegt
Innerer Glanz
Halte ihn fest!

Schwach
Der Blick nun in die Welt gerichtet
Erbärmlich, innere Kälte macht sich breit
Der Leib unter Schmerz gekrümmt
Das Herz, es verbrennt

Lachen, so herzlos
Furcht und Spott
Kopfschüttelnd die Augen schließen
So traurig des Menschen Weg ...

GRABBLUME

Kalt ist die Welt
Verlassen und einsam
Sanfte Schwärze, die mich umhüllt

Niedergelegt und vergessen
Als Opfer dienend
Eine Gabe an die Todgeweihten
Tränen, sie berühren mich

Es ist der hellste Tag
Doch sind jene in Trauer gekleidet
Jene, die hier versammelt
Trauernd um wohl einen ihrer Liebsten
So trüb die Welt

Verstehen?
Nein, das vermag Ich nicht
Mal sind es viele
Oftmals bin doch nur ich
In temporärer Kameradschaft mit Meinesgleichen

Stolz, so wachse Ich hier heran
Verderben?
Nein, Ich denke nicht
Verwesen, das tue ich
In stiller Bereitschaft
Unwissen über meine Existenz

GRABBLUME

Doch wohl viel bedeutend
Farben, in aller Pracht
Erstrahlen hier und dort
Der Wind nimmt manch Gewand von mir
Trägt es still in Eile hinfort

Legt man mich nieder
Dann nur mit einem Gruß
Ich scheine zu wirken
Zu trösten, jene, die trauern

Ein stilles Gedenken
Durch mich signalisiert
Ziere Ich so manches Grab
Kämpfend um das Leben
Resignierte Worte
Bin wohl nur eine Dekoration
Wohl eher Tradition

So verweile Ich hier
An Grabes Platz
In vielerlei Gewand
Doch mit Trauer bedacht ...

HALT

Sanft geborgen in Deinen Armen
Du, mein Halt
Fürsorglich umarmt, an meinem Leib
Ich, Dein Halt

Keine Amnestie für Fremdkörper unseres Glücks
Personen, manifestierte Unmoral
Am verschwiegensten und verlogen
Spürbar bösartig, gebe Dir meiner Acht
Lass mich Dein Beschützer sein

Versucht zu brechen
Resignierte Versuche
Ungehindert unser Glück
Schatten umworben
Hinterlassene Funken entfachen im Glanz der Liebe

Vereint, ungebrochen
Dient die Liebe als metaphorische Vereinigung
Unser Pakt, unser Bund
Ein endloser Halt
Ein Weg, uns getroffen
Das Ziel der Anfang
Anfang eines glücklichen Lebens
Gemeinsame Visionen
Konsequenzen, Folge
Gebrochen, vereint
Wir, einander der Halt

HALT

Störquellen werden dematerialisiert
Uneffektiv, logische Konsequenz
Schmerzliche Resignation
Kein Mitleid den schädlichen Existenzen
Ungebrochen unser Leben

Zukunft, Glück
Versuchen - gelingen
Verfolgen wir die Ziele
Der Wille, die Antwort auf alle Fragen
Wo der Halt, bei diesem Ziel?

Lieben, die Seelen ersehnen einander
Eine Sehnsucht - gestillt
Alle Hoffnungen erfüllt
Ein Rausch der Geborgenheit
Kein Unheil stark genug zu brechen
Zu brechen unsere Liebe
Zu brechen unseren kostbaren Halt

HERZLOS

Vergangenheit, die Zeit
In der Er lebte
So erhaben und voller Stolz
Mächtig, jedes einzelne Wort
Sonnenstrahlen zierten das dunkle Haar
Doch voller Schwarz das Gewand

Neutral, der Blick
In die Menge der Menschen
Pures Leiden offenbart sich
Hier und Dort
Wohin die Augen sich auch fixieren

Der Blick, so kühl und leer
Als sähe Er nicht, was vor ihm liegt
Rubingefärbt, durchtrennt all die schwachen Venen

Es liegt ein Leichnam
Dort, ihm zu Füßen
Hingerichtet, zersetzt
Knochen, man kann sie betrachten

Seine Schritte führen ihn weiter
Irrelevant, was ihm begegnet
Unaufhaltsam der Weg
Endlose Kälte

HERZLOS

Der Mensch weicht zur Seite
Wenn Er seinen Weg kreuzt
Wer möge es sich wagen
Sich ihm zu stellen

Gar sie, sein Engel
Im schwarzen Gewand
Wendet sich ab
Um zu verbergen jene Tränen
Sie fallen herab
Auf blasser Haut
Voll Trauer und Leid
Was wohl mit ihm geschehen ist ...

Er, zu früh resigniert
Grotesk der Gedanke zu fühlen
Man sagt, Er definiert die Gleichgültigkeit
Eine abstrakte Verherrlichung all jener Kälte
Sein Leben verborgen im Schatten
Doch unantastbar, sein Wesen

Liebe, die Leidenschaft gefriert
Herz verloren, Herz verschenkt
Grausame Taten Er einst vollbrachte
Treu seinem Instinkt gefolgt
Instinkt des Mordens, diese sanfte Lust
Sanfte Verführung
In seinen herzlosen Gedanken ...

KAMPF

Dunkel, die Gedanken
Hin und her gerissen
Zwiespalt, Liebe
Hoffnung, tief im Herzen
Sie stirbt zuletzt

Gebrochen, vereint
Ein Spiel des Gleichgewichts
Gemeistert, Hürden überwunden
Harmonie, im Spiel des Glücks

Zeit vergeht
Zeit verstreicht
Im Herzen lodert die liebende Gewalt
Gebrochen, der Wille
Gescheitert an einfachster Tat

Ungehindert, ein Schlag ins Gesicht
Dein Engel entpuppt sich als schwarzes Nichts
Verloren, sinnlos
Gefangen im Spiel des Schmerzens

Erhoben, meine Hand
Greife nach Ihr
Folge Ihr, folge dem Leben

KAMPF

Begleite mich ...

Verzweifelt, hektisch
Wort um Wort gesprochen
Verfangen, angekettet
Kann mich nicht befreien
Erlöse mich!

Schmerz, die Kehle zugeschnürt
Puls und Herz
Ein Wettlauf gegen die Zeit
Vorbei die Qual?
Vorbei das Leid?

Erlöse mich, ergreife meine Hand
Sage mir, dass der Kampf sich lohnt
Fühle es, was in Dir lauert
Spüre, was wir uns bedeuten
Begehre, was wir einander lehren
Genieße, unser Leben!

NUR MIT DIR

Einst der Welt ergeben
Verlassen - seelentot
Gewandert im Wandel der Zeit
Kein Sinn im Blick

Atmen
Eine Gewohnheit von Sterblichen
Hilflos - vegetativ
Zukunft scheint nur eine Illusion zu sein
Es vergeht am Himmel der letzte Funken Sonnenschein

Die Nacht, gebärend neue Träume
Von Liebe und Glück
In Sehnsucht gestorben
Vermag den Weg nicht zu gehen
Nicht mal das Zurück
Doch steht ein Wandel mir bevor ...

Nur mit Dir
Diesen Zustand überwunden
Nur mit Dir
Ein neues Leben geboren

Ein schwaches Kerzenlicht
Im flüsterndem Winde
Spricht und zeigt, was Wärme ist
Personifiziert in deinem Wesen
So sanft und rein
Gefunden in mein Leben
Bewahre Dich dort, bis zur Ewigkeit

VEREINT - KAMPF TEIL 2

Schmerz, die Kehle zugeschnürt
Puls und Herz
Ein Wettlauf gegen die Zeit
Vorbei die Qual
Vorbei das Leid

Gefochten, jener Kampf
Im Spann der Zeit
Ekstase - Verzweiflung
Gefochten, Wort um Wort
Ein Licht flackert im Dunkel der Welt

Worte verhallten im Glanz der Zeit
Verfangen und angekettet einst gewesen
Befreit, Dein Wort
Mein Dank, mein Segen

Erhoben, Deine Hand
Greifst nach Ihr
Folgst Ihr,
Folgst dem Leben
Begleitest mich

VEREINT - KAMPF TEIL 2

Gelohnt, gelungen der Kampf
Der Kampf vorbei
Vereint, eigene Regeln
Ein eigenes Spiel

Ein Bündnis, eine Liebe
Sanfte Leidenschaft
Innige Liebe
Das Wir, unvergleichbar schön und sanft

Erhoben meine Hand
Hältst sie in der Hand
Folgst Ihr
Führst mit mir ein Leben
Begleitest mich

Haltend meine Hand
Dein Blick trifft den Meinen
Sanfte Worte, „der Kampf lohnte sich“
Spürst, was wir einander bedeuten
Wir, im Genuss unseres Lebens

KRAFT DER WORTE

Worte, sie sind gefallen
Als wären sie Tropfen des Regens
Lösen sich von den Wolken
Sind der Natur so viel wert
Doch unbedeutend für den Mensch

Worte, sie sprechen zu dir
Sie weisen Dich auf Fakten hin
Unausweichlich, verständnisvoll
Bringen Dir gar Einsicht

Worte, sie erklären mich
Sie füllen Dein Gedächtnis
Geben Ratschläge
Wollen Dir den rechten Weg zeigen

Hoffnung, sie ist vorhanden
Wurde gestillt, vor einiger Zeit
Es wurde klar
Der Weg war das Ziel
Unser Ziel war vor Augen
Zum Greifen, so nah schien es zu sein

Worte, sie waren vergebens
Zweifel am Klang und Folge
Inkonsequenz, Ungewissheit
Logische Resultate eines hinterlistigen Spiels

KRAFT DER WORTE

Ursache, Wirkung
Dies simple Prinzip
Dieses wohl ewige Gleichgewicht
Wohl noch immer nicht erkannt
In der Wut zur Faust geballt
Die gnädige Hand
Verleiht den Worten Kraft und Weisheit
Verfehlen sie dennoch ihr Ziel

Es fallen stets mehr Worte
Mit Hoffnung versehen
Aus einfachen Gründen
Aus Liebe zu dir
Aus Sehnsucht
Da Ich Dich brauche

Weisheit, Erfahrung
All das verliert an Sinn
Worte, sie fallen
Entweichen den blassen Lippen
Sind unbedeutend wie der Regen
Der von den Wolken herniederprasselt ...

LEIDEND VERWÜSTET

Leidend verwüstet dies eine Herz
Gebiert die Qual
Ein letztes Mal
Zur Morgenstund ...

Bitterkalt, nur die Gedanken
So still, so sanft
Ihre Hand
Berühren peinigend zärtlich das Gesicht
Blasse Röte auf den Wangen
Lieblich, wie eine Romanze

Hautnah, schmerzhaft nah
Der Seelenspiegel offenbart in Pein sein Innerstes
Wohlgesonnen dies eine Spiel
Zwei Partien, sich so anvertraut
Stunde um Stunde
Sich stetig näher befindend

Warum nur, jene Träne?
Weswegen dies Gejammer über Schmerz?
Wie ein Engel so galant und anmutig
Unbeschwert des Lebens berauscht

LEIDEND VERWÜSTET

Die Nacht zurück gelassen
Brachliegt der Morgen
Noch immer dies eine Spiel
Erfolg, Ruhm
Ohne Bedeutung geht es nur um die Situation

Eine Nacht, des Tages überdrüssig
Überdauert eine Ewigkeit
Das Ende vom Spiel nicht im Blick
Jenes Ziel verfehlt
Doch naht der Abschied
Im Wohligen einander genießen

Zerrissen, nun brach liegend das Herz
Vorbei, jene Qual
Zur Morgenstund, stets diese Gedanken
Lippen sich einander berührten
Schmerz geborgen sanft jene Sorge
Ward es dann das Morgenlicht
Zieht sich zurück, vom lieblichen Gesicht
Gebar nun wohl das Ende, jener vergangenen Geschichte ...

LIEBE FOLGT HASS

Willkommen in meinem Leben
In meiner jetzigen Euphorie!

Die Zeit verrinnt in sehnsüchtigem Gedanken
So nah der Tag
Immens die Freude, das Herz zerspringt
Adrenalin pulsiert durch die Adern
Eine wahre Ekstase

Ruhe, Stille
In den Armen liegend
Streichelnd, geborgen
Warm ist die Luft

Der Blick aus dem Fenster
Am Firmament hoch oben strahlend der Mond
Ein Lächeln auf den Lippen
Sie liegt neben mir
Ganz nah

Lippen die einander fangen
Blicke, die lüstern betrachten
Stilles Annähern
Schwerer Atem hängt in der Luft
Flüsternde Worte ...

LIEBE FOLGT HASS

... Lass uns fallen
In unser Leben
Lass uns spüren
Was wir einander fühlen

Greife nach meiner Hand
Halte sie, als wäre es Dein Leben
Genieße, was wir geschaffen haben
Unser eigenes Paradies ... !

Ihre Augen geöffnet
Sanft glitzernd, man könne sich darin verlieren
Liebliche Worte, ein zärtlicher Kuss

Dies Gefühl, was Ich beschreibe
Balsam für die Seele
Ein Untergang des trostlosen Lebens
Schicksals Weg gebiert jene neue Ära
Eine Ära des Glücks

LOS DER STERBLICHKEIT

Ich sehe die Welt dem Dunklen sich widmen
Ich fühle es, erlebe es
Ich sehe den ganz normalen Wahnsinn
Hier, in dieser Welt

Besiedelt, von Gottes Wesen, überall
Krieg und Ketzerei
Bestimmen des Menschen einsamen Weg
Ich sehe es, in Ihren Augen

Ummantelt von Ihnen
So fühle Ich Ihr Sterben
Das Fleisch zerfällt und vergeht im Laufe der Zeit
Ich sehe es, das Los der Sterblichkeit

Zeit verfliegt, als wäre es ein Gut zum Handeln
Wunden heilen und Gedanken werden zahm
Wenige Momente eines einsamen Daseins entfachen
Als entzünde man eine Kerze
Doch erlischt das Licht, so rasch

In der Masse verharre ich
Blicke schweifen in die Hoffnung der Herzen
Gemeistert, so viele Situationen
Stolz in den Augen der Menschen um mich herum
Geprägt von vergangener Zeit

LOS DER STERBLICHKEIT

Doch was sind Sie wert, all die Erinnerungen?
Was sind Sie wert, wenn es verblasst
Ein schwaches Kerzenlicht lodert
Es entfacht - wenige Augenblicke
Ein Kreislauf, das Los der Sterblichkeit
Die Flamme erlischt

Hände, Ich sehe Sie gen Himmel gestreckt
Wispernde Worte zum Herrn der Zeit
Erlösung, flehende Rufe der Zeit gewidmet
Dulden Sie alle den Schmerz des Lebens
Bis es sie trifft, das Licht des Herren

So wende Ich mich ab
Lache in Trauer, und bin es leid
Diese Tragödie des Daseins anzusehen
Schmunzle über mein eigenes Leben der Ewigkeit
Neid, im Bewusstsein des Sterblichen
Warte Ich, bis die Zeit verblasst

LÜGE

Schmerz
Ein Schlag ins Gesicht
Gebrochen
Dies düstere Herz

Erleuchtet von Glück und Liebe
Monate verstreichen
Ein Tag, ein Fakt
Gelogen, betrogen?

Schmerz durchzieht Seele und Leib
Dies ist ein Tag
Den niemand zu verhindern vermag
Graues Gewand, mein Totenhemd

Meeresstau, gepresst nur eine Träne
Warum?
Unklar, verschwommen
Als läge ein Nebel über der Welt
Wer bin ich
Wer bin Ich für dich?

Aus liebestrunkenen Gefühlen erwacht
Gebiert das Schicksal nun neue Qual
Ein Traum
Leben, so nenne Ich es
Zerbrochen, die Seele

LÜGE

Feiner Staub fällt hernieder aus der Höhe
Tränen?
Aye, es sind seine Tränen
Tränen aus Schmerz

Fakten verschwiegen
Eiserne Lüge
Geständnis auf Zwang
Ehrlichkeit ein Fremdwort
Verdorben, das Herz
An dieser Tat

Reue, Schuld
Zuweisen?
Es lohnt nicht
Zukunft - verblasst
Fundamente müssen her

Tiefe Furcht
was wird noch folgen?
Bittere Befürchtung
Eisige Einsamkeit
Kälte - Freiheit?
Innerer Tod ...

Reinkarnation?

LUZIFERS SEGEN

Kalter Atem, zitternder Leib
Hoffnungslos - verwirrt
Dem Ende der Welt die Arme eröffnet
Komme herbei, eisiger Tod

Fühlen, diesen kalten Stahl in der Hand
Plötzliche Wärme, beflügelnder Schmerz
Ersehnte Freiheit
Auf dem blutigen Pfad
Den Pfad des Teufels

Ein Pakt, ein Handschlag
Des Satans verführende Stimme
Wispert leise Worte ins Gehör
Wohlwollend, der Ewigkeit gebührend

Das Tor zur Hölle
Nur ein Schritt entfernt
Zurück gelassen etwaige Leben
Erfahrung - gesammelt zum Lernen
Sinnlos - untergegangen

LUZIFERS SEGEN

Blut, es tropft den Arm herab
Ziert den Boden mit einer roten Lake
Dieses Lachen, zwei lodernde Augen im Schatten
Empfangen in Geborgenheit
In dem Armen eines Engels

Verführt mit seinem Leibe
Lockt mit sanfter Stimme
Beflügelt durch Freiheit und Demut
Selbstverschulden - vorbei

Noch nie war es seine Welt
Verfangen im eigenen Willen
Verlässt sie nun mit einem Lächeln auf den Lippen
Sein Gang geschmeidig und verdorben zugleich
Ein letzter Blick
Der letzte Atemzug vergangen

Worte - so sanft in rein
Im Klang der Harmonie zum Leben
Doch trügt der Schein - unbemerkt
So heißt man ihn nun willkommen
In den Armen eines Engels

... des gefallenen Engels

PAKT DES FRIEDENS

Verworfen, die Türe
Zum Himmels Reich
Verflucht, die Welt
Unter dem Glauben an Gott
Dem Vater

Krieg, in Worten
Im Glauben, ungeahnt
Verletzt, verdorben
Gelebt, unheilig

Spott, ungläubig
Bedeutungslos, dies Wesen
Diese Existenz
Sinnlos, den Glauben daran zu bewahren

Gott, so vielfältig das Wort
Unbegreiflich für den Menschen
Unverständlich für mich einst gewesen
Verdammt, abwenden von ihm

PAKT DES FRIEDENS

Dunkel war der Weg
Steinig, blutig
Zeit verging ins Nirgendwo
Schmerz - Trauer
Gefühlslosigkeit
Es gibt ihn nicht

Ein Blick - ein Engel
Führt mich nun an meiner Hand
Daran zu hoffen bisweilen nicht mehr gewagt
Abgelegt, das ewige Schwarz
An meinem Leib

Offen die Arme
Bereit zu akzeptieren
Geschlossen im Inneren ein Pakt
Ein Pakt des Friedens
Definiert im Glauben
Dem Glauben an Gott

RAUSCH

Befreit, das Gefühl
Jenes in ihm lauert
Es kehrt Heim
Das Licht
Ins ewige Schwarz
Der Seele, des Herzens

Ein Lächeln
Beschreibt mehr als Worte es je vermögen
Schmerzvolle Schreie ertönten einst
Aus sanften Lippen
Verhallen im Winde

Hass und Liebe
Ein Spiel des Lebens
Gestorben und wieder geboren
Sanft gehalten in den Händen der Welt
Erfüllt und fühlend, dies zarte Glück

So trüb und schwarz
Jenes Leben einst gewesen
Schmerz folgte dem Leid
Wo war das Ende
Fragen, auf die es nirgends eine Antwort gab

RAUSCH

Ein Wandel der Zeit
Aus ewig‘ Dunkel wart Licht
Wo einst Schatten und Silhouetten herumgetrieben
Nun sanftes Licht sich verbreitet

Stolz, im Leben
Entfacht und erwacht
Auferstanden aus der ständigen Finsternis
Galant und Erhaben
Im Leben geborgen
Erwacht jeder Sinn
Gefangen und liebend im Rausch der Liebe

SCHLAF

Augen, sie fallen zusammen
Als läge eine plötzliche Nacht sich über das Land
Berauschende Stille
Ungestört, der Erschöpfung erlegen

Ganz schwach der Leib
Jegliche Kräfte verlassen
Zum Troste die Liebe
Zum Stärken die Leidenschaft

Geschlossen, verdunkelt das Augenlicht
Im Reich der Träume erwartet einen das Willkommen
Und der Tag zieht erneut Revue
Und Worte, jene gesprochen wurden, fallen erneut
Und Taten, am heutigen Tage vollbracht, folgen erneut

Es scheint so fremd
Als man Tage und Nächte zusammenlegte
Als seien Stunden relativ
Wo ewige Kraft den Körper pulsieren ließ

Es ist Nacht
Man regt sich im Bette
Öffnet man die Augen, so folgt Verwirrung
Träume - benebeln den Verstand
Erlebnisse wiederholen sich
Gefühle entfachten in immenser Intensität

SCHLAF

Abstrakt, surreal
Es war doch nur der Tag
War Er in dieser grotesken Art?
Glaubwürdig und doch verwirrend
Resigniert gibt man diese Gedanken auf
Widmet sich folglich dem Land der Träume

Im Schlafe, ein Lächeln
Wärme, die sich dem Herzen bemannt
Gefühle von Glück und Liebe
Die graue Welt zurückgelassen
Ein wahres Leben in Harmonie und Zufriedenheit

Atem, man spürt ihn, als wäre Er real
Man merkt, die Augen sind nicht geschlossen
Es ist die bloße Nacht, blickt man zum Fenster hinaus
Erkennt, es ist das Leben
Wunderbar in seiner Art
Ein Leben in Liebe
So zaghaft süß
Es zu verlieren - undenkbar!

SCHÖPFENDE ZEIT

Leere
Bist Du nicht in meinen Armen
So beschleicht sie das Herz
In eisiger Sehnsucht
Bittere Kälte

Erreicht, was unmöglich schien
Ein Bund, dieser Pakt
Im Band der Liebe
Verdrängt das ewige Leid
Einst ungestillte Hoffnung
Nun, ein Götterfunken

Denke Ich an Dich
Fühle Ich diese immense Sehnsucht
Höre Ich Deine sanfte Stimme
Erwärmt sich mein Herz
Sehe Ich in Deine Augen
Halte Ich Dich in meinen Armen
So fühle Ich das Leben

SCHÖPFENDE ZEIT

Zerbrochen, das Herz
Verloren im Rausch des Lebens
Ein falsches Wort
Ungeschickte Konsequenzen
Einsamkeit

Überbrückt dieser Zustand
Erneut zusammengefunden
Stille Tränen festigten diesen Bund
Den Bund der Leidenschaft

Nun, es ist an der Zeit
Für eine neue Ära der Zeit
Eine wiedergeborene Phantasie

Aus Trauer schaffen wir Glück
Aus Zweifel wird Stärke
Ungewissheit gebiert Antwort

Im Einklang sich nun Geist und Herz befindet
Fixiert das Wir
Gemeinsame Definitionen gefunden
Von Liebe und Glück
So warte ich, auf die Unendlichkeit
Auf die wunderbare Zeit
Unsere Zukunft ...

SONNENAUFGANG

Erneut betrachtet Er den Sonnenaufgang
Sanftes Rot flutet die Ebene
Frisch ist der Wind
Stimmen, sie liegen in der Luft

Schon zu oft diese Situation
Wie viele Namen Er bereits trug
Vermag Er nicht zu sagen
Weder zu zählen

Erfahrungen lauern tief in seinem Herzen
Etliche Existenzen
Er durchlebte sie alle
Schmerz und Glück
Es war ihm geboten
Lehnte es ab

Stolz, Erhaben
Blicke, die tiefes Leid verbergen
Leiden definiert im Wissen
Wissen um das Geschick der Welt

SONNENAUFGANG

Verurteilt zum ewigen Leben
Verdammt dazu, wissend zu sein
Durchschreitet jedes Ende erneut
Die Qual des Sterbens
Die Sehnsucht der Wiedergeburt

Träume von Frieden
Träume von Freiheit
Welch kärgliches Dasein
Ein Leben in der Ewigkeit
Ungewolltes Wissen

Gottes Gnade ihm nicht gewährt
Zu finden des Lebens Ende
Ein Rätsel für ihn
Hoffnung auf eine Lösung ist nicht existent

So verharrt Er stets
In stiller Vegetation
Lauernd auf die Erlösung
Warten auf den ersehnten friedlichen Tod

SUIZID

Gehe nicht
Bleibe hier, in meinen Armen
Halt mich fest
Fühle meine Gier

Träume, verwirklicht oder Illusion?
Realitätsverlust
Verschwindet - der Augenblick
Zeit verrinnt

Verlassen, einsam
Die Welt liegt brach
Zu Füßen
Der Leib, kalt und starr

Entscheidung
Gefällt in des Morgens frühster Stund
Verwirrt, ob Zeit so schnell verrinnt?
Verlust

Wärme, ein Zittern durchfährt den Körper
Verloren, das Spiel
Zu finden einen Ausweg
Das Leben - verloren

SUIZID

Verdorben
Ein Sprung gen Himmel
Verlässt die Seele den Körper
Zeitlos, eine Ewigkeit

Schnitt um Schnitt
Sehnsucht, Sünde?
Freiheit, kommt Zeit

Kälte, irrelevant
Surreal die Assoziation
Keinerlei Groll
Sanfter Schmerz
Rot, die Haut
Tropfendes Blut

Sterben, Erlösung
Philosophisches Treiben
Unser Leben
Seelentot, blind und verwirrt
Ein letzter Kuss

Suizid.

UNHEILIGER KETZER

In des Tages mittäglicher Stund
Donner grollt, der Mensch in Angst
Flüchtend in die Gemächer
Sanfter Regen prasselt herab

Ich stehe da, unter nassem Stoff
Betrachte die Flüchtlinge
Die Lippen geformt zum Lächeln
So lächerlich dieser Anblick

Feige und bestechlich
Idealisiert und doch so töricht
Fassaden umgeben mich täglich
Durchbrechen vermag Ich sie nicht ...

Ich bin nicht Euer Opfer
Ich bin jener, der Euch auflauert
Ein Blick in Eure Augen
Fällt es auf, diese Furcht
Angst, Angst habt Ihr
Vor diesen erschütterten Träumen

Man nennt es Leben, was ihr dort treibt
Hört ihr es, mein Lachen?
Setze den Kelch an die Lippen
Genieße die Trockenheit eines roten Weins
Blicke Euch in die Augen
Dort, es lauert ...

UNHEILIGER KETZER

Tief in mir, das Herz ummantelt vom schwarzen Gewand
Ergreife drückend euren Hals
So wohlig dieses Gefühl
Schmerz, den Ich verbreite
Ein Hass, so tief in mir geboren

Frust, wenn Ich Euch betrachte
Mitleid, als Ich Euch fliehen sah
Es ist nur ein Unwetter
Der Zorn jenes Gottes, dem ihr Euch unterwerft

Durchlitten ein eigenes Leben
Nun erhaben über all das Leid
Versteht ihr es nicht?
Es ist so simpel zu begehren was unerreichbar scheint
Doch ihr, ihr flieht ...

Eine Flucht aus Furcht
Mein Leben von jetzt ab eine Jagd
Unheiliger Ketzer, der durch die Reihen zieht
Spottende Gestik, lachende Lippen
Das bin ich, im Blick auf Euch

Lasst ihn frei, doch nicht entfachen
Der stille Hass, der in mir lauert
Durchbricht das Herz und guten Willen
Versetzt Euch in Panik und Furcht
Ihr, meine Flüchtlinge
Flieht ... !

UNSTERBLICH

Grotesk, der Gedanke
Streben nach Unsterblichkeit
Abstrakt, die Illusion
Zu früh resigniert

Doch fortwährend, jene Reise
Wohl eine Suche
Glückseligkeit

Gebündelt, gefunden
An der Hand ein lieblicher Engel
Entfaltet die Schwingen
Führte einst durch das Leben

Vermag das Licht wie ein Schmied zu formen
Lanzen, Schwerter
Mögen erleichtern diesen Pfad des Leidens
... Hört ihr nicht die Seelen schreien?

Es ist das Ende der Zeit
Befreiung, so nennt es mancher
Existenzloses Dahinvegetieren der Seele
Ein Treiben in Ewigkeit

UNSTERBLICH

Unsterblichkeit nun also erreicht
Danach gestrebt, doch jetzt erlangt
Trauer, nach dem, was einst gewesen war
Zu fühlen und den Sinnen zu vertrauen

Abstrakt, der Gedanke
Es passierte Revue
Real, die Welt in Körperlosigkeit
Zu spät auferstanden aus dem Schatten
Der Unendlichkeit ...

VERLUST

Was man einst geborgen hielt
Zärtliche Wärme in den Armen
Nähe, welch unbeschreibliches Gefühl

Unscheinbar, was vor einem liegt
Kein Gedanke daran verloren
Was sein könnte
Was wäre, wenn Fakten sich ändern
Zufällige Reihenfolgen von bedauerlichen Ereignissen
Verwerfen das gesamte Sein
Um doch nur wieder einsam zu sein

Der Sinn zum Leben
Definiert im glücklichen Befinden
Hier und Dort
So sanft geborgen
Wie könnte es je anders sein?

Schmerz, wenn es einem entrissen wird
Tiefe Wunden
Klaffend unentwegt am Herz
Schlafen, so tief und fest
Als wäre es nicht real
Nicht verloren, diese sanfte Geborgenheit

VERLUST

Wann kommt die Nacht
In jener man sich einst so liebte?
Wann folgt die Zeit
Die bereits nun hinter einem liegt?

Bittere Erkenntnis
Schmerzhafte Wahrheit
Gefallen, hinab
In tiefste Schatten des Seins
Vergangen, was einst geborgen war ...

WÄRME

Wärme
In dir, in mir
Verbindet uns, zeigt uns den Weg des Lebens
Illusion - Wahrheit?
Fiktive Argumente als Für und Wider
Ungewiss über Fakten
Zwiespalt

Fragen, warum?
Suche nach Sinn und Zukunft
Pläne, geschmiedet
In des Liebes schönem Leben

Blind
Vor Freude
Vor Wärme
Sehnsucht nach Geborgenheit
Aufdringlich?

Stille
Genuss, der Du für mich bist
Schmeichelnd, dass Du an meiner Seite verharrst
Zukunft?

Wagemutiges Thema
Zugesprochen, Glaube
Kein Hindernis - einfach laufen
Planen?

WÄRME

Gewissheit
Liebe, es muss sie sein
Glück, ein kurzer Glanz
Zu kurz, vergeht zu schnell
Zurück?

Vergangenheit
Ein Blick dorthin:
Leben in Schatten
Leben in einer schmerzenden Pein
Sehnsucht nach Wärme
Jene nun gefunden

Gegenwart
Das Gefühl
Es gebiert Freude
Erzeugt eine sanfte Wärme
Jene Dich und mich umkreist
Uns bindet aneinander
In des Lebens zarten Hauch

Zukunft
Geplant, warten auf die Durchführung
Die Sinne sind unter Adrenalin
Fixiert
Auf dich

Zweifel
Zurückgelassen
Einst eine große Last
Nun von Glück umgeben
In Dank zu dir
In Liebe
In Sehnsucht ...

DER WEG ZUR EHE

Wenn Blicke sich treffen
Augen mehr als Worte sprechen
Lippen einander innig fühlen
Kein Bedarf an Wort und Tat

Wenn Hände nachts suchend sich bewegen
Wenn Träume einander Stund um Stund ersehnen
Die Zeit der Einsamkeit nicht mehr vergeht
Wenn das Gemeinsam-Sein die Ewigkeit prägt

Wenn Herz und Verstand im Einklang liegen
Wahnsinn und Realität sich vereinen
Im Bund der Liebe
Im Pakt der Zeit

Wenn Tränen nur noch aus Sehnsucht und Freude fließen
Jeder Schlag des Herzens nur einen Namen noch erfleht
Leib und Seele sich der Leidenschaft hingeben
Wenn Himmels Pforte einem stets geöffnet
All das Dunkel dem Geiste gewichen ...

... Dann ist es Liebe

DER WEG ZUR EHE

Glocken der Welt, sie erschallen im Winde
Glocken der Welt, ein Symbol der Liebe
Ein einziges Wort zwei Seelen verbindet
Ein einziges Wort, ein gehauchtes „Ja“

Schicksals Macht gebiert ein Pakt
Augen erstrahlen, in hellster Pracht
Ein Bund ist besiegelt
Dies Leben in Liebe
Leid und Qual definiert die Vergangenheit
Zu Füßen soll sie liegen, die Ewigkeit!

Schwarz ziert den Manne
Rubines Rot umhüllt die Braut
Eine Höhle als Zeuge des Paktes ...
... Wohl an, sie sind getraut!

WISSEN

Grün, wie Smaragde
Tief - undurchdrungen
Verbergen grausames Wissen
Fixierend, kalt

Galant, die Haltung
Purer Stolz, der in ihm lauert
Gestik - Mimik
Ausdrucksstark, ohne Worte

Leise, flüsternd
Als streife der Wind das Gehör
Klar und rein
Jede einzelne Silbe

Wissen, über die Bedeutung jedes Wortes
Absolute Klarheit um etwaige Konsequenz
Grund und Folge
Stets in Bedacht

Wandern, stillstehend
Orientiert sich an den Gedanken
Trübe Gedanken
Wirre Gefühle
Lässt sich nichts anmerken
Kontrolle - Beherrschung

WISSEN

Fragende Blicke
Es folgt nur Schweigen
Fragt man ihn, so ist Er schweigend
Drängt man ihn, bleibt Er ruhig
Spricht man nur einfache Worte
Beginnt Er zu lachen

Ironie, in seinen Augen
Sarkasmus, in der sanften Stimme
Verwirrende Worte
Gewollt - bedacht

Schwarz, die Nacht
Regenwolken zieren den Himmel
Es gellt ein Schrei
Eine Leere im Kosmos ...

... Er ist verstorben
Des Menschen größtes Mysterium
Ursache und Grund
Beides in Zweifel

Füllt nun ein sanftes Schweigen die Welt
Ließ Er doch eine offene Frage zurück
Die Frage nach dem Wissen
Das Wissen um die Welt
Die Welt und deren logisches Ende

WILLENLOS

Stunden, sie vergehen in früher Nacht
Die Bedeutungslosigkeit der Worte
Sie wurde von uns erkannt
Doch fallen immer mehr

Verwirrt, gequält
So der Blick zu dir
Tiefe Ungewissheit
Sie beschleicht langsam und stets die Seele
Angst, Kälte
Doch spreche Ich nicht von Hass

Worte jene Schmerzen bedeuten
Willenlos unterliege Ich dir
Vermag es nicht zu verstehen
Erklärungen, sie folgen
Prallen jedoch ab
Wie das tobende Meer am Fels der Brandung

Wirkungslos, hoffnungslos
Mein Blick zu dir
Gewiss, es ist Liebe
In immenser Probe

WILLENLOS

Trüb, die Nähe
Der glückliche Pakt
Angebrochen
Verzicht, nur ich?
Was einst so kostbar war ...

Gilt es nur für mich?
Zweifel, Klage
An den Pranger möcht Ich dies Wagnis stellen
Fragen, stille Antworten
Möchte sie nicht vernehmen
Es wäre Schmerz ...

Vor uns, der Weg
Steinig und finster
Lohnt Er sich zu gehen?
Gibt es ein Licht, am Ende des Weges?

Bedenken, Zweifel
Ist es ein ewiger Kreislauf der Entscheidungslosigkeit?
Unfähig, willenlos
So bin Ich zu betrachten
Verfallen der Liebe
In deren teils schmerzendem Bann!

Es zerrt am Nerv
Es raubt an Kraft
Wann ist's vorbei
Wann ist's geschafft ... ?

WORTES LETZTER KLANG

Gestreichelt, das Ohr
Vom reißendem Wind
Sanfte Lippen, sie bilden Silben
Im Atemzug gesprochen
Reine Worte

Der Wind, Er singt das letzte Lied
Fühlt man den Klang
Dieser sanften Stimme
Ist es, als würde man gestreichelt
Zaghaft und zärtlich
Von weicher Hand

Worte, so innig
Gesprochen in letzter Hast
Es tut nicht weh
Man spürt es kaum
Und doch so enorm die Wirkung
Als habe man eine Hand streicheln an der Wange

Steinig, der Weg
Jener vor uns lag
Worte in Massen
Verloren aus den Mündern der Welt
Bedeutungslos, ohne Gefühl

WORTES LETZTER KLANG

Ein Blick in diese Augen
Auf Gemälden hängen in seinem Verstand
Surreal, es ist vorbei
Schmerzhaft klar nun dieser Klang
Der Klang der Worte
Einst vor Jahren gesprochen

Abstrakt, der Gedanke
Vorbei jene Zeit
Die Botschaft nun vernommen
Endlose Stille
Es schmerzt, in seinen Ohren
Der Schmerz in den Silben jener Worte
Der Worte letzter Klang

ZEIT VERGEHT

Warten
Sinnlos
Siehe es ein
Zeit vergeht, Herzen schreien
Tränen geflossen
Versucht die Seele zu befreien

Ich warte
Wort um Wort
Ein Zeichen
Dunkel die Welt

Es ist die Träne
So lieblich wandernd das Gesicht herab
Fällt in die Tiefe
Unaufhaltsam
Das Leben

Träume
Das Leben
So ist es wohl zu beschreiben
Logische Reihenfolgen chronologischer Augenblicke
Zeit vergeht
Eine Träne fließt

ZEIT VERGEHT

Aufstehen
Erheben, aus der Tiefe
Aus dem Dunkel
In jenes einst getrieben

Es war Nacht
Vegetatives Denken
Dort brennt ein Licht
In meiner Seele

Regungslos
Aufgestanden, aus dem Dunkel
Morgenlicht, es blendet
Erinnerungen
Dieses Gefühl
Verlassen zu sein

Vorbei die Nacht
Aufgehört zu warten
Das Zeichen, es ist da
Ich höre es, Ich fühle es
Ihr warmer Atem auf meiner Haut
Lächeln, Bewusstsein ...

ZEITEMPFINDEN

Stunden verfliegen
Als wären sie Bruchteile
Wochen ziehen vorbei
Als wären sie der Atem
Aus schwacher Lunge

Zeit, sie ist relativ
Mal schnell, mal langsam
Stetig vor, nicht einmal zurück
Tag und Nacht
Ein simples Spiel

Dann und wann
Wenn kein Weg mehr zu sehen ist
Sind Sekunden kleine Ewigkeiten
Man lauert
Man wartet
Zählt jede einzelne Minute

Konnte man wissen
Konnte man fühlen
Wie lange es andauert?
Sehnsucht, innerlich
Zerfrisst die Seele
Klammert sich ans Herz
Doch da enthalten
Sanfter Schmerz

ZEITEMPFINDEN

Blut ziert Arm und Bein
Der letzte Tropfen
Möge Er heute noch gefallen sein
Zu Grunde gegangen
In ewiger Suche
Nur wenige Tage
Doch etliche Schmerzen

Ein Tag ohne Dich
Gleicht einem Strand ohne Wasser
Eine Woche ohne Dich
Dieses Gefühl
Als wäre der Himmel wolkenleer
Als gäbe es keine Sterne
Jene das Firmament zieren

Tag, der letzte Tag
An dem Ich warten muss
Freude, nervös im Herzen
Der sanfte Klang
Mir so lange verwehrt

ZEITLOS

Augenblicke
Voll von kühnster Bescheidenheit
Blicke
Sich treffen, durchsuchend die Seele

Liebe, vereint
Unsere Wesenheit verschmolz
Vergangenhcit, zurückgelassen
Eine herrliche Ewigkeit

Stunden, vergehen
Sehnsucht bemannt sich des Menschen Herz
Wochen, verstreifen
Zu enorm die Sehnsucht
Ein stilles Verlangen
Entpuppt sich als Gier
Die Gier zu fühlen
Des Partners Nähe

Zusammen, erleben
Die Zeit bleibt stehen
Ein Traum, der ewig währt
Liegen sie hier und dort
Arm in Arm
Geborgen im Schutz der Liebe
Vereint, ungebrochen
Betrachten die Zukunft

ZEITLOS

Sicherheit, Gewissheit
Glorreiche Zeiten
Harmonie und Glück

Jeder Tag gebiert neue Freuden
Die Freude sich zu haben
Zu fühlen und zu spüren
Was sie verbindet
Im Pakt der Liebe

Zeit, so relativ
Vergeht und steht stumm
Gar der Wind flüstert ihre Namen
Im sanften Spiel der Liebe

Der Morgen graut
Die Augen geöffnet
Den Partner sehen, ein Lächeln auf den Lippen
Zeitlos, ein ewiger Augenblick
Die Liebe, wächst von Stund zu Stund
In diesem zeitlosen Zustand
In einer Manifestation des Glücks

2006

BEFREIE DICH

Öffne Deine Augen, blicke ins Firmament
Folge den Sternen, in des Himmels weite Welt
Lasse Dich führen, von Deinen stillen Gedanken
Breite Deine Arme aus, empfange dieses sanfte Gefühl

Spüre den Impuls, wenn ein Stern im Dunkeln flimmert
Sehe die Zeichen, die sich Dir nun offenbaren
Verliere Dich in der Tiefe, der Tiefes deines Geistes

Verfalle nicht des Lebens Schatten
Genieße die Kleinigkeiten, die ein Lächeln bedeuten
Fühle den Stolz, wenn Du Dich selbst betrachtest
Sei erhaben, über Schmerz und Leid

Begehre die Sehnsucht, die stille Gier deines Herzens
Suche nicht des Lebens Sinn
Lasse Dich fallen, in dieses warme Gefühl
Es nennt sich Leben, und stillt Deine Lust

Jedwede Gefühle des negativen Denkens
Verleiten den Menschen zur schandhaften Tat
Zügle den Neid und die Begierde
Und gib Dich nun Deinen Träumen hin!

BEFREIE DICH - PART 2

Siehe hinaus, betrachte die Welt
Verhalte Dich ruhig, und beobachte im Stillen
Schau es Dir an, und denke darüber nach
Die Fassade des Menschen - so unerreichbar

Verlockende Worte aus der Versuchung geboren
Beschreiben die Gier des Inneren Seins
Verlangende Blicke sinnen über vergangene Zeit
Spielen weiter Ihr Spiel des Glücklich-Seins

Zirkulierende Gedanken betrüben die Blicke jener
Die Du zu sehen vermagst
Es trachtet den Menschen nach Glück und Seligkeit
Doch gehindert werden sie, von dieser Blockade
Tief im Herzen, jene Ungewissheit
Der etwaige Tatendrang verzweigt

Wohin nur mit all der Zeit, die vergeht
Wenn der Abend stets näher rückt
Als wäre die Zeit nur ein Spiel?
Jedwedes Streben nach Ruhm der Unsterblichkeit
Die Unvergessenheit eines Namens
Nur ein Gedanke, der noch währt?

BEFREIE DICH - PART 2

So vegetiert die Zeit als Erinnerung
Als Gedanke daran, was möglich wäre
Würde man die innere Blockade bezwingen
Und man zu sich selbst stünde, und absolutem Stolz

Wäre es doch möglich, den Menschen zu lehren
Sich selbst zu ehren, zu loben und zu preisen
Doch schaue Dich um, was Du dort siehst
Tristes Dasein, ein Leben Tag für Tag
Ohne Sinn und Grund, wobei Er so offensichtlich ist

Fühle du, was in Dir lauert
Dieses sanfte Gefühl der Wärme - der Verbundenheit
Genieße die Stunden des Tages und der Nacht
Koste die Momente, die Du hast, im vollen Maße aus
Und befreie Dich von Sorge und Leid
Lebe befreit!

FOLGE MIR

Zwiespalt, Gedanken kreisen still umher
Verlangen und ungezügelte Gier
Im bloßen Geiste bei dir
Schlägt es rasch, das Herz, ungehemmt

Feuer und Flamme, Adrenalin in den Adern
Ekstatische Momente, schlichte Worte beflügeln das Sein
Kleine Augenblicke, eine Leidenschaft entfacht
Im Schein der Sonne, in tiefster Nacht

Kälte, Arroganz
Als fassadrischer Schutz für das eigene Ich
Durchbrochen, erfolgreich
In der Ruhe jener Gefühle

Ungewissheit, Zukunft
Harmonie in Leid und Freude
Träume geziert mit einem Hauch von Wahrheit
Vergessen - das Begehrte?

Die Zeit, so unbedeutend
Wie ein Regentropfen im astralen Meer
Wartend, sehnsüchtig
Lauernd auf jenen Moment

Lodernd, jene Hoffnung
Beobachtend und abwägend im Schatten von dir
Stimme zu, beginne zu verstehen
Folge letzten Endes doch nur mir!

DER FREUND "LEBEN"

Es gibt Tage, da wird einem bewusst
Was man selbst erreicht hat
Man spürt, wie die Zeit vergeht
Gewissheit darüber, dass man Ziele erreichen muss

Ein sanftes Gefühl der Freude
Denn man weiß, wie schön das Leben doch ist
Doch was begleitet mich dort nun?
Dieser kleine Schatten, ein zaghafter Schmerz
Wie ein Dolch ins Herz

Wo soll es beginnen, und wo führt es hin?
Gedanken an die Zukunft, an Familie und Sinn
Schlagartig bewusst, dass Ich es nicht habe
Ein trautes Heim, ein festständiger Band der Liebe

Ignoranz, es gibt andere Fakten
Logische Ereignisse im Sinne des Glücks
Resultieren im Gefühl des Friedens, der Harmonie
Doch nur die Habgier nach Erfolg, nach Ansehen
Und Ruhm trieb einen an, zu glorreichen Zeiten

Vergessen was zähl, kehrt man zurück zu den Wurzeln
Ein Blick herum, so sind sie alle glücklich
Hand in Hand durchkreuzen Sie den besten Freund
- Das liebevolle Leben

DER FREUND „LEBEN“

Es gibt Zeiten, da schreibt man irgendwelche Zeilen
Hier, auf einem einzelnen Blatt
Man fragt, was passiert ist, dass man so in Gedanken verfällt
Einfache Fragen, doch wo sind die Antworten?

Kann Ich dies alles haben, will Ich es haben?
Das Leben, voller Arbeit und Fleiß?
Erfolg? Nein, das ist nicht alles
Schlagartigkeit, plötzlich

Als träfe ein Blitz mitten in das Gewissen
Trägt man die Krone der gebrochenen Gedanken
Und man spürt, wie sanft eine Träne hinab rinnt
Denn es wird bewusst, der Sinn wurde verfehlt

Es fehlt das Fundamentale, was Ich um mich herum noch sehe
Die Gedanken gingen am Ziel vorbei - geblendet wurde ich
Was ist nur widerfahren,
Dass Ich den Weg so daneben treten konnte?
Jene, die man liebt, ziehen vorbei ...

Würde Ich noch einmal beginnen
Viele Zeiten vor dem jetzigen Tag
Wäre der Wandel ein anderer, der Weg würde weichen
Ich würde ihn teilen, diesen Freund, das liebe Leben

DUNKELLICHT

Der Tag zog vorbei, eine weitere Nacht bricht an
Legt sie ihren Körper galant ins Gemach
Genüsslich seufzend schließt sie die Augen
Wohlwollend und rasch schläft sie ein

Es fällt ihr Blick auf einen dunklen Raum
Morbider Geruch, dämmriges Licht
Grablichter, als wäre es ein Druidenfuß der Gezeiten
Dort sitzt er, im Dunkellicht

Geplagt von Sorge und Leid, trüb das Gemüt
Eng umschlungen die Flügel an den Leib gepresst
Zitternd, ängstlich - verloren in seiner Selbst
Niedergeschlagen - flehend um Gnade

Will sie helfen, mit Rat und Tat
Spricht sanfte Worte des Mutes ihm entgegen
Doch hört Er sie nicht
Unbeachtet in Kraft seiner Arroganz
Lässt Er keine Hoffnung in sich bringen
Scheint in einem inneren Konflikt mit sich zu ringen

DUNKELLICHT

Umwogen von Panik vermag sie nicht zu helfen
Will ihm die Hand reichen, zum Schutze vor der Dunkelheit
Doch weicht sie zurück - als Er sie betrachtet
Totenweiß die Augen, in absoluter Leere, die sie betrachten
Schwach die Lippen geöffnet, entrinnt ein leiser Schrei ...

... Im Schweiße getränkt reißt Sie die Augen auf
Schaut ächzend um sich herum, hilflos und verwirrt
Es war nur ein Traum, den sie erleben durfte
Ein Traum eines anderen Lebens - einer anderen Seele

Ein Traum von vergangener Zeit - im Dunkellicht des Seins

DUNKLE GEBORGENHEIT

Sanft weht der Wind hinfort
Dies eine gesprochene Wort
Ein Wort, was der Mensch zu gelangen ersucht
Im Glanze der Sonne ...
Geborgenheit

Dunkelheit bettet das Land und Meer
Vergangen nun des Tages Stund
Sie ziehen daher, der Rest der Welt, im Glücke getränkt
Trachtet es sie doch nur nach Wärme - Geborgenheit
Doch erkennen sie nicht dies eine sanfte Gefühl
Welches wir zwei beide vernehmen, Nacht für Nacht

Stille, Begierde
Windes Flüstern das Ohr hauchend streichelt
Schreiten wir hinaus, in tiefster Nacht
Hand in Hand, trotzen wir der bitteren Wärme des Tages
Doch sie, jene Hitzewelle, verblasst
Im Spann der Zeit, welch entzückende Zeit

So rasch vergangen des Tages blendende Augenblicke
Letzte Gruppen an Menschen Wesen verirrt sich
Ins traute Gemach - dem Schlafe sich zu widmen

DUNKLE GEBORGENHEIT

Friedvoll, lächelnd
Genüsslich seufzend die Zeit der Ruhe verbracht
Der Blick gen Himmel, ein sternengeziertes Firmament
Schutz, in diesem zaghaften Gefühl

Bedauerlich, des Menschen Unbehagsamkeit
Erkennen sie es denn wirklich nicht?
Ein wohliges Gefühl, man möge es schreien
Aus samter Lunge in voller Pracht
Die Geborgenheit, Nacht für Nacht

Erst wenn die Dunkelheit das Land noch flutet
Alsbald die Sonne dann verblasst
Die ersten Sterne dort hoch oben zu sehen sind
Dann ist es erreicht, dann ist es so weit hinaus zu schreiten
In die Geborgenheit der Nacht

ENGELS RÜCKKEHR (ENGELS ZORN - TEIL 2)

So seht her
Betrachtet mich - Ihr, die meinen Zorn vernommen habt
Ich habe mich geändert
Nicht mehr länger das Wesen der Verdammnis, der Gleichmütigkeit
Nein - es ist wieder die Stärke
Im Geiste, im Willen und Herzen
Ich lasse mich nicht mehr von Euch des eigenen Ichs berauben

Gebrochen einst so lag Ich da
Brach gen Firmament blickend und verzweifelt
Der Liebe Willens
Verflucht und gebrochen habt Ihr mich erst gesehen
Gar gesprochen, meine Worte, aus tiefstem Hass

Doch nein, Ich kehre zurück
Erkenne, die Zeit folgt einem
Logischen Algorithmus - das Leben
Zu viele Tage wurden verschenkt
Zu viele Tränen sind geflossen, welche es nicht wert waren

Doch nun, Ihr fühlt es
In Eurem Herzen lauert die Gewissheit, das Verständnis
Dass nichts aus meiner Seele, meinem Geiste,
So gedemütigt verweilt
Denn Ich fand zurück zu mir und kehre Heim
Ins ewige Feuer

ENGELS RÜCKKEHR (ENGELS ZORN - TEIL 2)

Still und unentzweit blicke Ich nun zu Euch herüber
Ein Lächeln, es ziert die Lippen
Denn der Wert des Lebens, des Lebens wahrer Beschaffenheit
Wurde mir bewusst, zu jener Nacht, als die Hoffnung starb

Ich danke
Dem Engel, Er warf mich zu Boden und richtete mich auf
Dem Schicksal und vielen mehr, sie wiesen mir den Weg
Und so spreche Ich nun zu Euch, in alter Tradition
Zorn und Hass blenden den Verstand
Verdrängen des eigens reales Ich

Doch seid Euch stets gewiss, hört meine Worte
Ich bin wieder stark geworden, in meinem Geiste
Auch Euch ist es nicht verwehrt zu fühlen, diesen jenen Stolz
Der mich leitet, geboren soeben in meinem Herzen

Fühlt es, hört der Stimme eures Herzens
Lasst es zu, dieses sanfte Gefühl
Es gebiert das Schicksal jene Wärme, welche zu begehren das Leben sich nennt
Genießt es, jedwede Leidenschaft
Ich habe sie nun gefunden
Es nennt sich Leben

GEFANGEN

Zerrissen, nun brach liegend das Herz
Vorbei, jene Qual
Zur Morgenstund, stets diese Gedanken
Lippen sich einander berührten
Schmerz geborgen sanft jene Sorge
Ward es dann das Morgenlicht
Zieht sich zurück, vom lieblichen Gesicht
Gebar nun wohl das Ende, jener vergangenen Geschichte ...

Rötliche Wärme die Wangen verziert
Brachliegt jedweder Stolz
Erwartungen an das Leben
Abgewunken, mit einem Lachen
... Und doch mit einer blutigen Träne, im Gesicht

Trüb, die Welt, an jedem Morgen
Mögen Nächte doch ewig währen
Kälte, der zarteste Freund
Etwaiger Gefühle abgeschworen
Ignoranz - ein grausiger Tanz
Der Anfang eines neuen Lebens

Gefangen

Verleugnung, was sind schon Tränen?
Hass, lodernd entfacht durch diese Kunde
Glück den anderen, verderben vorhergesehen
Bestimmung, die meinige - welch melancholische Ironie

Gedanken überhäufen sich
Als wären es Worte gesprochen
So klar und schmerzhaft
Erfüllt mit Sehnsucht und Hass
Ein Zwiespalt der Gefühle
Gespalten, wie nun der Weg

Zum Abschied nun, diese Worte
Mögen sie Dir diesen Stolz geben
Jenen Du begehrst
Stillen sie Deine Begier, diese Tracht mich zu demütigen
So ist der Zweck erfüllt

Doch sanft tief im Inneren meines Wesens
Dort stelle Ich Dich an den Pranger
Spotte über unserer Zeit - aus Schutz
Akzeptanz - es ist vorbei
Möge nur die Hoffnung noch währen - der Zukunft entgegen
Und doch gefangen, im Herzen meines Daseins ...

PAKT DES TEUFELS

Stunden vergehen im Fluge der Zeit
Nacht für Nacht bricht an
Gedanken sind trüb und finster
Kreisen um die jüngste Tat

Unbemerkt dies dunkle Licht
Entfacht in seinem Herzen
Lodert wachsam wie ein Stern am Firmament
Sein wahres Ich - des Luzifers Erbe

Die letzte ihrer Art
Geboren nun in seinem Leben
Gefunden am stillen Orte
Nur Blicke waren es, welche sich trafen
Doch sprang der Funke

Bedarf der Wörter stillgelegt
Gedanken offenbaren sich in Blick und Gestik
Verständnis, Wärme
Der erste Augenblick

Nervöse Gedanken flammen in ihm auf
Sie - in Anmut und Eleganz
Von Anfang an die Gewissheit
Dies muss es nun sein
Ein Zeichen des Schicksals
Sein Engel

PAKT DES TEUFELS

Stumme Worte festigen die Verbindung
Zwei Lebenslichter wachsen zusammen
Luzifers Erbe und Engels Wesen vereint
Im Sturm der Zeit
Gewartet beiderseitig eine Ewigkeit
Gefunden, als all das Dunkel den Engel überhäufte

Fand Sie Schutz und Geborgenheit
Trost und Wärme
Reiz oder Sünde, es ist irrelevant
Es sind die Seelen, welche sich begehren
Denn sie sind verwandt

RESÜMEE

Zärtlich umworben der Leib in Dunkelheit
Brachliegend, seufzend - der Welt zurufend
Schwarz - Weiß, eine Harmonie in Farblosigkeit
Leben - Tod, fundamentale Ereignisse, unbegreiflich

Gier und Sehnsucht vereinen sich in unnahbarer Arroganz
Schmerz, kalte Klinge sei geborsten, ein Leben lang
Hütet peinigend des Lebens Kraft ...
... Und doch verfällt dies Leben jener kalten Macht

Wo ist der Halt, bei freiem Fall
Hinab in die Tiefen, wo einst man sich befreite?
Gebrochen - vereint
Verstand und Herz im Einklang der Gezeiten
Nun im Zwiespalt, zweigeteilt und uneins

Tränen, die rinnen herab, zaghaft streichelnd
Die blasse Haut der Wangen
Manchmal erfüllt von Schmerz und Trauer
Manchmal voller Glück und Herrlichkeit

Resignierte Routine im alltäglichen Sein
Abstinenz, zum Licht
Entfaltet sich die manifestierte Wärme
Ganz unscheinbar flüchtig im Schatten des Lichts

RESÜMEE

Dort unten, wo niemand es zu sehen vermag
Schaut Er herauf, ummantelt von Gedanken und Tränen
Verfallen der Dunkelheit jener Zeit - was einst gewesen
Klammernd und hoffend an der Gewissheit, es geht hinauf
Strebend gen Firmament ans Himmels Tor

Positives Denken, im Herzen getragenes Licht
Jedes Gebet befasst sich schmeichelnd
Mit dem Herren dort oben
„Lasse ihn nicht im Stich, dies schattige Wesen
Möge es Leben, in hellster Pracht, wie einst dann und wann“

„Folge den Sternen, folge dem Leben
Genieße des kleinsten Glückes Zeichen
Lächle und begehre, was Dir zu Füßen liegt
Und spüre, es was definiert zu leben“

Er nickt und lächelt
Erhebt sich in wohlwollender Pracht

SEIN, ZU WERDEN

Trüb der Blick, Er entweicht dem Tage
Verschwommen die Erinnerungen
Unbestimmte Gefühle lauern tief im Herzen
Tränen in der Dunkelheit, verzweifelt fallen sie herab

Die letzten Tage in Bedacht
Was hat sich geändert - was wurde erschafft?
Illusion und Traum vereinen sich zum Ziel
Ein Weg, zu gehen, nun bestimmt

Stolz erhaben, der Vergangenheit getrotzt
Ein Blick zurück - bitteres Lächeln
Küss' ihn, blühende Zukunft, um zu lösen von alter,
Schmerzlicher Zeit
Führe, in die Zukunft hinein

Unablässig und drohend
Haftet der Schatten am Leib
Befreit von jener Fessel
Um nicht mehr des Melancholischen eigenen Opfers zu sein

Schwarze Schwingen entfaltet - einst zaghaft geführt
Einst eine Erlösung, einst ein unbestimmtes Ziel
Empor gestiegen gen Himmel und Stern
Zurückgelassen diese Verzweiflung,
Doch nagend die Erinnerung

Sein, zu werden

Unsicher, sehnsüchtige Momente
Aufgeben, das Sein, um zu werden, was man war?
Beschleichende Kälte
Jedwede Resonanzen gezogen
Geschaffen, durch die Kraft des positiven Denkens
Doch lodernd im Herzen jene Gewalt des Gedankens

Ein schlichtes Gefühl
Bedrohlich und penetrant
Die Angst vor dem, was war
Was wohl sein mag - und vor dem Fall

2007 - 2012

TRÄUMER DER NACHT

Ich bin ein Träumer, der die Stunden zählt
Ein Träumer, der die Wolken vorüberziehen sieht
Wenn der Tag verblasst
Bin Ich ein Träumer, der sanft erwacht

Ich kleide mich dunkel, verberge meine blasse Haut
Es würde sie erschrecken, betrachten sie mich
Ich trachte nach Einsamkeit, sehnsuchtsvoll
Schreite heraus, und weine über die Schönheit der Nacht

Fuß um Fuß, Schritt um Schritt
Ziehe Ich daher - sie entweichen mir
Wissen sie, was Ich bin?
Nein, woher sollten sie denn
So einfach lassen sie sich täuschen ...

Nun verweile Ich hier - unter ihnen
Suche jene, die von meiner Art sind
Von meiner Gattung, in meiner Pracht
Alsbald Ich sie gefunden habe
Gebührt sie uns, die eiserne Nacht

Doch nun zähle Ich die Stunden
Bis der Tag erwacht
Halte Ausschau nach Meinesgleichen
Nach diesen Träumern, Träumer der Nacht
Und verzweifle im Stillen ...
... An der Einsamkeit der Nacht

LIEBE

Gefühle von immenser Intensität
Geborgenheit beim Gedanken an Dich
So sanft und warm das Herz

Als Blicke man in des Meeres Tiefe
Schmeichelnd rein und klar
Vermag man des Wassers Boden zu erblicken
Gleicht es meinem Herzen
Wie tief Du hinein geschlichen kamst

Ein Leben, wie nie zuvor
Verschlagen war mir stets des Himmels ersehntes Tor
Doch geöffnet sich jene Türe
Ich danke dir, für all das, was Ich fühle

Lieblich wie des Weines Geschmack
Rinnt stetig im Halse herab
Füllt den Körper mit Wohlbefinden
Unbeschreiblich - Zufriedenheit

Geboren nun in neuer Pracht
Des Engels Trauer Revue passiert
Ein Stern, hoch oben, am Firmament
Brennt so hell, so verlockend
Symbolisiert Dich in meinem Leben
Eine Gabe Gottes, die Ich empfang

LIEBE

Du, mein Engel im weißen Gewand
Führst mich durchs Leben
Liebend Hand in Hand
Gefühle so warm
Das Herz stets pochend Deinen Namen
Gedanken gebündelt und fixiert
Sehnen sich unabwegig nach dir

Worte, jene vieles beschreiben
Werden verwendet von des Menschen Stimme
Doch wenige wissen, was diese Worte bedeuten
Ich spreche sie, aus ganzem Herzen
Wenige Silben
Tiefgründiger als jede Philosophie
Ich liebe Dich

Willkommen in meinem Leben
In meiner jetzigen Euphorie!

SANFTE RÜCKKEHR

Erinnerungen
Verweilen sanft und still in mir
Drängen hervor, in heimtückischer List
Animiert von Wort und Tat
Brechen durch und offenbaren
Wer Ich bin, wer Ich war

Einst ummantelt von tiefster Dunkelheit
Nicht ein Funke vermochte das Feuer zu entfachen
Verflogen die Jahre, die Tage des Selbstmitleids
Blind vor Wut und Enttäuschung
Wo war die Hoffnung nur geblieben?

Zeiten verstrichen
Höhen und Tiefen stärkten das eigene Ich
Selbstvertrauen, Erhabenheit, Arroganz
Stolz auf das, was man ist
Doch heimlich gebrochen, tief im Inneren

Wunden vergehen, doch nie vergessen
Formt sich alsbald Maskerade der Glückseligkeit
Harmonie, im Einklang mit dem Leben - des eigenen Seins
Unantastbar für trübes Leid und Schmerz
Bin Ich zufrieden, mit dem Weg des Lebens

SANFTE RÜCKKEHR

Doch ließ der Wandel nicht auf sich warten
Lauerte schon im nächsten Schritt
Ein Augenblick der stillen Begierde
Zeiten der ekstatischen Zweisamkeit
Öffnet sich des Lebens wahres Glück

Jedwede Illusion fällt herab
Und Ich erkenne, wer Ich bin
Sanftes Lächeln auf den Lippen
Pure Gewissheit, so soll es sein
Ich danke dir, denn Ich bin endlich befreit!

Schließe Dich in meine Arme
Pocht mit jedem Herzensschlag die Gewissheit
Dies ist mein Leben, in dem Ich nur fehlte
Dich sanft an meiner Hand führend
Kehrt nun endlich die Liebe zu mir zurück